NARRATIONS

D'O M A Ï,

INSULAIRE DE LA MER DU SUD,

AMI ET COMPAGNON DE VOYAGE

DU CAPITAINE COOK.

Ouvrage traduit de l'O-Taïtien, par M. K***,
& publié par le Capitaine L. A. B.

TOME PREMIER.

A ROUEN,

Chez LE BOUCHER le jeune, Libraire, rue
Ganterie,

& A PARIS,

Chez BUISSON, Libraire, rue Haute-Feuille.

M. DCC. XC.

OMAI

OMAI, amené en angleterre par le Cap.ne Furneaux.

AVERTISSEMENT

DE L'ÉDITEUR.

LE vaiſſeau ſur lequel j'étois en revenant des Indes, s'arrêta au Cap de Bonne-Eſpé-rance. Nous y paſſâmes quinze jours. Dès les premiers moments de cette ſtation, j'appris qu'un Français, dépoſé à terre par un navire étranger, languiſſoit depuis trois mois dans une maiſon hollandaiſe, à quel-ques milles du port.

Deux hommes de la même nation, qui ſe rencontrent ſi loin de leur patrie, ſont amis ſans s'être jamais vus. Je me fis un devoir de me rendre auprès du malade, mon compatriote, & de lui offrir tous les ſervices qui dépendroient de moi.

Quoique les années, probablement auſſi l'infortune, & certainement la maladie, l'euſſent beaucoup changé, je n'eus pas plutôt jetté les yeux ſur lui, que je recon‑

a

nus *Laurent K* * * * , né fur la même paroiſſe
que moi , mon camarade de claſſe & de navigation ; car étudiant chez un reſpectable
Eccléſiaſtique de notre ville, nous avions formé & exécuté le projet de nous embarquer
pour la Martinique, réſolus de chercher
dans les pays lointains la gloire en temps
de guerre , la fortune en temps de paix.
La délicateſſe de ſon tempérament ne lui
ayant pas permis de riſquer un voyage
pour la *Traite*, nous nous étions ſéparés.

M. K * * * ne me remit pas d'abord : ſoit
que les traits de ma jeuneſſe euſſent été plus
altérés que les ſiens, par quinze longues
années de courſes très-pénibles, ſoit que la
violence & la continuité de ſes maux euſſent affoibli ſa mémoire. Il me conſidéroit
attentivement : je le nomme & me nomme
enſuite , un cri lui échappe, il ſe ſouleve ,
retombe , me tend les bras; j'y vole.

Les détails de cette ſcene touchante n'in-
téreſſeroient pas tous ceux pour qui j'écris
en ce moment. Supprimons-les , & diſons

AVERTISSEMENT.

feulement que M. K***, qui attendoit la mort, s'empreffa de me raconter fes aventures, & de me charger de fes dernieres volontés. J'ai fidellement exécuté celles-ci, & je tairai celles-là : il m'en a prié. Au refte, cet homme, eftimable autant que malheureux, fe dévoilera un peu lui-même dans le cours de l'ouvrage dont j'ai maintenant à parler.

Nous étions près de quitter le Cap. En recevant mes adieux, M. K* * * me préfenta une boîte qui renfermoit deux gros manufcrits, l'un en français, l'autre en langue étrangere. » Ce font, me dit-il, les *Mémoi-* » *res* d'un Infulaire de la mer du fud, » conduit en Angleterre par le Capitaine » *Furneaux*, & remené dans fa patrie par » le Capitaine *Cook*. J'ai été témoin d'une » bonne partie des faits qu'ils contiennent, » & je les ai traduits le plus fidellement que » j'ai pu ; j'avois promis à l'Auteur de les » publier immédiatement après mon arrivée » en France ; vous me remplacerez. Je vous

„ constitue le maître absolu ; je vous fais
„ propriétaire des *Narrations* d'*Omaï* : c'est
„ le titre de l'Ouvrage. Usez-en comme de
„ votre bien , mais n'y changez rien d'es-
„ sentiel ; l'exactitude en souffriroit, & elle
„ est préférable à tout le reste. „

Pour abréger , je pris l'engagement que
me proposoit mon ami *Laurent K****. Pendant
la traversée , les *Narrations* ont rempli mes
heures de récréation. Aidé d'un petit Dic-
tionnaire , qui se trouvoit à la fin du Ma-
nuscrit, comparant, d'abord mot-à-mot ,
puis phrase à phrase, le texte & la version,
je suis devenu vraiment habile dans l'intelligence de l'idiôme o-taïtien : au point que
j'ai corrigé quelques erreurs , ou plutôt
quelques inadvertances du Traducteur.

Depuis que je suis en France , la lecture
des voyages de *Cook* a été pour moi un
nouveau moyen d'éclaircir l'ouvrage qui
m'avoit été confié. La plupart des notes
qu'on y verra , sont de moi. Les mots
o-taïtiens que M K ***. a laissé subsister

dans fa traduction, je les ai d'abord expli-
qués. Enfuite, fupprimant l'orthographe
dont il s'étoit fervi, j'y ai fubftitué celle
que M. *Cook* avoit employée dans fes Mé-
móires, & que l'Editeur de fes voyages en
français a confervé : non que je la cruffe
meilleure que celle de mon ami, qui eft, au
contraire, plus correcte & plus appropriée
à notre maniere de prononcer, mais uniquement à caufe que celle de *Cook*, & de fon
Traducteur, étoit comme fixée en Europe,
& que l'on couroit rifque de n'être point
entendu, ou de détourner les idées de leur
véritable objet, en écrivant d'une maniere
différente, quoique plus réguliere. Auroit-
on reconnu le *Bolabola* du Capitaine dans
le *Borabora* de M. K *** ? Auroit-on vu le
même Roi d'*Ulietea* dans *Ooroo* & *Hourouh*?
Ce ne font là que des exemples. J'ai fait
plus ; car lorfqu'*Omaï* cite quelques frag-
ments des difcours ou des Mémoires du
Capitaine *Cook*, & que j'ai trouvé les frag-
ments analogues dans la Traduction françaife, j'ai fupprimé les paroles de la Tra-

AVERTISSEMENT.

duction de M. K***, pour mettre à leur place celles de la Traduction françaife des voyages. Il m'a femblé que ce n'étoit pas pécher contre l'exactitude qui m'avoit tant été recommandée ; & qu'il en réfultoit un nouveau trait de reffemblance & d'harmonie entre les *Narrations d'Omaï* & *les voyages de Cook*.

Je n'oferois me flatter qu'on ne révoquera pas en doute l'authenticité des *Narrations d'Omaï*. Pour diffiper les foupçons de la critique, je n'ai que le témoignage de M. K***. On peut y ajouter la parfaite correfpondance des *Narrations* & des *voyages* du Capitaine *Cook*. Il feroit bien difficile que dans un Ouvrage d'imagination, le vrai, déjà configné en un grand nombre de volumes, n'eût pas quelquefois difparu, en ce qui concerne les perfonnes, les mœurs, les ufages, les événements, & cent petites particularités, plus propres que les objets importants, à déceler la fuppofition. Après tout, il m'eft impoffible de donner une cer-

AVERTISSEMENT.

titude que je n'ai pas; & , ces obfervations
faites, je permets à chacun d'en penfer ce
qu'il voudra. J'avouerai même qu'on trouve de temps en temps, dans les *Narrations,*
des chofes peu croyables ; mais tout le
monde fait que le vrai n'eft pas toujours vraifemblable. On entendra fouvent parler d'un
Aow ou Courant (il fe nomme le *Tarta-
Bouelo*) fi terrible, que quand on y eft une
fois entré, aucune force humaine ne peut en
faire fortir. J'avois peine à me perfuader
que ce ne fût pas une exagération : & , à
l'inftant , un de nos Voyageurs m'apprend
que dans la Méditerranée on rencontre des
Courants à-peu-près femblables. » Les
» Courants font quelquefois affez forts pour
» vaincre un vent qui l'eft beaucoup. (1) «
Ce vent eft le *Scirroco.*

Remarquons , en finiffant, que le texte
original eft intitulé *Ecritures d'Omaï.*
M. K *** a jugé que ce mot *Ecritures* étoit

---

(1) Lettres d'Italie , &c. Tom. 3. pag. 307.

trop vague, trop peu fignifiant pour nos
Provinces ; il a mieux aimé *Narrations*, que
je n'ai pas ôté , quoique la fimplicité du titre primordial me plût davantage.

NARRATIONS

NARRATIONS

D'O M A Ï.

DE toutes les chofes fingulieres que j'ai faites en ma vie, la plus finguliere peut-être eft de les avoir écrites ; & l'acte de mon amour-propre le plus marqué, d'avoir cru que leur récit intérefferoit les Habitants du *grand monde*. Hommes de l'Europe, hommes éminents en tout genre, accordez quelqu'indulgence à un *Sauvage* (car voilà le nom que vous donnez à mes pareils) qui n'a eu que peu d'années & que peu de moyens pour fe former à votre école. Je ferai fimple & vrai ; & en cela, non moins que du côté des talents , je différerai de la plupart de mes modeles.

Tome I.　　　　　　　　A

Veuille l'*Eatooa* (1) diriger ma plume no-
vice de maniere qu'elle ne blesse rien de
ce qui doit être respecté!

---

(1) Nom générique de la Divinité dans la Langue O-Taïtienne. On s'en sert aussi pour exprimer tout ce qui a rapport
à l'Etre suprême, tout ce qui participe de sa nature, de ses
fonctions, &c.

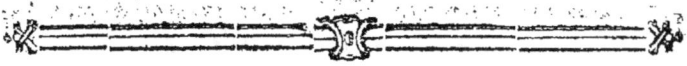

PREMIERE NARRATION,

FURNEAUX (1).

Que l'on ne s'étonne point de voir à la tête de mon Ouvrage, le nom du Capitaine *Furneaux*, Anglais, Commandant du vaisseau Britannique l'*Aventure*, lors du second voyage de *Cook* dans les mers du Sud. C'est à ce Navigateur que je dois, au moins indirectement, & ce que je suis, & ce que j'ai fait. Sans lui, sans sa noble obstination, j'aurois vécu pauvre & ignoré sur une de nos Isles; ou plutôt j'aurois, en la bravant, forcé la mort de m'écraser sous la massue guerriere.

JE suis né à *Ulietea*. Cette Isle n'est pas la plus grande de celles qu'il a plu aux Européens de nommer *Isles de la Société*, mais c'est constamment la plus ancienne. Elle sortit la premiere des gouffres de l'Océan, soulevée par l'action du grand Dieu: elle a été aussi habitée la premiere. Les

(1) *Omaï* fait ainsi une espece de Dédicace de chacune de ses *Narrations* à quelque personne particuliere, déterminé par l'amitié, la reconnoissance, ou par des convenances, telles, par exemple, que le sujet du morceau de son Histoire qu'il se propose de traiter.

hommes , en fe multipliant , occuperent fucceffivement les autres Ifles du même grouppe , & y porterent avec eux les animaux , leurs compatriotes. La famille royale d'*O-Taïti* (1) vient originairement de la nôtre, & fon peuple, actuellement fi nombreux, fi riche , qui feroit fi puiffant , s'il n'étoit pas efféminé , eft une de nos Colonies.

Nous favions cela par tradition. Nos peres nous l'avoient dit , & leurs peres le leur avoient dit , comme nous le dirons à nos enfants. Mais *Ulietea* , qui l'avoit peuplée? Qui avoit femé des hommes, des cochons & des chiens, dans fes plaines incultes ? Voilà ce que les traditions ne nous apprenoient pas. Les *Tahonas* (2) & les *Téaponées* , au lieu de connoiffances certaines , avoient imaginé & accrédité diverfes conjectures , que chaque parti défendoit avec beaucoup de chaleur. Par-

(1) Il vaudroit mieux écrire *Taïti* , l'*O* eft une efpece d'article.

(2) Les *Tahonas* font les Savants du pays ; les *Téaponées* en font les Prêtres. Il feroit plus régulier d'écrire *Té-aponée.*

mi les *Tahonas* , les uns vouloient que nous & nos animaux terreftres, nous fuffions primitivement des races de poiffons qui, fe trouvant dans les cavités du reffif de l'Ifle, au moment de fon élévation, s'accoutumerent peu-à-peu au nouveau fluide qui les environnoit ; les autres prétendoient que des germes, échauffés par les rayons du foleil, s'épanouirent, pouferent des tiges ; que ces tiges s'animerent ; qu'un vent impétueux les détacha de la racine qui les foutenoit, & qu'elles acquirent, par cette féparation, de nouveaux befoins & une nouvelle vie.

Nos facrés Miniftres rejetent ces deux hypothefes. Ils difent, contre la premiere, qu'il eft fans exemple qu'un poiffon vive hors de l'eau, & à plus forte raifon fe reproduife ; que fi les animaux (& ils nous comprennent dans cette appellation) étoient des poiffons, l'eau ne feroit pas pour eux un élément étranger ; qu'ils y vivroient, & que néanmoins ils y meurent prefqu'auffi-tôt qu'on les y plónge ; que dans l'immenfité des mers, dans la pro-

fondeur de ſes abymes, où des hommes intrépides deſcendent quelquefois, on ren-
contreroit des poiſſons ſemblables à nous
& aux autres animaux; qu'au moins on en
verroit quélques-uns ſur les Iſles nues, ſur
les pointes de rocher que les eaux laiſſent
à découvert; & que ces phénomenes n'ont
jamais paru...... Ils diſent, contre la
ſeconde.... à-peu-près les mêmes raiſons.
Pourquoi ces germes gonflés, épanouis,
ne s'offrent-ils nulle part aux yeux de
l'obſervateur? Pourquoi l'*Animal - plante*
n'a-t-il d'exiſtence que dans le cerveau mé-
créant de quelques rêveurs, contredits
par la multitude & par toutes les analo-
gies? Pourquoi, ſans aucune preuve, ad-
mettroit-on l'étrange idée d'un rameau
qui, ayant ceſſé de communiquer avec ſes
racines, & de ſe nourrir des ſucs qu'elles
pompent au ſein de la terre, ne ſe ſéche
pas, ne meurt pas, mais, au contraire,
groſſit, grandit, ſe perfectionne, acquiert
des ſens & de la ſenſibilité, un mouvement dont il eſt le modérateur, un langage, une intelligence? Pourquoi le *ſecond*
rameau naîtroit-il d'une maniere ſi oppo-
ſée à la naiſſance du premier?

Après avoir combatu les opinions des *Tahonas*, les Miniſtres de la Religion propoſent la leur. Quand la ſuperficie d'*Ulietea* fut ſéchée, diſent-ils, par la chaleur bienfaiſante de *Mahananna* (1), & que les végétaux mûris eurent compoſé des aliments ſalubres & en quantité ſuffiſante, une troupe de *Téohés* ou Eſprits familiers, inſtruments de la puiſſance & de la bonté d'une Divinité ſupérieure, s'abaiſſerent, portés ſur un nuage épais. Le grand Dieu leur avoit confié un couple de chaque eſpece des animaux qui devoient peupler cette terre, née de la mer, & préparée pendant une ſuite innombrable de lunes & de ſaiſons. Ces animaux primitifs dormoient, & n'avoient jamais goûté les douceurs du réveil : ils avoient été créés dans cet état. Les *Téohés* les dépoſerent à terre, au milieu de la nuit. Le jour parut, ils ouvrirent les yeux, ſe virent, ſe rechercherent : un an n'étoit pas écoulé que chaque eſpece avoit pris de l'accroiſſement. La multiplication fut rapide, & toutes nos Iſles eurent des Habitants.

(1) Le ſoleil.

A 4

Si cette opinion n'étoit pas mieux prouvée que celle des *Tahonas*, elle entraînoit avec foi moins de répugnances & d'abfurdités : aussi avoit-elle de nombreux partifans. Elle fouffrit un échec confidérable, lorfque fuccessivement le Capitaine *Wallis* en 1767, *Bougainville* en 1768, & *Cook* en 1769, 1773 & 1777, aborderent à *O-Taïti*. Nous comprîmes aifément qu'il y avoit d'autres Ifles que les nôtres, qu'elles étoient extrêmement éloignées, & que cependant il n'étoit pas impossible qu'elles nous eussent envoyé les hommes & les animaux, auteurs de tout ce qui refpire l'air de nos belles campagnes. On fe fouvint, à la vue des vaisseaux Européens, que nos peres nous avoient raconté que les peres de leurs peres avoient entrevu de temps en temps quelques-unes de ces énormes machines flottantes qui ont apporté les Etrangers fur nos côtes. En effet, j'ai fu en Angleterre qu'un nommé *Quiros*, Efpagnol, découvrit probablement *O-Taïti* dès 1606. Bien des fiecles auparavant, quelqu'embarcation femblable aura pu fe brifer contre nos rochers ; les êtres vivants, échappés au naufrage, auront perpétué dans nos Ifles le fentiment & la vie que l'*Eatooa* leur avoit confervée. Ce n'eft-là qu'une conjecture affez vague, plus propre à appeller le doute qu'à procurer la certitude ; mais le doute eft le premier pas vers la vérité....... A peine ai-je dit un mot de moi, & voilà déjà une digref-fion. Il faut que les Lecteurs s'y accoutu-ment, & me pardonnent.

Ulietea eft donc ma patrie. Les Dieux me donnerent pour parents deux des plus honnêtes & des plus refpectables créatu-res que leur efprit ait jamais animées. Je compte encore, au nombre de leurs bien-faits, plufieurs freres & deux aimables fœurs, dont on verra la plus jeune vivre avec moi à *Huaheine*, & l'ainée unie, en légitime mariage, à *Ootée*, un des principaux Chefs d'*O-Taïti-Noë* (1). Ma famille étoit riche en terres couvertes de bananiers, d'ignames, d'arbres-à-pain,

_____

(1) C'eft-à-dire *O-Taïti* la Grande. L'Ifle d'*O-Taïti* eft partagée en deux portions, qui forment deux fouverainetés & prefque deux peuples différents. Ceci fera développé dans la fuite.

d'évées, &c. ; en habitations commodes, fpacieufes, remplies de tous les meubles de néceffité & d'agrément, imaginés par nous ; en pirogues de guerre, de pêche & de voyage : elle poffédoit en abondance d'excellentes armes pour les hommes, & de charmantes parures pour les femmes. Nous buvions l'*ava* (1), & nous élevions des cochons & des volailles, luxe de nourriture réfervé aux *Earées* (2) & aux Infulaires qui approchent de cette fublime condition.

Dès ma plus tendre jeuneffe, je fus deftiné au métier des armes, comme le font tous les hommes de mon rang. A quatorze ans, je parus, pendant un combat, fur une plate-forme guerriere, & notre pirogue remporta la victoire. Ce fuccès ne mit pas en moi le germe du courage : la nature m'en avoit fait préfent ; mais il le développa fi progidieufement que, l'année fuivante, *Ulietea* jouiffant d'une paix profonde, je m'échappai de la maifon pater-

(1) Liqueur enivrante.
(2) Les Nobles.

nelle , avec quelques braves étourdis de mon âge , & m'en allai offrir mes fervices à *Ammo* , alors Roi d'*O-Taïti-la-Grande.* Il étoit vivement attaqué par *Waheatua* , Chef-vaffal d'*O-Taïti-la-Petite* , que nous nommons auffi *Tiarraboo.*

A cette époque des fiecles qui ne font plus, appellée en Europe *Décembre 1768* , il fe donna une fanglante bataille où je courus rifque de la vie. *Ammo* , moins heureux, peut-être auffi moins habile que *Waheatua* , la perdit. Le vainqueur, après avoir exercé des cruautés inouies fur les vaincus, dicta les conditions de l'accommodement. La principale fut qu'il ne feroit plus vaffal , mais Roi. Il fallut en paffer par-là. S'il eût demandé davantage , il l'auroit obtenu , tant il avoit acquis de fupériorité. Depuis, les Souverains d'*O-Taïti-Noë* ont voulu reprendre ce qu'ils avoient été obligés de céder , & réduire *Waheatua* à l'état de vaffalité dont il étoit forti ; mais leurs tentatives ont toujours été infructueufes. Les gens de *Tiarraboo* font moins efféminés que leurs Compatriotes. S'ils ne font pas plus intrépides dans une action, ils ont plus de ce courage qui ne consiste pas tant à affronter la mort qu'à souffrir, sans se rebuter & sans se plaindre, les désagréments d'une guerre qui tire en longueur. Ils mangent peu, dorment en plein air : leurs ennemis peuvent bien se faire tuer, mais ils ne couchent que sous un toit, & ne marchent qu'accompagnés de toutes les sensualités que les autres laissent chez eux, dans l'espérance de les retrouver assaisonnées par la victoire. Voilà pourquoi les Chefs & le Peuple de *Tiarraboo* se sont maintenus dans l'indépendance ; & les Rois leurs anciens suzerains, doivent se féliciter intérieurement qu'ils s'en soient contentés. Au surplus, *O-Taïti* est si vaste, si féconde & si peuplée, que deux Rois, même ambitieux, doivent y être à l'aise. Cette Isle a 40 lieues de tour. Ses forces maritimes sont de 1500 pirogues au moins, ce qui, à 40 ou 50 hommes par pirogue, suppose une population de 300,000 ames.

Ce fut durant cette guerre que j'entendis parler, pour la premiere fois, des hommes étrangers, venus des extrêmités de la mer, armés du tonnerre, & le lançant pour des sujets assez légers. Un an avant la rupture d'*Ammo* & de *Waheatua*, un Anglais nommé *Wallis* s'étoit montré dans les havres d'*O-Taïti*, & d'une seule décharge de ses mousquets, il avoit tué quinze Insulaires ; exécution terrible, qui fit croire d'abord que les Européens étoient les enfants du *mauvais Dieu* (1). M. de *Bougainville* & ses Français, qui débarquerent sur la partie orientale, quelques lunes après le départ du cruel *Wallis*, nous réconcilierent un peu avec les hommes du Continent. On m'assura que ces Etrangers avoient avec les O-Taïtiens des rapports de goût & de caractere, qui produisirent entr'eux & les naturels du pays, la confiance & l'amitié. On ne se plaignoit que d'un article, encore étoit-ce modérément, nos mœurs n'étant pas alors assez pures pour que des galanteries nous choquassent à un certain point.

_____

(1) Les O-Taïtiens nomment *Etée* le mauvais principe. Généralement ce mot *Etée* sert à exprimer tout ce qui est *défaut* ; par exemple le *Petit* opposé au *Grand*. Ainsi *O-Taïti-Etée*, c'est *O-Taïti* la Petite.

Le Français *Bougainville* fut si bien se faire aimer & eftimer, qu'*Aoutourou* eut l'incroyable hardieffe de monter fur fon vaiffeau, & de s'en aller avec lui. Cet Infulaire n'a pas eu le bonheur de revoir fa chere patrie : l'*Eatooa* a mangé fon ame (1) loin de fa terre natale.

Cependant la paix s'étoit envolée d'*Ulietea*. Le peuple d'*Otaha*, Ifle voifine, enfermée dans le même reffif qu'*Ulietea*, & par conféquent fon alliée naturelle, fa fœur, avoit infulté le bon *Ooroo* (2), notre Roi. Nous avions exigé une fatisfaction : elle étoit due, & elle fut refufée. Nous armâmes, & l'on fe foumit ; mais on jura de fe venger. L'occafion d'accomplir cet affreux ferment fe préfenta bientôt.

En ce temps-là régnoit à *Bolabola* le fameux *Opoony*. Nos Ifles n'avoient jamais eu de plus grand Guerrier. Formés par lui, fes foldats étoient devenus invincibles. On le craignoit jufqu'aux *Ifles baffes*, où à peine

(1) C'eft-à-dire qu'il eft mort.
(2) Il eût fallu écrire *Oo-Ooroo*, même en fuivant l'orthographe de M. *Cook*.

notre navigation pouvoit s'étendre. Mal-
heureusement il n'avoit en partage que
les qualités militaires. Déjà il s'étoit emparé de *Mowrua*, lorsque les Insulaires
d'*Otaha*, furieux de la petite humiliation
que nous leur avions fait subir, allumerent
dans son cœur insatiable le désir de s'emparer des possessions d'*Ooroo*, & de nous
soumettre à son empire. *Otaha* & *Bolabola*
s'unirent pour nous opprimer. Leur traité
ne put être si secret qu'il n'en transpirât
quelque chose. Le Conseil des Chefs
d'*Ulietea* chercha de l'appui à *Huaheine* (1),
où l'on étoit plutôt dans la disposition de
l'offrir que dans celle de ne le point accorder : tant on redoutoit l'aggrandisse-
ment d'*Opoony*, qui, de proche en proche,
auroit envahi tout.

Le Roi de *Bolabola* ne chercha point de
prétexte pour déclarer la guerre à *Ooroo*;
il se croyoit au-dessus des regles. Celui
d'*Otaha* voulut observer quelques forma-
lités, & se répandit en plaintes imagi-
naires. On essaya plusieurs négociations

---

(1) Une des *Isles hautes*, dont il sera beaucoup parlé.

pour rappeller à la concorde ce *frere* dé-
naturé ; mais vainement : son parti étoit
pris , & les hostilités commencerent.

J'ignorois ces événements , & , la guerre
d'*O-Taïti* étant terminée, je revenois dans
ma patrie avec ceux de mes compagnons
que les massues de *Tiarraboo* avoient épargnés. En arrivant à *Huaheine* , nous apprîmes l'insurrection d'*Opoony*, contre *Ulietea* , & la lâche défection d'*Otaha*. Cette
nouvelle hâta notre retour.

Nous montions une bonne pirogue , nous
avions des armes ; & , quoique vaincus
par *Waheatua*, nous ne manquions pas de
courage : nous le poussions même jusqu'à
la témérité. Non loin de la baie d'*Ohamaneno* , le plus beau havre d'*Ulietea* , près
d'y entrer, nous apperçûmes en pleine mer
deux pirogues de guerre : elles avoient
l'air d'être de *Bolabola*. Nous voulûmes
nous en assurer , résolus de leur livrer combat , si elles étoient effectivement ce que
nous les soupçonnions. Nous nous avan-
çâmes. Soit qu'elles pénétrassent notre dessein , ou que, trouvant l'occasion de tomber

ber fur nous, elles en profitaffent ; toujours eft-il qu'elles fe porterent de notre
côté de toute la force de leurs Pagayeurs(1).
Si ellés nous euffent attendus patiemment,
mes aventures étoient finies. On va voir
comment.

Le combat s'engagea à une petite
diftance d'*Ohamaneno*. Il fut fanglant ;
nous tuâmes beaucoup d'ennemis ; mais
la partie étoit fi inégale, qu'épuifés de
laffitude, n'ayant plus guere à notre bord
que des morts & des bleffés, nous par-
lâmes enfin de nous rendre. Pendant que
l'on difputoit fur les conditions, je quittai mes armes, & me gliffant dans la mer,
je nageai entre deux eaux vers le reffif
d'*Ulietea*. La nuit commençoit ; on ne remarqua point ma fuite, ou l'on ne crut pas
devoir fe déranger pour l'interrompre.
J'arrivai, mais fi las, que deux cents pas
de plus, je n'euffe pu les parcourir. Mes
compagnons, préfentés à *Opoony*, furent
tous affommés le même jour en l'honneur

_____

(1) Ou rameurs. La rame s'appelle *pagaie.*

Tome I. B

des Dieux de *Bolabola*, comme étant les
prémices de la guerre.

Elle continua, cette guerre funeste, avec
une violence dont la mémoire de nos vieillards ne fournissoit aucun exemple. L'on
convint de la terminer par une bataille générale. Les flottes combinées d'*Ulietea* &
d'*Huaheine* furent détruites par celles de
Bolabola & d'*Otaha*. Nous tombâmes, mon
pere & moi, entre les mains des vainqueurs, & dans le partage qu'on fit des
prisonniers, nous restâmes au pouvoir
d'*Opoony*. Ce Monarque descendit à
Ulietea, la remplit de ses créatures, s'en
retint la souveraineté, & en donna la vice-
royauté à *Oreo*, un de ses Chefs. Habile
à profiter de la victoire, il poursuivit jusqu'à *Huaheine* les débris de l'armée vain-
cue, s'empara de l'isle, &, prévoyant
qu'il ne la garderoit pas, y exerça des
cruautés sans nombre. *Ooroo* eut deux fois
le bonheur d'échapper à ses recherches.
Il se retira d'abord à *Huaheine*, puis à
O-Taïti, où sa présence & celle d'une
foule de Guerriers fugitifs annoncerent ce

qu'on avoit à craindre d'*Opoony*, fi on lui
laiffoit le temps de fe fortifier dans fes
nouvelles conquêtes. Les deux Rois d'*O-
Taïti* affemblerent leurs forces, tombe-
rent fur l'ufurpateur, le chafferent d'*Huaheine*, & finirent par lui propofer un arran-
gement. En bon politique, il l'accepta,
sûr de le rompre quand il ne lui feroit plus
avantageux d'y être fidele.

Les conditions furent que l'on confer-
veroit à *Ooroo* toutes les prérogatives de
la dignité royale, mais que fon autorité,
reftreinte au Diftrict d'*Opoa* (1), ne pafferoit point à fes fucceffeurs, qui hérite-
roient feulement du Diftrict, avec la qualité de *Chefs*: que tout le refte appartien-
droit à *Opoony*; que les Infulaires d'*Ulietea*, qui aimeroient mieux s'expatrier que
de vivre fous le joug de la nouvelle do-
mination, ne feroient point troublés
dans leur retraite; que les biens & l'hon-

---

(1) Chaque Ifle eft divifée en plufieurs *Diftricts* ou *Fiefs*
qui portent un nom particulier, & qui appartiennent à des
Chefs ou *Earées* du premier ordre.

neur feroient confervés à ceux qui ne quit-
teroient point *Ulietea* , quelqu'attachement qu'ils témoignaffent à *Ooroo* , pourvu toutefois qu'ils ne tentaffent rien contre le nouveau Souverain : enfin que les
Infulaires d'*Huaheine* ne feroient jamais tra-
caffés ni pour l'affiftance donnée aux
armes d'*Ooroo* , ni pour les fecours pacifiques qu'ils accorderoient encore aux bannis d'*Ulietea*.

Ces articles jurés , *Ooroo* eut la permiffion de retourner dans l'Ifle dont il avoit
été Roi. *Oreo* , Vice-Roi pour *Opoony* ,
affecta de lui rendre beaucoup d'honneurs.
Il ne faifoit rien fans le confulter ; il fe
découvroit les épaules en fa préfence, s'af-
feyoit devant lui (1) ; bref il le traitoit
en Souverain : mais il commandoit , lui ,
& *Opoony* régnoit. Je dirai à la louange
d'*Oreo* qu'il étoit auffi bon que le Miniftre
d'un ufurpateur peut l'être , & que fi le
fort d'*Ooroo* avoit dépendu de fa volonté ,
il lui auroit vraifemblablement reftitué le

_____

(1) Refpects & politeffes locales.

pouvoir dont il lui laiſſoit la décora-
tion.

Grand nombre de ceux qui avoient
abandonné *Ulietea* après la victoire d'*O-
poony* , blâmerent hautement la paix con-
clue. Elle leur ſembla déshonorante. C'é-
toit un opprobre qu'*Ulietea* , la mere de
toutes les Iſles , demeurât captive ſous le
joug de *Bolabola* ; & *O-Taïti* auroit dû
exiger , pour premiere condition , qu'*O-
poony* ſe contentât de ſes anciens domai-
nes. Entre ceux qui penſoient & parloient
ainſi , étoit *Tupia* , mon compatriote ,
homme de naiſſance & d'un mérite extra-
ordinaire. Il avoit rencontré à *O-Taïti* le
Capitaine *Cook* , qui ne faiſoit que d'y arriver. Il ne tint pas à lui que les Anglais
n'épouſaſſent la querelle d'*Ooroo* , & ne
le rétabliſſent dans la plénitude de ſes
droits. Ne pouvant réuſſir dans ce projet,
Tupia s'embarqua ſur l'*Endéawour* , réſolu de ne jamais revoir ſa terre natale ,
ou d'y amener , des extrêmités du monde ,
un ſecours aſſez puiſſant pour écraſer le
ſuperbe qui l'avoit aſſervie.

B 3

Les bannis d'*Ulietea* n'étoient pas les feuls mécontents du traité de paix. *Otaha* fe plaignit d'avoir été oubliée. Eft - ce qu'*Opoony* avoit vaincu feul? Eft-ce que fes Alliés n'avoient pas verfé leur fang? Eft-ce que leurs pirogues n'avoient pas combattu? Et *Opoony* recueilloit tout le fruit de la victoire commune! Le Roi d'*Otaha*, de l'avis ou même à l'inftiga-tion de fes *Earées*, envoya un Député à *Bolabola* pour réclamer la moitié de la terre conquife. D'abord on éluda la de-mande; mais quand on vit qu'il falloit enfin répondre, on répondit: » Qu'*Otaha* » étoit affez payée par l'honneur d'avoir » été affociée à la gloire immortelle du » grand *Opoony*. « Ce paiement parut lé-ger aux demandeurs. Ils déclarerent que fi, dans le délai de quinze jours, on ne leur délivroit pas ce qui leur appartenoit, ils fauroient fe faire juftice. *Opoony* n'é-toit point accoutumé à ce langage. Sa co-lere monta comme les flots de la tempête. Il fit dire aux gens d'*Otaha* qu'ils euffent à fe préparer à la guerre.

La perfide sœur d'*Ulietea* se défendit avec un courage digne d'une meilleure cause. Elle n'implora les secours de personne : qui lui en auroit porté ? Attaquée par les Guerriers de *Bolabola* & par une partie de ceux d'*Ulietea*, qui, cette fois, ne refuserent pas d'obéir à *Oreo*, poursuivie par la vengeance des Dieux, elle subit, après cinq batailles, le joug d'*Opoony*, qui lui fit souffrir mille maux. La Famille royale fut entiérement détruite, & la vice-royauté donnée à *Boba*, parent de l'usurpateur.

J'ai raconté de suite ces événements, qui embrassent un temps assez considérable, afin de n'avoir plus à m'occuper que de moi.

Dans la bataille qui fit tomber le vertueux *Ooroo* devant l'heureux, mais coupable *Opoony*, mon pere, quoique d'un âge avancé, s'étoit distingué entre tous nos Guerriers. Trois fois sa valeur mit en danger la pirogue royale, & peut-être que s'il eût été secondé à propos, sa massue, en frappant la tête de l'aggresseur,

B 4

auroit terminé la guerre à notre avantage. Lés Dieux en ordonnerent autrement. J'ai dit que nous demeurâmes prifonniers, mon pere & moi, & qu'*Opoony* nous eut dans fon lot. Il nous avoit demandés, charmé, difoit-il, du courage avec lequel nous avions combattu. A peine fûmes-nous en fon pouvoir, qu'il nous offrit la vie, la liberté & de grands biens, fi nous voulions renoncer à *Ooroo* & nous attacher à fon fervice. Mon pere refufa de nous fauver à ce prix ; fon exemple m'enflamma : je déclarai à l'ufurpateur que je mourrois fujet du Roi que la nature m'avoit donné. *Opoony* trouva de l'infolence dans ce procédé généreux, & il nous condamna l'un & l'autre à être immolés en l'honneur de fes Dieux. Afin de prolonger nos maux par l'attente du fupplice, ou pour nous laiffer le temps de réfléchir & d'accepter fes offres féduifantes, il voulut que nous fîffions la clôture des cent victimes humaines qu'il avoit promifes aux *Watthas* (1) de *Balabola*. Chaque jour on

(1) Autels.

en affommoit deux en cérémonie, & nous affiftions, enchaînés, à cet horrible fpectacle : néanmoins ce moment n'étoit pas fans quelque douceur, puifque nous pouvions nous voir & nous parler. Le refte de la journée nous étions féparés.

Notre tour approchoit. Une nuit que je dormois d'un fommeil meilleur que ne fembloit le permettre ma trifte fituation, je fus réveillé par une main qui preffoit légérement ma bouche. Au premier mouvement que je fis, on me dit à l'oreille : » Silence, jeune homme..... un admirateur » de votre courage & de votre fidélité » vient vous fauver la vie. Vos gardes » dorment........ il eft aifé de couper vos » liens...... (*en effet on les coupa*)...... mar- » chez avec précaution, & gagnez la baie » d'*Hourri*...... vous y trouverez une pe- » tite pirogue à l'aide de laquelle vous » échapperez, fi les Dieux vous prote- » gent......... (*j'allois répondre*) Point de » remerciements, les moments font chers, » partez. — Et mon pere? — En mourroit- » il moins quand vous ne vous fauveriez

„ pas ?...... On s'occupera de lui ; mais....
„ en tout cas , vivez pour le venger. «

Je partis, & les Dieux me protégerent.
Après une heure de navigation , je me
trouvai au milieu d'une douzaine de pirogues, qui portoient des *Arreoys* (1). Ils
venoient de se divertir dans une isle voi-
sine & retournoient à *O-Taïti* , lieu de
leur demeure. Je leur contai mon aventure:
elle les intéressa. Leur affectueuse compas-
sion les excita à me proposer de m'emmener avec eux à *O-Taïti*, où ils prendroient
soin de mon établissement & de ma fortune ; mais je les priai de me déposer à
Huaheine, ce qu'ils firent.

On ne tarda pas à m'y apprendre qu'*O-
poony* , furieux de mon évasion , avoit
massacré mon pere de sa propre main. O !
que je me reprochai ma fuite ! A la vérité , le cher auteur de mes jours n'en

_____

(1) Membres d'une société qui , à bien des égards, res-
semble à celle des *Francs-Maçons*. Voyez la Narration intitulée *Omaï*.

auroit pas moins été immolé, mais il auroit vécu quelques femaines de plus ; &
quel eſt le fils qui ne ſe ſacrifieroit pas
pour prolonger la vie de ſon pere, ne fût-
ce que d'un moment ?

J'eſſuyai une longue & dangereuſe maladie. Elle m'empêcha de voler à *Bolabola*
pour y tuer *Opoony*. La porte du *Tourouva* (1) ne s'ouvrit point. Ma ſanté revint
par degrés. Pendant ma convaleſcence, un
vénérable *Téaponée* (il ſe nommoit *Adelo*)
plein de l'eſprit du grand Dieu, me per-
ſuada que je n'étois pas né pour être un
aſſaſſin.

Cependant l'implacable colere de l'uſur-
pateur frappa toute ma famille. Dépouillés de leurs biens & chaſſés d'*Ulietea*, contre la teneur du traité de paix, mes parents chercherent çà & là des aſyles qu'on
leur refuſoit ſouvent, & qu'on ne leur accordoit preſque jamais qu'accompagnés de

---

(1) Habitation ſpacieuſe où les ames ſe raſſemblent dans
l'autre vie.

la plus étroite pauvreté. Quelques-uns , ma mere entr'autres , me rejoignirent à *Huaheine*. Le fage *Orée*, qui en étoit Régent, ne nous laiffa pas abfolument fans fecours , mais le nombre des indigents étoit fi confidérable que fes dons, magnifiques en eux-mêmes , ne nous fournif-foient pas le néceffaire.

Quatre mortelles années s'écoulerent. Ma tendre mere fuccomba à fes miferes & à fon chagrin... Qu'il m'eût été doux de la fuivre ! Je languiffois dans l'oifiveté , je manquois à-peu-près de tout, & ne voyois aucun terme à mes maux. Il n'y avoit que le fouvenir du brave *Tupia* qui me foutint contre le défefpoir. »Il viendra , di- »fois-je : il viendra... armé de la foudre , » fuivi d'une troupe de ces étrangers in- » vincibles, qui lancent la mort comme » un dard , & atteignent beaucoup plus » loin... Je m'unirai à lui... je me dévoue- » rai à fon fervice , je ferai fon efclave , » s'il le faut... pourvu qu'il nous venge, » délivre notre patrie... & me procure à » moi , à moi , les moyens d'étendre lé-

» gitimement la main fur le farouche
» *Opoony.* «

Ces idées ne fortoient point de ma tête,
& fouvent ces propres paroles fortoient de
ma bouche. On crut que la douleur avoit
altéré ma raifon ; mais on me laiffoit di-
vaguer, parce que, *dans mes accès*, je ne
faifois de mal à perfonne, & que je recherchois toujours les lieux folitaires, particuliérement les bords de la mer, où je
paffois feul des journées entieres à regarder du côté par lequel *Tupia* devoit revenir. Combien de fauffes efpérances agite-
rent mon cœur! Combien de fois mon imagination ardente transforma-t-elle en vaiffeaux européens des nuages détachés des
autres, & qui fembloient voguer fur les
flots émus ! » O ! approchez, m'écriois-je,
» en ferrant les mains l'une contre l'autre,
» approchez !... nobles vengeurs, hâtez-
» vous !... « Le vent s'élevoit, & fon fouffle
puiffant difperfoit les fantômes que j'avois
créés. L'erreur recommençoit dès le lendemain.

Les Dieux paroiffent enfin m'exaucer.

Deux énormes machines flottantes, couvertes d'hommes singuliers, se montrent non loin de la baie d'*Owharre*. C'est *Toote* (1), crie-t-on de toutes parts. En effet c'étoit lui. Des pirogues qui avoient été reconnoître les embarcations, leur offrir des rafraîchissements, & les voler, s'il étoit possible, rapporterent que le même *Toote*, qui avoit emmené *Tupia*, s'apprêtoit à descendre sur nos côtes.

Je ne parlerai point de l'impression que je reçus à la vue de tant d'objets nouveaux pour moi. Vaisseaux, hommes, langage, meubles, armes, vêtements, nourritures, chaque chose en particulier m'étonnoit à un point que je ne puis dire; mais toutes, en collection, me causoient une confusion de sentiments & d'idées, dont l'effet visible étoit cette espece de stupeur, que l'on prend aisément pour de l'imbécillité. Cependant je n'oubliai pas que ce qui devoit le plus m'intéresser étoit le retour de *Tu-*

_____

(1) Les O-Taïtiens ne prononcent point ou prononcent mal le C & le K. Au lieu de *Cook* ils disoient *Toote*.

pia ; & ayant entendu un Matelot de l'*A-venture* (il avoit été du premier voyage à *O-Taïti*) qui s'exprimoit affez bien dans notre idiôme , je lui demandai des nouvel-les de mon généreux compatriote. Non , la foudre ne m'eût pas plus atterré que fa réponfe : *Tupia* eft mort , me dit-il. Mort , m'écriai-je ! Eh ! qui donc délivrera ma pa-trie ? Qui nous vengera d'*Opoony* ? Je n'en fais rien , me répondit machinalement le Matelot, qui probablement ne comprit pas mes queftions. Je le quittai pour m'aban-donner librement à ma douleur.

Marchant fans deffein , fuyant les hom-mes , m'entretenant avec moi - même , j'étois dans le *Morai* (1) avant que je l'euffe apperçu. La fainteté du lieu me rappella le fouvenir des Dieux. » O ! *Eatooa* , dis-je , » en l'adorant intérieurement , divine » *Eatooa* , qui donc délivrera ma patrie ! » qui nous vengera d'*Opoony* !... « J'ignore

(1) C'eft un enclos découvert , où l'on enterre les morts & où l'on honore les Dieux ; les Infulaires n'ont point d'autres temples.

fi ce fut une illufion ou une réalité,
mais une voix forte & articulée prononça diftinctement ces paroles : *Toi*, *mon*
fils. Saifi d'une frayeur religieufe, j'imagine que l'ame de mon pere m'a répondu ; qu'elle m'a promis que je remplace-
rois *Tupia*, que je ferois ce qu'on attendoit de lui. L'efpérance renaît. dans mon
cœur. Il fe dilate, s'aggrandit en quelque
forte ; je ne fuis plus l'*Omaï* accablé fous
le poids de l'infortune, & je ne me fens
encore *moi* que parce que je me fouviens
de ce que j'ai été.

Le premier fruit de ma fublime voca-
tion fut de me rendre fage & retenu. Perfonne ne fut que, du féjour de la mort,
des paroles infaillibles étoient montées
jufqu'à moi. Je dépofai cet important fecret dans la partie de mon ame la plus
reculée, & je courus vers les montagnes
pour le méditer à loifir & en repos.

Le réfultat de cette méditation profonde fut que je me ménagerois l'amitié
des étrangers ; que je tâcherois d'obtenir
d'eux

d'eux qu'ils me menaſſent dans leur pays; qu'à leur prochain voyage ils me raméneroient riche en armes & en connoiſſances, telles qu'il en falloit pour écraſer l'oppreſſeur *d'Ulietea*, & opérer la révolution. S'ils me reçoivent, ajoutai-je, ce fera une preuve que les Dieux m'inſpirent.

Je revins à l'endroit où ſe faiſoient les échanges. Tout ce que je poſſédois, je le donnai gratuitement aux gens du vaiſſeau *l'Aventure*. Aucun ne me refuſa; mais j'ai bien vu depuis que mon déſintéreſſement étoit à leurs yeux tout le prix de mes dons. Je m'appliquai ſur-tout à rendre une multitude de petits ſervices perſonnels à celui qu'on me dit être le Capitaine ou Chef. Rien ne me coûtoit; rien, quoique je ſois naturellement fier, ne m'humilioit. Si l'amour-propre murmuroit quelquefois, je réprimois ſes ſaillies, en me repréſentant qu'il étoit eſſentiel de paſſer par-là pour arriver à la vengeance.

Furneaux (c'eſt le nom de l'*Éarée-Bri-*

Tome I. C

tanne qui commandoit l'*Aventure*) diftingua mon expreffement ; il m'offrit des clous , une hache , préfents alors ineftimables, &, à fon grand étonnement , je ne les acceptai pas. Il me fit demander par ce Matelot , favant dans notre langue, quelle étoit la caufe de mon refus, & fi je le méprifois. L'*Eatooa* m'eft témoin , lui répondis-je , que je vous regarde comme une créature qui approchez beaucoup d'elle & de fes perfections.... Vos préfents font riches, mais je voudrois que vous me permiffiez de n'en avoir pas befoin. — Je ne vous entends pas , me dit-il. — Je voudrois , repris-je , vous aimer, m'attacher à vous , vous fuivre là-bas , là-bas...., au bout de la grande mer. — Et de qui dépendez-vous ? — De moi. — De vous feul? — Abfolument. Un cruel a tué mon pere, & le chagrin ma mere ; je n'ai plus de patrie.... *Tupia* ne vous a-t-il pas raconté....— Je n'ai pas connu *Tupia* ; mais je fais qu'il a parlé des malheurs de fa patrie.... Si vous alliez mourir en route, comme *Tupia*? — Il vaut mieux , noble *Earée-Britanne*, mourir à mille journées de fa terre

natale , qu'à une : l'ame voltige moins
douloureusement au bord des levres gla-
cées ; tous les sacrifices sont faits. — Vous
ne reviendrez jamais dans cette isle. — Oh !
l'ame de mon pere m'a assuré que j'y re-
viendrois. — L'ame de votre pere ? — Ceci vous étonne ! Est-ce que chez vous les
ames des peres , mangées par l'*Eatooa* , ne
conversent pas avec leurs enfants , dans
les grandes occasions ? Chez nous c'est
l'usage. — L'ame de votre pere vous a dit
que vous reviendrez ? — Pas en propres
termes , mais d'une maniere fort intelligi-
ble.... Dussé-je , après tout , ne pas revenir , mourir comme *Tupia* dans un coin
de votre immense pirogue , j'aime mieux
vous suivre que de rester ici : trop de sou-
venirs & trop d'objets m'y déchirent le
cœur....

Furneaux consulta les principaux de son
équipage. Je les avois tous gagnés par
mes bons offices : ils furent d'avis de me
recevoir , de m'associer à leur fortune ; &
le Capitaine qui , de lui-même , inclinoit
de ce côté , prononça , à ma grande joie ,

que j'étois devenu l'inséparable compagnon
de ses voyages.

Toutes les difficultés n'étoient pas vain-
cues. Il falloit l'approbation de *Cook*,
Earée supérieur à *Furneaux*, & qui commandoit l'autre vaisseau nommé la *Résolution* ; & ce ne fut pas sans peine qu'il
l'accorda. Je vis le moment où tout alloit
échouer par sa résistance. L'envie de ne
pas désobliger son collegue, mes pressan-
tes supplications, un Dieu peut-être, le
déterminerent à ratifier l'aggrégation que
Furneaux avoit faite de moi à l'équipage
de l'*Aventure*.

Le bruit se répandit aussi-tôt à *Huahei-
né* & dans les isles voisines, qu'*Omaï* par-
toit pour *Britanne*. On crut généralement
que la pauvreté me chassoit. Quelques-
uns me rendirent plus de justice, en joi-
gnant à ce motif celui de ne pouvoir vivre auprès d'*Opoony*, tyran de ma terre
natale, & meurtrier de mon pere. Personne
ne devina que je courois à la plus sainte,
la plus légitime des vengeances.

C'eſt ici le lieu de placer les divers ju-
gements que porterent de moi les Anglais
qui m'adoptoient. *Cook* & *Forſter* ont con-
ſigné les leurs par écrit ; je les ai lus. On
ne ſera pas fâché de les trouver ici , avec
des remarques de ma façon.

» Le Capitaine *Furneaux* (dit *Cook*) con-
» ſentit à recevoir à ſon bord un jeune
» homme nommé *Omaï* , natif d'*Ulietea* ,
» où il avoit eu quelques biens , dont les
» Inſulaires de *Bolabola* venoient de le dé-
» poſſéder...... « *Quelques biens* n'eſt pas le
terme ; j'étois riche. Mais probablement
Cook jugeoit de mes poſſeſſions d'après
l'idée de ce qu'on appelle en Europe *une
fortune* , & alors je ne poſſédois vraiment
que *quelques biens* , ou, pour mieux dire ,
ce que je poſſédois ne valoit pas la peine
qu'on en parlât.

» Je m'étonnai d'abord , continue le Ca-
» pitaine *Cook* , qu'il ſe chargeât de cet
» Indien, qui n'étant diſtingué , ni par la
» naiſſance , ni par ſon rang , ni remarqua-

C 3

„ ble par fa taille, fa figure, fon teint, ne
„ pouvoit, fuivant moi, donner une idée
„ jufte des Habitants de ces ifles heureu-
„ fes... « Il faut que j'en convienne, les diftinctions dont il s'agit, me manquoient; mais
j'avois celles des fentiments. Au furplus, il
n'eft pas étonnant qu'un homme, banni de
fa patrie, dépouillé de fes biens, pris les
armes à la main en défendant fon Roi, &
fouftrait par un miracle de providence à la
religieufe maffue des *Téaponées*, n'eût pas
de rang. Ma taille étoit grande, on l'a-
voue ; mais *très-mince*, ajoute-t-on. N'eft-
ce pas le fort de tous les jeunes gens qui
ont grandi un peu vîte? Que l'on vienne me
voir, actuellement que les années, les voyages, la fobriété, les bonnes mœurs, ont
fortifié mon tempérament ! On me repro-
che encore d'avoir les mains *d'une peti-
teffe remarquable*. C'eft une beauté dans
nos Ifles, & ordinairement l'apanage des
Nobles. *Cook* eut occafion d'examiner les
mains d'*Herea* & d'*Oruwherra*, Chefs
dans ma patrie ; elles n'étoient pas plus
grandes que les miennes. Refte mon *teint*,
qu'on accufe, pour ainfi dire, d'avoir été

d'une *couleur plus foncée* que celui des *Earées* & des *Manohoones* (1): j'étois brun comme un *Towtou* (2). Tout ce que je peux répondre à cette inculpation, c'est que j'ai vu des Lords, en Angleterre, dont la peau n'étoit pas ragoûtante, tandis que, dans les dernieres classes du peuple, on rencontroit des figures vermeilles comme la rose, blanche comme le lis, & couvertes d'un duvet que le plus beau fruit eût envié. Les regles générales ne sont point sans exception. Je ne négligerai point d'observer que mes courses, mes malheurs, ma pauvreté, le continuel exercice de la pêche auquel j'étois obligé de me livrer pour ne pas mourir de faim, avoient augmenté le défaut naturel de mon teint : il s'est éclairci.

Après cette petite critique de son ami (je le suis devenu) *Cook* ajoute : „ Cepen-„ dant, depuis mon arrivée en Angle-„ terre, j'ai été convaincu de mon er-

(1) Second ordre qui correspond à nos Roturiers.
(2) Troisieme ordre : Domestiques ou Esclaves.

C 4

» reur.... Je ne fais fi aucun des naturels
» auroit donné par fa conduite une fatis-
» faction plus générale. « Heureufement
donc *Furneaux* ne s'attacha point trop à
l'extérieur.

» *Omaï* (c'eft toujours *Cook* qui parle)
» a certainement une très-bonne tête, de
» la pénétration, de la vivacité, & des
» principes honnêtes. Son maintien inté-
» reffant le rendoit agréable à la meilleure
» compagnie ; & un noble fentiment d'or-
» gueil lui apprit à éviter la fociété des
» perfonnes d'un rang inférieur..... « Mon
panégyrifte fe trompe ici. Il m'attribue un
vice ou une vertu que je n'avois pas : ce
n'étoit point par orgueil que je me liois
avec les hommes qualifiés, qui m'ont paru
plus d'une fois ne valoir pas en proportion
de leurs titres & de leurs dignités ; mais
parce que, dans l'exécution de mes projets, ils pouvoient m'être beaucoup plus
utiles que leurs inférieurs. On ne fuppo-
fera guere le *noble orgueil* dont on a prétendu m'honorer, dans un Infulaire qui
voyoit habituellement fon Roi conduire

lui-même fa pirogue, & ramer demi-nud avec fes propres *Towtous.*

„ Il eft dominé par des paffions comme „ les autres jeunes gens ; mais il a aflez „ de jugement pour ne pas s'y livrer avec „ excès....... « C'eft que la paffion de la vengeance avoit amorti toutes les autres.

„ Le vin ou les boiffons fortes ne lui „ caufent, je crois, aucune répugnance... « Il eft vrai ; j'avois été accoutumé dès ma tendre jeuneffe à boire *l'ava.*

„ Heureufement pour lui, il a remarqué „ que le bas peuple feul boit beaucoup... « *Seul* eft exagéré. J'avois remarqué, au contraire, que les nobles Lords & même quelques Ladys s'en tiroient aflez bien.......... „ Et comme il étudioit avec foin les ma- „ nieres, les inclinations & la conduite „ des perfonnes de qualité qui l'honoroient „ de leur protection, il étoit fobre & re- „ tenu....... « Autant par caractere que par imitation....... „ Et je n'ai pas oui dire que „ durant deux années de féjour en Angle- „ terre, il ait été une feule fois pris de vin,

» ou qu'il ait jamais montré le moindre
» défir de paffer les bornes les plus rigou-
» reufes de la modération....... « Pour de
défir, je n'en ai jamais montré ; mais il plut
un jour à une femme , que je ne défignerai
pas , de m'enivrer dans le deffein de m'étudier philofophiquement : je ne le lui ai pas
encore pardonné. Au refte , je fus fage
dans mes folies , & peut-être manqua-
t-elle une partie de fes obfervations.

» Quoiqu'*Omaï* ait toujours vécu dans
» les amufements en Europe, fon retour
» dans fa patrie n'eft jamais forti de fon
» efprit. Il n'étoit pas impatient de partir ;
» mais il témoignoit du contentement à
» mefure que le moment approchoit..... «
Vous êtes dans l'erreur , mon refpectable
ami. Dès que j'eus acquis les connoiffances & les provifions néceffaires à l'exécution de mes projets , je fus *impatient de
partir* ; j'aurois voulu qu'un *Téohé* me
tranfportât en un clin d'œil à *O-Taïti*,
ou à *Huaheine*, avec mes richeffes de vengeance ; mais l'honnêteté vouloit auffi
que je diffimulaffe mes fentiments, & je

commençois de prendre fur moi-même un empire affez étendu pour ne pas manifef-ter un défir offenfant, qui, avoué à mes protecteurs, n'auroit pas avancé mon dé-part d'une feule minute.

Hommes de l'Europe, vous venez d'en-tendre fur mon compte le témoignage du Capitaine *Cook* ; voici un autre Hiftorien qui ne m'eft pas tout-à-fait auffi favora-ble : c'eft M. *Forfter.*

» Au moment où *Omaï* partit *d'Hua-* » *heine* (dit-il), il fembloit être un homme » du peuple ; il n'ofoit pas afpirer à la » compagnie du Capitaine, & il préféroit » celle de l'Armurier & des Matelots. «

Je conviens de bonne foi que les étran-gers, à cette époque, me paroiffoient des êtres tellement fupérieurs, que mon efprit élevoit le plus petit d'entr'eux au-deffus de nos *Earées.* Cela prouvoit d'autant moins que je fuffe & que je me donnaffe pour un *homme du peuple* , que les prin-cipaux Chefs de nos Ifles en ufoient de la même maniere. M. *Forfter* auroit dû faire cette réflexion, lui qui a écrit des habitants d'*Ea-Oowhe*, peuple très-semblable à nous, que *le Roi se prosternoit lui-même devant un Munitionnaire* Hollandais, & que *les Chefs plaçoient leurs cous sous ses pieds*; genre de *vénération* qui, selon lui, ne supposoit ni lâcheté, ni bassesse, mais seulement qu'ils avoient éprouvé *la force supérieure* des Européens. Il auroit dû me traiter avec la même indulgence.

Au fond, je recherchois l'Armurier, parce que les armes anglaises étoient une des choses qui m'intéressoient le plus; & les Matelots, parce que je les questionnois librement, & que leurs réponses étoient à ma portée.

Forster ajoute que quand on m'eut revêtu de beaux habits, & présenté aux *personnes les plus distinguées* du Cap, je déclarai que je n'étois pas *Towtou*, ou homme de la derniere classe, mais *Hoa*, c'est-à-dire, Officier du Roi. En effet, je fis cette déclaration, & elle étoit vraie: si je

ne la hazardai pas plutôt, c'eſt que j'ignorois de quelle maniere elle ſeroit priſe.
Voyant qu'on attachoit un grand prix à la
qualité des étoffes & à la forme des vêtements, je rougiſſois de ma chétive parure :
un habillement nouveau & aſſez magnifique me délia la langue ; je pus dire ce que
j'étois ſans l'avilir.

» *Omaï* a paſſé pour très-ſtupide chez
» les uns...... « Je ne crois pas qu'il fût
poſſible que perſonne eût de moi cette
idée..... » & pour très-intelligent chez les
» autres... « Il étoit naturel que les Anglais,
n'attendant preſque rien de moi, me trou-
vaſſent d'une pénétration rare, parce que je
comprenois facilement ce que beaucoup
d'hommes, leurs compatriotes & de mon
âge, ou ne comprenoient qu'avec peine,
ou ne comprenoient point du tout.

» A ſon arrivée à Londres il a partagé
» les ſpectacles & les plaiſirs les plus bril-
» lants de cette grande Métropole ; il imita
» aiſément la politeſſe élégante de la Cour,
» & il montra beaucoup d'eſprit & d'ima-

„ gination... « Et vous difiez tout-à-l'heure
que j'ai paffé pour *très-ftupide* chez la moitié de ceux qui m'ont connu ?..... „ Pour
„ donner une idée de fon intelligence.... «
& une preuve..... „ je me contenterai de
„ dire qu'il a fait des progrès étonnants
„ dans le jeu des échecs. « Je l'aimois à la
folie, ce noble jeu ; il m'offroit l'image
d'une bataille, & l'on m'affuroit que les
Conquérants en avoient toujours fait leurs
délices. O ! combien de fois, appellant
Opoony le Roi de mon adverfaire, j'ai
eu le plaifir de faire *mât* l'oppreffeur de ma
chere patrie !

„ Comme il n'avoit pas le génie ni les
„ talents fupérieurs de *Tupia*, fon enten-
„ dement a fait peu de progrès....... « On
verra, dans le cours de mes *Narrations*,
fi ce jugement eft vrai. J'avoue bien volontiers que *Tupia* avoit un mérite diftin-
gué ; mais qu'il me furpaffât autant qu'on
l'infinue, c'eft ce dont je ne conviendrai
point, quelqu'envie que j'aie d'être modefte. La vérité fe plaindroit, fi je la facri-
fiois à la crainte de paroître avantageux.

» C'eſt pour ſatisfaire ſes goûts enfan-
» tins qu'on lui a donné une orgue porta-
» tive, une machine électrique, une cotte
» de maille & une armure complette....... «
Vous ne ſavez pas tout, bon critique ;
j'ai déſiré & obtenu une foule d'autres bagatelles moins importantes encore, & aux-
quelles j'attachois un grand prix. Si vous
euſſiez voulu vous ſouvenir que je retour-
nois dans une Iſle où les *plumes rouges* ſont
la choſe la plus riche, la plus courue,
vous n'auriez pas attribué à un *goût enfan-
tin ,* des choix déterminés par la connoiſ-
noiſſance du caractere de mes Compatriotes, & de ce qui étoit propre à les remuer.
Une orgue portative & des marionnettes
m'étoient plus utiles que toutes les guinées des trois Royaumes.... Et convenoit-
il à un ſavant tel que M. *Forſter ,* de nommer enfantillage l'envie de m'enrichir d'une
machine électrique ? Eſt-ce que des expé-
riences qui amuſent & inſtruiſent toute
l'Europe, ne pouvoient pas m'inſpirer un
goût ſolide & raiſonnable ?

On revient encore à l'humiliante compa-

raison de *Tupia* & de moi. " Il paroît que
" l'espoir de délivrer leur pays de l'oppres-
" sion, les engagea tous deux à s'embar-
" quer sur des vaisseaux anglais.... " Quant
à moi, je n'eus pas d'autre motif, & j'aime
à me persuader que le cœur de mon noble
frere brûla du feu qui enflammoit le
mien. " *Tupia* auroit peut-être exécuté son
" dessein ; mais *Omaï* n'avoit point assez
" de pénétration pour acquérir une idée
" complette de nos guerres, & l'adapter
" ensuite à la position de ses compatrio-
" tes...... " Une *idée complette* des guerres
européennes ! Mais cette idée étoit-elle
nécessaire pour modifier la tactique d'un
peuple qui n'a pour vaisseaux de ligne que
des pirogues, pour artillerie que des dards
armés d'os de poisson ?..... " Cependant le
" projet de soustraire son pays au joug de
" *Bolabola* remplissoit tellement son esprit,
" qu'il a dit souvent en Angleterre que si
" le Capitaine *Cook* ne l'aidoit pas dans
" son entreprise, il empêcheroit ses com-
" patriotes de lui fournir des rafraîchisse-
" ments. Il médita cette vengeance jusqu'au
" moment de son départ...... " On me ca-
lomnie

lomnie. Je n'ai jamais eu cette odieuse &
ingrate pensée ; & si j'ai dit quelque chose
qui pût servir de fondement à cette accu-
sation , c'aura été par une plaisanterie que
mes ennemis ou mes envieux (c'est presque la même chose) auront fait semblant
de ne pas entendre.

En total, M. *Forster* m'a beaucoup
moins bien traité que M. *Cook*. Ces deux
hommes estimables me voyoient-ils diffé-
remment ? Il le faut croire. Mais pourquoi
ne me voyoient-ils pas de la même manière ?
Voici un fait qui répandra quelque jour
sur cette question. Un O-Taïtien , nommé
Hoono , vouloit aller en Angleterre. M.
Forster l'avoit pris en amitié ; il le proposa
au Capitaine *Cook* , qui réfusa de s'en charger. Il insista , en promettant de faire les
frais du voyage de son protégé , & le Capitaine fut encore inflexible. Je n'étois
pour rien dans la mortification qu'éprou-
voit le savant Naturaliste ; je ne doute
pourtant pas qu'elle ne l'ait indisposé contre moi. Qu'on en juge par cette réflexion.
» *Hoono* , dit-il , seroit retourné dans son

Tome I. D

» ifle avec des connoiffances au moins
» auffi utiles qu'*Omaï*, qui, après un féjour
» de deux ans en Angleterre, fera en état
» d'amufer fes compatriotes avec la mufi-
» que d'une orgue portative, ou avec des
» marionnettes. « Ces paroles font trop
aigres, elles font trop injuftes pour n'a-
voir pas été dictées par le dépit.... Quoi
qu'il en foit, je reviens à mon embar-
quement fur l'*Aventure*, & aux fuites
qu'il eut.

En quittant *Huaheine*, les vaiffeaux anglais toucherent à *Ulietea*. Les Capitaines defcendirent à terre, & reçurent la
vifite d'*Ooroo*, réduit, comme je l'ai déjà
remarqué, au diftrict d'*Opoa*. Chofe étonnante ! il fut préfenté aux Etrangers par
Oreo, Vice-Roi pour *Opoony*. Tout le
temps que l'on demeura dans le havre &
fur les côtes de mon infortunée patrie, je
me cachai très-foigneufement au fond du
vaiffeau qui me portoit : non que je crai-
gniffe les attentats de notre oppreffeur,
j'étois trop puiffamment protégé ; mais
parce que j'avois juré de ne reparoître

à *Ulietea* que pour y mourir les armes à la main , où nous venger. On mit enfin à la voile , & nous cinglâmes ver une grande terre ; que j'entendis nommer *la Nouvelle Zélande.* Je reparus alors.

J'exprimerois mal le déplaisir mortel que je ressentis en appercevant un autre Insulaire sur le vaisseau du Capitaine *Cook.* Favorisé du principal *Earée-Britanne* , il partagera du moins ma célébrité , disois-je , & probablement je ne viendrai qu'après lui dans l'estime des Etrangers vers lesquels on nous conduit. Jusques-là toute la blessure étoit pour l'amour-propre ; elle changea de nature , & s'envenima excessivement, lorsque, l'*Aventure* s'approchant de la *Résolution* , je reconnus *Œdidée.* Providence de l'*Eatooa* , m'écriai-je ! *Œdidée*!.......... C'étoit un jeune homme de dix-huit à vingt ans, de la tournure la plus agréable, estimé dans toutes nos Isles pour ses bonnes qualités ; mais parent d'*Opoony*, & si intimement lié avec *Maheine*, Roi d'*Eimeo*, autre usurpateur, qu'ils avoient changé de nom ensemble (1).

A la vue d'*Œdidée* un torrent de larmes coula de mes yeux. » O ! terre qui m'avez » reçu au moment de ma naiſſance , vous » ne ſerez pas délivrée !....... Vous gémirez » toujours ſous le joug d'un tyran..... O ! » mon pere....... toi , dont le cruel a verſé » le ſang , parce que j'ai ſauvé le mien , » mon pere...... tu ne ſeras point vengé.... » je ne t'enverrai point dans le *Tourouva* » l'ame du barbare *Opoony* !..... Ah ! *Œdi-* » *dée* me préviendra........ les préférences » ſeront pour lui....... Si j'obtiens des ſe- » cours pour détruire l'uſurpation , il en » obtiendra de plus grands pour la ſou- » tenir...... Mon voyage eſt perdu...... il » eſt perdu ! «

Je ne prononçois ces paroles qu'au fond de mon cœur ; cependant on s'apperçut de de ma triſteſſe. Le Capitaine *Furneaux* s'i- magina qu'elle provenoit du regret d'avoir

_____

(1) Changer de nom , dans toutes les Iſles de la mer du Sud , eſt la plus grande marque d'amitié que deux hommes puiſſent ſe donner.

quitté ma patrie. Il employa, à me confo-
ler, tous les moyens qui étoient en fon
pouvoir. J'y faifois peu d'attention ; la
préfence d'*Œdidée* m'accabloit. L'avouerai-
je ? Je m'arrêtai quelques moments au coupable projet de lui arracher la vie, duffent
les Etrangers auxquels nous apparte-
nions l'un & l'autre, me punir du dernier
fupplice. Ce mouvement atroce n'étoit
pas fait pour mon ame. A la réflexion,
il m'humilia, m'effraya ; je le rejettai avec
horreur. *Œdidée* n'avoit point trempé
dans les crimes de fon farouche parent....
De quel droit attenterois-je à fes jours ?...
Convenoit-il de commencer la plus fainte
des entreprifes par une injuftice, un crime ?...... *Œdidée* vivra, mais fa vue ne
m'en afflige pas moins. Je perds l'appétit,
le fommeil. Une maigreur affreufe femble
annoncer ma fin prochaine. Les nuages du
défefpoir font répandus fur mon front. Je
fuis les hommes, la lumiere ; tout
me nuit, tout m'importune ; tout jufqu'aux foins de mon ami le Capitaine. Un
mot de fa bouche me guérit auffi rapidement que *Mahananna* éclaire, à fon lever,

les vaſtes plaines de l'Océan. » *Omaï*, me
» dit-il, votre état ne vous permettra pas
» d'aller à *Britanne*. Nous vous remettrons
» à *Huaheine*, quand *Œdidée* retournera à
» *Ulietea*. — Eſt-ce qu'*Œdidée*, demandai-
» je avec empreſſement, ne va pas à *Bri-*
» *tanne* ? — Non, il s'eſt embarqué pour
» un voyage beaucoup moins long. Après
» que nous aurons viſité quelques Iſles,
» nous le rendrons à ſa patrie.... & vous
» auſſi. — Oh ! je vais à *Britanne*, moi... «
Et, au grand étonnement de *Furneaux* &
de l'équipage, ma pleine convaleſcence data
de cette converſation. Les plus clair-voyants
ſe douterent que j'avois été malade de ja-
louſie ; les autres admirerent l'effet, ſans
remonter à la cauſe. Bientôt je me liai d'a-
mitié avec *Œdidée* ; jamais pourtant aſſez
pour déſirer qu'il nous accompagnât en
Angleterre. Il me raſſura pleinement là-
deſſus. Notre navigation l'ennuyoit déjà,
& ſa patience ne ſe ſoutenoit que par l'eſpoir de rentrer inceſſamment dans la baie
d'*Ohamaneno*. Le Capitaine *Cook* lui avoit
aſſuré que ſon abſence ne ſeroit que de
quelques lunes.

Je voyois trop de chofes nouvelles, &
j'étois alors trop mauvais obfervateur, pour
que j'entreprenne de donner un détail cir-
conftancié de mon voyage d'*Huaheine* à
Londres. Il y avoit un mois que nous étions
partis, lorfque nous découvrîmes une Ifle,
que les naturels appellent *Ea-Oowhe*, &
qu'il a plu aux Européens de nommer
Middelburg. Les Infulaires reffembloient
à *Œdidée* & à moi ; on prétendit même
que leur langage étoit le nôtre. Nous en
jugeâmes d'abord autrement ; mais *Forfter*
nous ayant expliqué l'analogie que plufieurs de leurs mots avoient avec plufieurs
des nôtres, nous ne tardâmes pas à comprendre que les deux idiômes ne différoient
guere que par la maniere de prononcer ; &
une application de quelques jours nous
mit en état de converfer avec nos hôtes. Je
conjecturai dès-lors qu'ils venoient de nous,
ou que nous venions d'eux, ou enfin que
nous avions une origine commune. Leurs
mœurs & leur caractere fe joignoient à la
reffemblance du langage pour me le perfuader ; par exemple, ils aimoient, comme

nous, à dérober, & leurs *Tetos* (1) étoient d'une adresse singuliere.

Elle ne les sauvoit pas toujours du châtiment. On lança contr'eux, jusqu'à sept fois, le tonnerre des armes européennes. Il y en eut de tués. Je fus témoin d'un fait auquel je ne pense pas encore sans frémissement. Un malheureux Insulaire avoit pris une bagatelle qu'on lui eût peut-être offerte, s'il eût témoigné la vouloir. Il fuyoit à la nage. On le poursuit, on l'atteint; un Matelot le saisit au-dessous des côtes, avec un crochet de fer, & le tire sanglant & à moitié mort, dans le vaisseau. Je me gardai bien de manifester le sentiment qu'excitoit en moi cette affreuse barbarie; mais elle m'indigna à un point que, si j'avois été sûr de l'impunité, j'aurois poignardé le monstre qui l'exerçoit.

Nous remîmes en mer. Une tempête épouvantable sépara les deux vaisseaux

(1) Voleurs. Le mot O-Taïtien correspond particuliérement à cette classe de voleurs que nous appellons *filoux*.

vers la fin d'Octobre 1773. La *Réſolution*
diſparut à nos yeux. Les côtes de la *Nou-*
velle - Zélande ſe laiſſerent appercevoir
preſqu'auſſi-tôt. Contrariés par les vents,
nous n'y arrivâmes qu'après le départ du
Capitaine *Cook*, qui nous avoit attendus
depuis le 3 Novembre juſqu'au 24; c'eſt
ce qu'apprit le Capitaine *Furneaux*, par
un moyen qui alors me ſembla tenir du
prodige. En deſcendant à terre on reconnut l'emplacement où les gens de la *Réſo-*
lution avoient dreſſé leurs tentes. Sur un
vieux tronc d'arbre, on remarqua de lé-
geres excavations qui ſervoient comme de
langue à l'arbre; & l'arbre diſoit aux yeux,
regardez au-deſſous. On creuſa la terre, &
l'on trouva une bouteille cachetée, qui
contenoit une petite piece d'étoffe blanche
qu'on appella *lettre.* Cette lettre parla
à ſa maniere, & dit que nous croyant
perdus, puiſque nous ne paroiſſions pas
après un ſi long délai, *Cook* retournoit
à *O-Taïti* pour y remettre *Œdidée*, &
continuer ſon voyage.

Le projet du Capitaine *Furneaux* étoit

de fuivre fes traces. Les Dieux ne le permirent pas. Un jour (je crois que ce fut le 17 Décembre) M. *Rowe*, Officier de poupe, defcendit à terre avec neuf hommes. On avoit fait plufieurs de ces promenades, & j'en avois toujours été. Cette fois l'*Eatooa* me retint fur l'*Aventure* par une légere indifpofition. Sans elle, je trouvois au rivage la fin de mes courfes & de ma vie. Les dix Anglais furent maffacrés & mangés par les Naturels. Ce terrible événement, que j'éclaircirai dans la fuite (1), penfa faire mourir de chagrin le Capitaine. L'équipage découragé craignit que d'autres pertes, auffi imprévues & auffi inévitables, ne lui ôtaffent la poffibilité de fuffire aux manœuvres. Le vaiffeau étoit en mauvais état, les vivres gâtés, tout crioit d'abréger la navigation. *Furneaux* s'y décida, &, à ma grande fatisfaction, nous fîmes voiles pour l'Angleterre. Le 19 Mars 1774, nous arrivâmes au Cap de *Bonne-Efpérance*; nous en repartîmes le

(1) V. Narration II, intitulée *Sandwich*.

15 Avril; & le 14 Juillet, nous mouillâmes à *Spithead*. Le Capitaine *Cook* n'arriva que le 29 Juillet de l'année fuivante.

J'ofe dire que j'excitai à *Londres* une vive fenfation ; elle ne fut cependant pas comparable à celle que j'éprouvai. Bien des jours fe paffèrent avant que je fuffe affez à moi pour voir diftinctement les objets dont j'étois environné. Dieux ! que de chofes m'étonnerent ! Quelle foule de travers, d'inconféquences, de contradictions ! Quel incompréhenfible mêlange de petiteffes & de fierté, de richeffes & de pauvreté, d'avarice & de générofité..... ! Que de vertus, que de vices confondus enfemble, ou qui n'étoient différenciés que parce que les honneurs & les autres avantages fociaux s'attachoient à ceux-ci, tandis que celles-là gémiffoient dans le filence de l'humiliation ou de l'oubli.... heureufes encore quand elles ne font pas perfécutées ! Qu'on daigne m'en croire ; j'ai vécu pendant deux ans à la Cour & à la Ville : toutes les conditions, je les ai examinées, & mon fens étoit droit, mes inten-

tions pures ; je cherchois de bonne foi la
vérité, & les préjugés, au moins ceux de
l'Europe, ne me maîtrisoient pas. J'ai donc
fait une foule d'obfervations piquantes,
neuves, originales peut-être, & dont on
pourroit tirer quelqu'utilité, s'il étoit
poffible de rappeller à la nature un Peuple
nombreux, quand il en eft forti par toutes les portes de la civilifation. Elles ne
paroîtront point ici. Je veux les méditer avec foin : c'eft un préfent que
je me propofe de faire, vers le déclin
de ma vie, aux hommes du Continent,
que la curiofité ou l'intérêt amenera dans
nos mers.

Immédiatement après mon arrivée à
Londres, j'eus l'honneur d'être préfenté
au Roi par le Comte de *Sandwich*, premier Lord de l'Amirauté. Ce magnifique
Souverain, en comparaifon duquel les nôtres feroient peu de chofe, fi les prérogatives royales fe mefuroient fur la déco-
ration extérieure & fur l'étendue de la
terre fujete, m'accueillit avec une bonté
qui m'infpira autant d'amour que fa vue

m'avoit imprimé de refpect. Ma joie fut
extrême : j'ignorois pourtant alors le prix
qu'on attache en Europe aux paroles, au
fourire, & même au fimple régard des
Rois. Actuellement que je le fais, je me
rappelle avec délices que le fuprême *Earée*
de *Britanne* m'accorda à *Kew* la faveur
ambitionnée d'une converfation familiere.
J'admirois que l'on ne m'obligeât pas de
me découvrir les épaules en lui parlant,
& que l'on me permît de lui parler debout ; mais je compris bientôt que, les
marques de vénération ayant été inftituées
par les hommes, nos politeffes de la mer
du Sud auroient été très-impolies en Angleterre.

Que *l'Eatooa* continue de bénir & de
protéger le Roi humain, qui ne me crut
pas indigne de fon attention ! Je l'aimerai
jufqu'à ce que mon ame fe réuniffe à la
Divinité ; il ne fera pourtant pas le premier de mes amis de Londres, puifqu'il
eft Roi.

A l'exemple du Monarque, tout ce

qu'il y avoit de grand à la Cour me ca-
reffa. Point de fête où je ne fuffe invité ;
c'étoit à qui pofféderoit *Omaï*. On fe l'ar-
rachoit. Les dames mêmes le rechercherent. Je confeffe à fa honte qu'elles eurent
d'abord à fe plaindre de fes manieres : il
faifoit le renchéri ; fes égards étoient mé-
diocres , fes complaifances prefque nul-
les , fon ton affez cavalier. Au lieu de s'en
fâcher , elles en rioient comme des folles ,
fur-tout quand elles eurent appris que
j'agiffois conformément aux idées de mon
pays , où les femmes ne jouiffent d'aucune
confidération. Elles entreprirent de me
convertir , & réuffirent au-delà de leurs
efpérances. On verra ailleurs que cette
révolution dans mes fentiments fut pour
nos Ifles le germe d'une révolution bien
autrement importante.

Ce fut dans ces commencements de
mon féjour en Angleterre , que la femme
la moins noble de ma fociété ; mais la
plus eftimable peut-être , me rendit un fervice que je n'oublierai jamais. Elle s'apperçut que l'orgueil m'alloit tourner la

tête ; que je devenois vain de l'empreffement & des préférences qu'on me prodiguoit ; que, fous peu, je ferois fier avec
les hommes ordinaires, & impertinent
avec les Grands. Il me falloit un préfervatif ; elle me l'adminiftra dans toute fa
force. » Je vois , me dit-elle , qu'*Omaï* s'i-
» magine que nous le comptons pour quel-
» que chofe. Le pauvre jeune homme fe
» trompe lourdement. Nous ne nous fa-
» miliarifons avec lui , que parce qu'il eft
» fans conféquence. C'eft une rareté dont
» on s'amufe. S'il étoit né parmi nous ,
» on ne le regarderoit feulement pas. L'é-
» tiquette à laquelle nous fommes affujé-
» tis, le laiffe de côté ; il n'a point de
» rang. D'ailleurs il part demain , & il eft
» feul de fon efpece : les folies qu'on fait
» pour lui ne feront ni longues ni dan-
» gereufes. « Cette vigoureufe leçon m'ouvrit les yeux : elle me remit à ma place ;
& c'eft principalement à elle que je dois
ce mot d'éloge du Capitaine *Cook* dans
fa Relation. » Qu'on n'a pas eu la plus
» légere occafion d'avoir moins d'eftime
» pour *Omaï*. «

Deux ans s'écoulerent pendant lesquels, quoi qu'en dise mon détracteur *Forster*, je ne négligeai pas les *connoiſſances utiles*. A la vérité, je n'approfondiſſois rien ou peu de choſe, mais j'effleurois tout. Beaucoup de Lecteurs jugeront que c'eſt ce que j'avois de mieux à faire. En cela, comme en tout le reſte, je ſuivois les avis de Mylord *Sandwich*, de M. *Banks* & du Docteur *Solander*, mes zélés protecteurs & mes honorables amis.

Le plaiſir uſa une partie de mes moments : j'étois jeune & ſouvent tenté. Qu'on ne croie pas cependant *Forster*, qui dit que *ſur les trottoirs du Strand* je n'ai *pas trouvé de cruelles*. Il ſaura que j'étois trop bien averti, que je m'aimois trop, que je reſpectois trop les compagnies où j'étois admis, pour m'avilir avec ces infâmes créatures, cent fois plus mépriſables que celles qui font le même métier chez nous....

O ! l'aimable nouvelle ! *Cook* fera un
troiſieme

troifieme voyage aux *Ifles de la Société ;* &
Omaï l'accompagnera.... ; mais fes amis
veulent qu'ils prennent, avant fon départ,
une précaution qu'ils appellent *inoculer.*

Je ne diffimulerai pas qu'on eut befoin
de tout l'afcendant que j'avois laiffé prendre fur mon efprit, pour me déterminèr à
cette bizarre opération. Car, enfin, elle
confifte à fe donner une maladie, afin de
ne la point avoir. N'étois-je pas auffi en
sûreté entre les mains de l'*Eatooa*, qu'entre celles des Médecins ? Si, contre les
difpofitions faites par le grand Dieu, j'é-
chappois à la *petite-vérole*, ne pouvoit-il
pas, dans fon reffentiment, m'envoyer
quelqu'autre maladie plus funefte ? Etoit-il
bien clair que la *petite-vérole* elle-même ne
reviendroit pas (peut-être même pour
avoir été inoculée) ; &, dans le cas de
fon retour, n'avois-je pas à craindre de
porter à mes infortunés compatriotes le
levain d'une pefte qui, un jour, dépeuple-
roit nos Ifles ? N'avois-je pas encore à
craindre que l'inoculation ne plaçât dans
mon fein des germes putrides, qui, à la

Tome I. E

longue, fermenteroient & me tueroient ?
Et fi j'étois mort de cette précaution ,
chofe improbable, mais toujours poffible,
de quel front me ferois-je préfenté dans la
terre des ames, moi l'auteur volontaire
de ma deftruction ?... On rit de mes craintes ; on fe moqua de mes raifons. *Aoutourou*,
cet O-Taïtien emmené par M. *de Bougain-*
ville , étoit mort de la petite-vérole , faute
d'avoir été inoculé ; on ne vouloit pas que
pareil malheur arrivât au bon *Omaï*.... Je
fouffris ce que je ne pouvois prefque pas
empêcher. L'opération fut très-heureufe ,
mais je ne fuis pas raffuré fur les fuites.

Partons, rendons-nous à *Plimouth*, où *la*
Réfolution , commandée par le Capitaine
Cook , n'attend plus qu'*Omaï* & les vents.
Mais, auparavant, prenons congé de nos
amis de *Londres* , de nos bienfaiteurs, des
femmes qui ont eu des attentions pour
nous , & fpécialement de celles qui ont
effayé de nous donner le goût des bonnes
mœurs. Jurons-leur à tous une reconnoiffance & un attachement à l'épreuve de
l'éloignement & du temps. *Omaï* auroit-il

peine à garder ce ferment , lui qui fort
de *Britanne* plus inftruit que tous les
Tahonas des Ifles de la mer du Sud
plus riche que tous leurs Rois enfemble ?

E 2

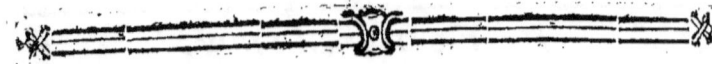

SECONDE NARRATION,

SANDWICH.

Je devois cet hommage au mortel bienfaifant qui me procure les moyens de revoir ma patrie, abondamment pourvu de tout ce qui peut affurer le fuccès de mes deffeins.

On me trouvera, dans cette *Narration* & la fuivante, trop habile pour un Ecrivain de ma forte. J'avertis que je mets à contribution les travaux de M. *Anderfon*, Chirurgien de la *Réfolution*, Savant très-inftruit dans les différentes parties de l'Hiftoire Naturelle, & bon Obfervateur. On rapportera ce qui pafferoit mes forces, aux converfations que j'ai eues avec lui, & à fes *Mémoires* qu'il me communiquoit.

Nous partîmes de *Plimouth* le 11 Juillet 1776. *La Découverte*, vaiffeau de trois cents tonneaux, commandé par M. *Clerke*, fous l'autorité du Capitaine *Cook*, devoit partir avec nous; mais il ne fut point prêt affez tôt, & il ne nous rejoignit qu'au Cap de *Bonne-Efpérance*.

Le but principal de ce voyage étoit de

tenter encore une fois le paffage de la mer
Pacifique dans l'Océan Atlantique, par le
Nord. Il avoit quelques autres objets fub-
fidiaires ; favoir de reconnoître des Ifles
découvertes, difoit-on, par les Français ,
vers le quarante-huitieme degré de latitude
auftrale, de toucher à la *Nouvelle Zélande*,
de relâcher à *O-Taïti* & aux Ifles *de la
Société* , & de recueillir dans ces différents endroits toutes les obfervations qui
pourroient contribuer aux progrès de la
navigation, du commerce, de l'hiftoire &
de la philofophie. L'Amirauté avoit donné
au Capitaine des inftructions détaillées ;
mais elle avoit élevé la fageffe de ce
grand homme au-deffus même des inftructions, en les lui fubordonnant dans l'exécution. Que peut faire de mieux l'autorité , quand elle ofe tracer des regles à
l'expérience & au génie ?

Nous nous avancions à pleines voiles
vers les *Canaries*. Bientôt nous découvrîmes le *Pic de Ténériffe*. Nous mouillâmes
au côté Sud-Eft de cette Ifle , dans la rade
de *Sainte-Croix*. Les habitants prétendent

E 3

que les vaisseaux y sont en sûreté ; mais
nos Savants leur prouverent, par l'histoire
de *Glas*, qu'un jour *tous les vaisseaux
furent jetés à la côte.*

Le Capitaine ne se seroit pas arrêté à
Ténériffe s'il n'avoit craint de manquer
de fourrages pour ses bestiaux, avant d'être
arrivé au Cap. Il lui importoit trop de
conserver cette précieuse cargaison pour
refuser au soin qu'il en devoit prendre, le
sacrifice de quelques jours. Je courus une
partie de l'isle avec l'infatigable M. *Anderson*, & nous nous procurâmes diverses
connoissances dont le résultat ne peut
qu'amuser & instruire.

Depuis la ville de *Sainte-Croix* jusqu'au
Pic, le terrein s'éleve insensiblement ; il
s'abaisse de même quand on a dépassé la
montagne, dont la hauteur, évaluée d'une
maniere peu uniforme, est au moins de
1931 toises.

Le sommet du *Pic* fut autrefois la bouche
d'un volcan : il jette encore de la fumée.
On assure que la derniere éruption se fit

en 1304, & qu'elle combla le port *Garra-chica*.

La partie de l'Eft, compofée de collines en amphitéâtre, n'offre qu'une trifte & monotone ftérilité. A peine y remarque-t-on quelques végétaux. La chaleur du Soleil y defféche tout ; il faut pourtant excepter une plante (1) remplie de fucs dont on ne foupçonne point le principe. Nous la rencontrions à chaque pas.

En général l'ifle de *Ténériffe* n'eft pas fertile ; il s'en faut beaucoup qu'elle fuffife à la nourriture de fes habitants, qu'on porte au nombre de plus de 100,000. Ils tirent de dehors la plus grande partie du bled qu'ils confomment. La vigne eft leur principale richeffe. Joignez-y un peu de foie & des pierres à filtrer, vous aurez tous les articles de leur commerce avec l'étranger. On nous affura qu'il y a dans l'ifle un arbriffeau parfaitement femblable à celui du thé de la Chine & du Japon ;

_____

(1) C'eft probablement l'*Euphorbia Canarienfis*.

E 4

qu'il est indigene, & qu'il se multiplie sans culture avec une telle abondance que, chaque année, on l'arrache par milliers. Cet arbuste, s'il est ce qu'on dit, ne tarderoit pas à récompenser les soins d'un cultivateur, & à ouvrir une branche de commerce qui peu-à-peu absorberoit les autres, parce qu'elle vaudroit mieux qu'elles. M. *Anderson* me certifia que l'usage du thé coûte continuellement plusieurs millions à l'Angleterre.

Outre *Sainte-Croix*, on trouve la ville de *Laguna* : c'étoit anciennement la capitale; elle n'est presque plus rien. Les gens qui vivent noblement, c'est-à-dire, dans l'oisiveté, y font leur résidence. On y voit encore les gens de loi : ceux-ci s'occupent, mais leur travail ne nourrit qu'eux & affame tout le reste.

Sainte-Croix vivifiée par les influences d'un commerce actif, quoique borné, s'accroît tous les jours, moins cependant en étendue qu'en opulence. Elle ménage ses développements, & n'en a que plus de vie.

Lorfque les Efpagnols découvrirent les *Canaries*, le pays étoit habité par les *Guanches*. La diftinction des deux peuples fubfifta long-temps après l'établiffement des nouveaux venus. Elle a difparu imperceptiblement par les mêlanges trèsvariés que les mariages produifirent. Cependant l'œil de l'obfervateur attentif & intelligent en apperçoit encore des traces non équivoques. Les Canariens de famille *Guanche* par quelque côté, font plus grands & plus robuftes que les autres.

On eft, à *Ténériffe*, français pour les modes, & efpagnol pour le caractere. L'union de deux éléments fi difparates n'eft pas une des moindres fingularités du pays.

Les provifions faites, nous remîmes à la voile. Le 17 Octobre on apperçut le Cap de *Bonne-Efpérance*, & le lendemain on mouilla dans la baie *de la Table*. Quelques jours auparavant un bâtiment français avoit échoué à l'entrée de cette baie. Il y périt; l'équipage fut fauvé, mais les

habitants de la Colonie pillerent la cargaifon. Les Hollandais du Cap ne font
pas les feuls du *grand monde civilifé*, dont
l'avidité augmente les malheurs d'un naufrage. Et ces hommes couperont les oreilles
d'un pauvre Infulaire de la mer du Sud,
parce qu'il leur aura dérobé une hache ou
quelques clous !

Après les cérémonies d'ufage entre les
Européens, quand on arrive fur une terre
étrangere, M. *Cook* obtint la permiffion
de dreffer un obfervatoire, & de débarquer les chofes néceffaires pendant le féjour qu'on feroit fur la côte. Il travailla
avec la plus grande activité à l'approvi-
fionnement de fon vaiffeau. Le Gouver-
neur ayant confenti qu'il mît à l'herbe fes
beftiaux, il s'empreffa de profiter de fa
bonne volonté : elle manqua d'être funefte
au petit troupeau. Des chiens entrerent
la nuit dans le parc aux moutons, en
tuerent quatre de feize qu'ils étoient, &
difperferent les autres. Sans une protection décidée & des peines infinies, tout
étoit perdu. On retrouva les fugitifs, &

l'on remplit le vide par des moutons du Cap, si renommés pour leur queue, qui pese de dix à vingt livres.

Je visitai les environs, dans la compagnie de M. *Anderson* & de plusieurs autres Officiers. A l'Est de la ville on traverse une grande plaine couverte de sable blanc; il n'y croît que des bruyeres : on rencontre ensuite des collines dont le pied est cultivé. Quelques milles plus loin, on trouve *Stellenbosh*, le meilleur établissement du pays, après le Cap. Ce n'est pourtant qu'un village composé d'une trentaine de maisons ; mais les accessoires en sont délicieux : nous couchâmes en cet endroit. Après quatre jours de marche nous arrivâmes à ce fameux rocher, que les habitants appellent *Tour de Babylone* ou *Diamant de la Perle.* » Deux hommes célebres, » nous disoit M. *Anderson* en y allant, » voyageurs au Cap, n'en ont écrit qu'un » mot, & ce mot est une contradiction. » *Kolben* veut que ce soit une *haute montagne* ; l'Abbé *de la Caille* prétend que » ce n'est qu'un *très-bas monticule.* « Nous

fûmes bientôt à portée de juger qui des
deux avoit raifon. Voici la note que fit
notre Obfervateur. ,,Elle gît au fommet
,, de quelques collines baffes ; & quoique
,, le chemin ne fût ni efcarpé ni roide ; il
,, nous fallut plus d'une heure & demie
,, pour y arriver. Elle eft de forme oblon-
,, gue, arrondie vers le haut, & elle fe
,, prolonge au Sud & au Nord. Les côtés
,, Eft & Oueft font efcarpés & prefque
,, perpendiculaires. L'extrêmité méridio-
,, nale eft efcarpée auffi, & c'eft le point de
,, la plus grande hauteur. Delà elle s'abaiffe
,, doucement vers la côte du Nord, par où
,, nous montâmes. Arrivés au fommet,
,, nous vîmes à découvert tout le pays. Je
,, crois que fa circonférence eft au moins
,, d'un demi-mille, & que fa hauteur égale
,, celle du dôme de *Saint Paul.* « Les deux
Voyageurs avoient donc péché par un
excès contraire; l'un avoit trop dit, l'autre
pas affez.

La compofition de ce rocher eft plus
admirable que fa hauteur. Ce n'eft qu'un
bloc, une feule pierre. *Anderfon* conjec-

tura que cette énorme maffe étoit fortie
du fein de la terre par une explofion vol-
canique. L'effort prodigieux , néceffaire
à cette projection, n'en doit pas faire rejeter l'idée. Calcule-t-on les forces fecrettes
de la nature ? Et ne peuvent-elles pas ef-
frayer l'imagination , lors même qu'elles
ne développent qu'une partie de leurs
moyens ? Une objection plus férieufe &
plus fimple , c'eft que la montagne & fes
environs n'offrent abfolument rien qui annonce les effets ou le voifinage d'un volcan. J'aimerois mieux fuppofer l'affaiffe-
ment du terrein adjacent , qui a pu être
produit par différentes caufes.

Le vaiffeau *la Découverte* eft arrivé , ré-
paré ; nous remettons en mer pour continuer notre voyage. La navigation ne tarda
pas à devenir laborieufe. La mer étoit
groffe , le roulis exceffif ; plufieurs animaux en moururent , & j'en fus moi-même
très-malade. Le froid qui commençoit à
être rigoureux contribua peut-être à cet
accident.

Nous apperçûmes deux ifles , découver-

tes par les Français en 1772 ; il plut à M.
Cook de les nommer *Iſles du Prince
Edouard*, ſous prétexte qu'elles ne portoient pas d'autre nom. Le canal qui les
ſépare n'eſt que de quatre à cinq lieues.

Les inſtructions données au Capitaine par
l'Amirauté, lui enjoignoient très-expreſſé-
ment de reconnoître avec beaucoup de ſoin
la terre de *Kerguelen.* Il fit route de ce
côté, s'aidant de quelques notions qu'il
avoit reçues à *Ténériffe* du Chevalier de
Borda, au Cap du Baron de *Plettenberg*,
& d'une carte de l'hémiſphere auſtral dont
on lui avoit fait préſent. Mais toutes ces
connoiſſances étoient fort imparfaites,
& n'applaniſſoient que peu de difficultés.

Un matin, la brume s'étant éclaircie,
nous apperçûmes une terre : on s'en approcha ; c'étoit une iſle d'une hauteur conſi-
dérable, d'environ trois lieues de tour.
Nous en vîmes bientôt une ſeconde, puis
une troiſieme, & ſucceſſivement pluſieurs
autres. On avoit envie de débarquer ſur
ces Iſles ; la prudence du Capitaine s'y

oppofa. Une mer groffe, un ciel obfcur, un reffac effrayant, le vent qui fouffloit de l'arriere, & qui n'auroit pas permis le retour, fi l'on s'étoit engagé témérairement : toutes ces circonftances crioient, en quelque forte, de s'éloigner, & elles furent écoutées. On étoit à la fin de Décembre.

On entrevit une autre ifle, déjà connue fous le nom du *Rendez-vous* ou de la *Réunion*. M. *Cook* lui ôta fon nom, pour lui faire porter celui de *Cap Bligh*.

Bientôt une grande terre fe montra. A la forme & à la fituation des rochers, on reconnut le Cap que M. *de Kerguelen* avoit appellé le *Cap-Français*. On le doubla. La côte, par fes finuofités, fes pointes & fes baies, fembloit inviter à y chercher un bon havre, & donner l'efpérance de l'y trouver. En effet, on en découvrit un de la plus belle apparence : on y jetta l'ancre.

Je defcendis à terre avec le Capitaine *Cook*. Le rivage étoit couvert d'oifeaux aquatiques & de veaux marins : ces ani-

maux n'avoient point encore appris à se
défier des hommes ; on en tua tant qu'on
voulut. Les gens de l'équipage imiterent
la curiosité de leur Chef ; ils se répandi-
rent même dans l'intérieur du pays. Rien
ne paya leurs courses que le plaisir de les
avoir faites. Des rochers nuds , des montagnes stériles , une solitude affreuse : c'est
à-peu-près tout ce qu'ils rencontrerent.
Un Matelot nous apporta une bouteille
qu'il avoit détachée de la pointe d'un
rocher , où elle tenoit par un fil d'archal.
Elle renfermoit un parchemin sur lequel
on lisoit : » Louis XV étant Roi de Fran-
» ce , & M. de Boynes Secrétaire d'Etat
» au Département de la Marine , dans les
» années 1772 & 1773. « A la vue de cette
inscription , *Cook* ne put se dissimuler qu'a-
vant lui des Navigateurs Français avoient
abordé dans le havre où il mouilloit. Il
fit écrire sur le revers du parchemin :
» Les vaisseaux *la Résolution* & *la Décou-*
» *verte* , appartenants au Roi de la Grande-
» Bretagne , Décembre 1776. « On éleva
un monceau de pierres sur une petite colline , & on y plaça la bouteille , qui ne
peut

peut manquer d'être apperçue par tous ceux qui descendront fur cette côte.

Prêt à quitter ce premier poste, le Capitaine me donna le spectacle de l'assez vaine cérémonie d'une prise de possession de la terre, au nom du Roi de la Grande-Bretagne. Si cela suffit pour acquérir la propriété d'un pays, l'isle appartient aux Français, au titre de l'antériorité de la découverte & d'une double prise de possession. Au reste, il n'est pas probable qu'on se batte jamais pour savoir à laquelle des deux Nations la terre *de Kerguelen* demeurera. J'ose le dire, bien que je sache d'ailleurs que, chez les Européens, le sang des hommes coule souvent pour des objets dont la valeur intrinseque n'en paieroit pas une goutte.

On leva l'ancre, & l'on navigua le long des côtes pour les observer. Nous courûmes des dangers infinis. Cette mer est semée de bancs, de plantes marines, d'isles basses, de rochers à fleur d'eau. Il falloit passer au milieu de tout cela, aller, re-

Tome I.   F

venir. On eut toujours la fonde à la main.
Un homme moins hardi que M. *Cook* n'auroit jamais fait cette tentative ; moins habile, il auroit péri en la faifant.

Chaque pointe ou baie qui s'offroit aux
regards du Navigateur, recevoit le nom
de quelque grand Seigneur Anglais, ou
de quelqu'ami du Capitaine. Il fut même
tenté de nommer tout le pays *Iſle de la
Déſolation.* Après y avoir réfléchi, il lui
laiſſa le nom qu'il tient des Français, à
qui la découverte en eſt due. (1)

Cependant le vent changea, & ſouffla
avec une telle impétuoſité qu'il fallut
prendre le large & ſuivre la route de la
Nouvelle-Zélande.

Nous quittâmes, ſans regret, la terre in-
hoſpitaliere que nous venions d'examiner.
Elle eſt d'une ſtérilité preſqu'abſolue, &
elle n'a guere moins de deux cents lieues

_____

(1) Les Anglais ont eu moins de modération. Dans quelques-unes de leurs cartes la terre de *Kerguelen* eſt nommée
Iſle de la Déſolation.

de tour : quel épouvantable défert ! Son
regne végétal n'eft compofé que d'un
très-petit nombre de plantes ; on en mangea deux ou trois en falade. M. *Anderfon* en
remarqua une qu'il crut digne d'une attention particuliere : elle reffemble beaucoup
à un chou monté en graine. Sa hauteur eft
de deux pieds. Notre Savant eftima que,
tranfportée en Europe & cultivée avec
foin, elle s'amélioreroit, & augmenteroit
la lifte des plantes de bonne qualité qu'on
emploie dans les cuifines. Si cela étoit,
un voyage à la terre de *Kerguelen* ne feroit pas abfolument perdu.

Il ne paroît pas qu'il y ait dans cette
immenfe & affreufe folitude d'autres quadrupedes que des veaux marins. Les efpeces des oifeaux font très-variées, & la
multitude des individus prodigieufe. L'ifle
n'a que ces habitants, fi toutefois on peut
appeller habitants d'une terre, des animaux
qui, la plupart, ne viennent qu'y dépofer leurs œufs ou leurs petits, & y prendre quelque repos.

A confidérer la difpofition bizarre des
F 2

collines & des pierres qui les compofent,
on eft porté à croire qu'elles font l'effet
de quelques commotions inteftines qui les
auront foulevées. Qui fait fi la terre de
Kerguelen en entier n'eft pas une terre
affez récente, qui n'attend, pour fe cou-
vrir & fe peupler, que des germes que lui
apportera le hazard ou l'induftrie humaine ? Il faut convenir que, dans le moment préfent, elle ne paroît pas très-propre à les recevoir. Les montagnes, peu
élevées, font couvertes de neige, même
dans la faifon la plus chaude ; & le lit
des torrents, large & marécageux, annonce qu'il y pleut prefque continuellement : mais tout cela peut changer.

Tandis que M. *Cook* manœuvroit fur
les côtes du *Kerguelen*, où il n'y avoit
rien à gagner, il perdit deux jeunes tau-
reaux, une géniffe & plufieurs chevres.
Leur deftination me faifoit un devoir de
regretter particuliérement ces animaux; on
les auroit dépofés dans ma patrie, ou dans
les ifles voifines. D'innombrables trou-
peaux périrent en eux, & des milliers de

générations furent privées des avantages ineftimables qu'on leur apportoit de fi loin.

Nous voguions depuis un mois ; une brume épaiffe déroboit entiérement la vue du Soleil : les deux vaiffeaux ne communiquoient enfemble qu'à coups de canon. Nous parcourûmes un efpace de trois cents lieues, plongés dans cette obfcurité. Enfin nous atteignîmes la terre *Van-Diemen.* C'eft la partie méridionale de cette vafte contrée que les Hollandais commencerent à découvrir dès 1606 , & qu'ils nommerent la *Nouvelle-Hollande.*

Quelques jours de relâche ne permirent pas des obfervations bien approfondies. Voilà celles que je fis en fociété avec *Anderfon*, ou, pour parler plus jufte, celles qu'il me fit faire.

La terre de *Van-Diemen* eft montueufe, couverte d'arbuftes & de grands arbres. L'eau n'y eft pas abondante ; elle coule goutte à goutte du flanc des collines , fe raffemble dans les vallons , & forme de petits ruiffeaux qui peuvent abfolument fuffire aux befoins de la vie. Les plaines

F 3

& le bas des montagnes font riches en
végétaux : aucun de ceux qu'on examina
ne fut jugé propre à devenir un aliment.
Entre les arbres, on en remarqua un
très-élevé & parfaitement droit, qui, ré-
pété, femble compofer lui feul toutes les
forêts. On n'apperçut aucun veftige, aucune indication de minéraux : les pierres
manquent abfolument. Nous ne vîmes
en quadrupedes que l'*Opoffum*, animal
deux fois gros comme un rat. A quelques peaux qui couvroient les Naturels,
on conjectura qu'il y en avoit au moins
un autre que j'entendis nommer *Kangu-
roo*. Les oifeaux font plus nombreux &
plus variés. On vit des aigles, des cor-
neilles, des perroquets, des pigeons, &
trois ou quatre efpeces plus petites. Tous
ces animaux fuyoient à l'approche des
hommes : ce qui nous perfuada que les
habitants les pourfuivoient avec une continuité qui les effarouchoit, fans peut-être
leur caufer bien du mal ; car il ne paroît
pas qu'ils puiffent aifément les attraper.
On trouva dans les bois des ferpents noi-
râtres & des lézards, dont un remarquable

par quinze pouces de long & six de tour. Je
ne parle point des insectes : sauterelles ,
papillons , mouches , araignées , fourmis ,
tout cela y est extrêmement commun. La
mere abonde en excellents poissons , les
rochers en coquillages , les greves en oiseaux aquatiques. Les rivages offrent
quantité de productions marines du genre
de celles que les Amateurs recherchent le
plus , & que l'on me montroit, dans les
cabinets de *Londres*, comme des choses
rares & précieuses. C'est l'histoire de l'é-
loignement : en Angleterre j'étois presque
une piece de cabinet.

Les hommes de la terre de *Van-Diemen*
sont d'une taille ordinaire & bien prise.
Leur teint est d'un noir sale. Ils se bar-
bouillenttoutle corps , se colorent les cheveux & la barbe. Leur chevelure est lai-
neuse comme celle des Negres ; mais leur
nez n'est pas applati. Leur menton s'avance en saillie. Joignez à ces traits une bouche médiocrement grande , des dents larges & mal rangées , des yeux assez beaux ,
où respirent la franchise , la bonne hu-

meur, l'insouciance, & vous aurez un portrait ressemblant de la physionomie générale de ce peuple. M. *Anderson* crut que
» la posture qu'ils aiment le mieux , est de
» se tenir debout, la partie supérieure du
» corps recourbée en avant , & l'une des
» mains traversant le dos & saisissant l'au-
» tre bras , qui tombe nonchalamment : «
il est vrai qu'étant avec nous , ils se tinrent presque toujours dans cette attitude ;
mais , avec des étrangers , un peuple barbare prend-il toujours sa posture favorite ?

Si l'extérieur des Habitants de la terre
de *Van-Diemen* annonce le meilleur de
tous les caracteres , rien ne parle en faveur de leur esprit , de leur vivacité , de
leur pénétration , de leur adresse. Les objets les plus nouveaux ne paroissent pas les
toucher ; ils n'attirent même pas leur attention. Chez eux la curiosité est absolument nulle. Ils ignorent les premiers éléments de la culture des terres ; & réduits
à vivre d'animaux , ils n'ont imaginé aucun instrument pour la chasse ou pour la
pêche. Probablement ils ne vivent que de

coquillages. Me pardonnera-t-on de dire qu'ils ne s'habillent que de leur nudité , & ne se parent qu'en se défigurant? Leurs idées d'Architecture sont aussi bornées qu'il est possible. Un arbre creusé par le feu , & dans lequel quatre ou cinq personnes peuvent s'asseoir, voilà leur demeure. Ils ont soin de laisser entier un côté de l'arbre , dont la vie fait vivre tout le reste , & conserve la niche ménagée dans le tronc : mais cette précaution est-elle une preuve d'intelligence, la suite d'un dessein ou l'effet du hazard? C'est ce que j'ignore.

» Il est raisonnable de penser , nous di- » soit le sage *Anderson*, que tous les habi- » tants de la *Nouvelle-Hollande* , dont le » *Van-Diemen* n'est qu'une partie , vien- » nent originairement du même peuple. » *Dampierre*, célèbre voyageur, qui a dé- » crit ceux de la côte occidentale, a mar- » qué des rapports de ressemblance dans » lesquels il seroit difficile de méconnoître » une souche commune & les rameaux du » même arbre. « Nos habiles lui objecte- rent des différences, le livre à la main. Il répondit qu'il les falloit mettre fur le compte des diftances, du climat, du fol & de vingt autres circonftances en poffeffion de modifier l'efpece humaine. Le feul point qui le gênoit un peu, étoit que les Infulaires vûs par *Dampierre* n'avoient point de barbe, & qu'il leur manquoit deux dents à la mandibule fupérieure. Il dit que depuis *la dent d'or*, on étoit autorifé à rappeller à un nouvel examen ces fortes de faits. Mes Lecteurs fauront ce que c'eft que *la dent d'or*. Pour moi je fus médiocrement fatisfait d'entendre citer le témoignage d'un voyageur quand il étoit favorable, & le rejeter quand il nuifoit.

Dès qu'on eut jetté l'ancre, je defcendis à terre avec les deux Capitaines, qui, après avoir reconnu que l'endroit étoit favorable, commanderent des travailleurs pour faire une ample provifion d'eau, de bois & de fourrage. Des colonnes de fumée indiquoient que le pays étoit habité. Nous dirigeâmes nos pas du côté qu'elles s'élevoient. Les Infulaires parurent, fans défiance & fans armes, au lieu où l'on coupoit du bois. On leur offrit des préfents qu'ils ne refuferent pas , mais qu'ils reçurent d'une maniere très-indifférente , & comme n'y attachant aucun prix. De tous les aliments qu'on leur préfenta , ils n'accepterent que des oifeaux. Deux coups de fufil qu'on tira leur cauferent une fi grande frayeur, qu'ils s'enfuirent à toutes jambes. On profita de ce moment de terreur pour lâcher dans le bois deux cochons , l'un mâle , l'autre femelle ; on efpera qu'ils échaperoient à la pourfuite des Sauvages & fe multiplieroient. Quant à moi , je crains plus pour les hommes que pour les animaux. Ceux-ci ne manqueront pas de devenir féroces , & des Sauvages qui n'ont ni armes , ni maifons, fe défendront mal contr'eux.

Le lendemain on eut de nouvelles entrevues avec les Naturels. Des hommes, des enfants & des femmes, en troupes plus ou moins nombreufes , vifiterent les travailleurs. Quoique le beau fexe fût très-laid , quelques Officiers mirent les hommes dans le cas de prouver qu'ils étoient jaloux. Les femmes montrerent qu'elles étoient fages en n'écoutant pas les corrupteurs qui, au défaut d'un autre, leur parloient le langage des préfents, & dociles en obéiffant à leurs maris qui leur commanderent de fe retirer.

Le 30 Janvier 1776, à huit heures du matin, les vaiffeaux appareillerent, & nous commençâmes à faire route pour *la Nouvelle-Zélande*. Dix jours s'étant écoulés, & après une tempête violente, nous atteignîmes la terre que nous cherchions. On jetta l'ancre dans le canal de la *Reine-Charlotte*, où *Cook* avoit mouillé le voyage précédent. Auffi-tôt l'on defcendit & les opérations commencerent.

La confiance des Infulaires eut peine à s'établir : ils s'imaginoient que le Capitaine *Cook* n'étoit revenu dans leur pays que pour venger la mort des dix hommes de l'équipage du Capitaine *Furneaux*, qu'ils avoient tués & mangés, quelques années auparavant. Leur crainte en infpira. On prit des précautions extraordinaires ;

& les travailleurs furent toujours bien accompagnés. Cependant je fus, en quelque sorte, envoyé aux Zélandais, & je vins à bout de leur faire entendre qu'on ne leur vouloit point de mal , que tout étoit pardonné. Ils le crurent avec une facilité qui prouve qu'en pareil cas , on auroit pu se fier à leur parole. On les vit accourir en foule, & construire à la hâte une multitude de cabanes sur le terrein où les Anglais avoient placé leur tentes & leur observatoire. Les équipages gagnerent infiniment à les avoir pour voisins. Ils en obtinrent du poisson & d'autres rafraîchissements qu'on leur fournit avec autant d'abondance que de joie.

Nous fîmes, M. *Cook*, ses Officiers & moi , divers petits voyages dans les canots des Insulaires, & nous visitâmes une partie de la côte. Un jour nous nous trouvâmes à *l'Anse de l'herbe*, où s'étoit commis le meurtre des dix hommes. Le Capitaine y rencontra un chef de sa connoissance, nommé *Matahouah*. Après avoir renouvellé leur ancienne amitié , il lui demanda des

détails fur la malheureufe affaire qui avoit
coûté la vie à tant de perfonnes. L'Infulaire les donna. D'autres la raconterent
depuis ; ils ne s'accorderent pas avec le
premier Hiftorien, fur quelques circonftances, mais le fond de la narration fut
toujours le même. Les gens du Capitaine
Furneaux dînoient tranquillement fur l'herbe, environnés d'un grand nombre de Zélandais. Ceux-ci volerent quelques bagatelles ; les Anglais voulurent qu'on les
leur rendît, & éprouverent un refus. On
fe querella, on fe battit ; deux naturels
furent tués à coups de fufil. Leur mort
occafionna un foulevement général, & les
Étrangers, accablés par le nombre, périrent fans qu'on en épargnât un feul. Les
Zélandais finirent cette horrible fcene par
manger les cadavres de leurs ennemis.

Nous rencontrâmes dans nos promenades le Chef *Kahoora*, qui commandoit les
meurtriers, & qui, de fon aveu, avoit tué
lui-même M. *Rowe*, Officier du détachement. Cet homme étoit haï. Ses compatriotes défiroient fa mort ; ils exciterent

le Capitaine à ne le pas ménager. J'a-
doptai leurs fentiments & prononçai un
difcours pour prouver que l'affaffin de
M. *Rowe*, un de mes plus chers amis,
devoit périr. Trop humain ou trop politique pour écouter de pareils avis, M.
Cook déclara au contraire qu'il n'attente-
roit ni à fa vie ni à fa liberté. Sur cette
affurance *Kahoora* fe remit plufieurs fois
entre nos mains, ne témoignant ni repentir pour le paffé, ni inquiétude pour
l'avenir. Cette conduite du Barbare fur-
paffoit peut-être, en grandeur d'ame & en
générofité, celle de l'Européen.

Je placerai ici les obfervations qu'à mon
ordinaire j'ai dérobées pour la plupart à
M. *Anderfon.*

Les Zélandais font de la taille qui eft
commune en Europe. Ils ne font pas très-
bien faits : vice qu'il faut moins attribùer
à la nature qu'à de mauvaifes habitudes.
Leur couleur offre plufieurs variétés, &
généralement toutes les nuances qu'on remarque entre le noir foncé & la teinte

jaunâtre ou olive. Leurs figures ont plus
de reffemblance avec les figures Anglaifes
qu'avec celles des Negres ; ou plutôt ce
font des figures à part, qui ne reffemblent
qu'à elles-mêmes. Leurs yeux font grands
& très-mobiles, leurs dents belles, leurs
cheveux noirs, quelquefois châtains, rarement bouclés, prefque toujours droits
& roides. Leur phyfionomie prend différents caracteres, felon l'âge, les familles,
le local, & autres circonftances : elle n'eft
jamais attrayante.

Les hommes & les femmes s'habillent
de la même maniere. Tout leur vêtement
confifte dans une piece d'étoffe de cinq
pieds de long fur quatre de large. Deux
coins paffent fur les épaules & s'attachent
fur la poitrine avec le refte qui couvre le
corps. Une ceinture de natte tient le vêtement affujéti autour du ventre. Dans les
jours ou les vifites de cérémonie, on ajoute
à cet habit une efpece de manteau. C'eft
une natte élégamment travaillée, qui defcend des épaules aux talons. Voilà leur
garde-robe.

Les

Les détails de la toilette font infinis. La fureur de fe parer eft commune aux deux fexes ; & ils y réuffiffent à-peu-près également bien l'un & l'autre. Des plumes de perroquet, des morceaux de jafpe & de nacre de perle, des dents de requin, des os, des coquilles, & mille efpeces de bijoux femblables, telle eft la matiere pre-miere des modes zélandaifes. L'art en fait des ornements de tête, de cou, d'oreilles, de nez peut-être ; car les nez font troués, & on y paffe de petites baguettes. Ceux qui fe mettent le mieux, portent le vifage piqueté & couvert de lignes de toute forte de formes & de couleurs. Le comble de la recherche eft de fe frotter les cheveux & toute là tête avec une compofition d'ocre martial & de graiffe. On conçoit que l'application d'un pareil cofmétique doit imprimer le dernier degré d'intérêt à une figure zélandaife. M. *Cook* dut la fageffe de fon équipage à ces divers em-belliffements des femmes infulaires. Le dégoût l'emporta fur la nature, & pas un feul Matelot n'eut d'intrigue. Les gens d'un vaiffeau qui avoit abordé avant

Tome I.   G

nous fur cette terre, n'avoient pas eu la
même retenue. Ils y ont laiffé un affreux
monument de leur incontinence. Les *Doc-
teurs* Zélandais fe fervent de fumigations
pour le détruire.

Les Zélandais habitent les bords de la
mer, dans de mauvaifes cabanes, qui ne
font ni commodes ni folides. On n'y entre qu'à genoux, & il eft impoffible de
s'y tenir debout. Les conftructeurs de
ces huttes ne manquent pourtant pas d'intelligence. Leurs pirogues font auffi grandes & auffi bien faites que celles d'*O-
Taïti*. Ils les ornent de fculptures affez
délicates. Leurs pagayeurs ou rameurs frappent l'eau avec une extrême vivacité, &
une natte triangulaire, étendue en forme
de voile, accélere encore la marche.

Nous conjecturâmes que les Zélandais ne
fe logent mal que parce qu'ils ne veulent pas
fe loger mieux. Obligés de chercher journel-
lement leur vie, ils font continuellement
dehors, & n'ont des maifons que pour
manger & fe repofer. D'ailleurs, ils paroiffent errants & vagabonds. Toute une

tribu change de place & se transporte
au loin, tantôt pour fuir le danger, tantôt parce qu'on les chasse; d'autres fois
pour trouver plus facilement des subsis-
tances; peut-être aussi parce qu'ils sont
inconstants & légers. C'est ainsi qu'ils s'é-
tablirent en un instant à côté des gens
que nous avions débarqués sur le rivage.
La maison d'une famille zélandaise doit
avoir la mobilité d'une tente. Par la même
raison, l'ameublement doit en être suc-
cinct. On n'y voit, en effet, que des
sacs, des paniers, des instruments de
pêche, & quelques outils. Un Zélandais
couche sur la terre, & se couvre de son habillement, supposé qu'il se couvre pendant
la nuit. Mais s'ils ont peu de chose, ce
peu qu'ils ont est de bon goût, & prouve
tout-à-la fois beaucoup d'adresse & d'application. Leurs pirogues sont ornées de
sculptures d'un dessin correct, & qui a de
l'expression; leurs filets sont parfaitement
beaux & très-forts; leurs armes, propres
à l'usage meurtrier à quoi elles sont desti-
nées. On s'étonnera toujours que n'ayant
pour outils que des pierres & des dents

G 2

de poiſſon, ils puiſſent exécuter tant d'ouvrages difficiles, abattre des arbres, ſcier
les bois, les unir, leur donner une forme
agréable ; on s'étonnera davantage que
n'ayant point d'outils, ils ſoient parvenus
à faire & à monter des outils. A quoi
n'atteindroit pas un peuple qui fait tant
de choſes avec rien, ſi le fer, cet agent univerſel, lui étoit donné ?

Les Zélandais ſont partagés en différentes tribus ou familles, ennemies irré-
conciliables les unes des autres. Ils ſe
font une guerre continuelle : délà vient
probablement qu'ils ne s'appliquent à aucun genre de culture. Le vainqueur ne
manqueroit pas de culbuter les plantations
& le jardinage du vaincu. La mer, dont
les richeſſes ſont à l'abri des vengeances
générales & particulieres, nourrit tous
les Habitants de cette vaſte contrée. Aux
poiſſons & aux coquillages qu'elle leur
fournit avec profuſion, ils joignent une
ſubſtance gélatineuſe, extraite d'une grande
fougere, & une autre fougere plus petite,
ſéchée au Soleil. Elle leur ſert de pain.

C'eſt du moins ce que l'on conjectura ;
car je ne les en ai pas vu manger , & il
feroit poſſible qu'ils n'en uſaſſent que
pour cuire leurs aliments. Ils élevent des
chiens domeſtiques pour en faire dans la
ſuite , & ſi la néceſſité l'exigeoit , un
ſupplément de nourriture.

Il y a long-temps qu'on a dit, en Europe & ailleurs , qu'il ne faut pas diſpu-
ter des goûts : ſans cela celui des Zélandais prêteroit une ample matiere à la critique. Des morceaux de pain qui tomboient
en pourriture , étoient pour eux un régal.
Ils conçurent pour l'huile une paſſion ſu-
bite , mais d'une véhémence extrême. Lorfqu'on fondit à terre la graiſſe des veaux
marins que nous gardions depuis pluſieurs
mois , ils ſe preſſerent autour des chau-
dieres comme des enfants qui voient des
friandiſes. Ceux qui venoient à bord du
vaiſſeau ne ſe contentoient pas de vuider
les lampes, ils avaloient encore les meches ,
ſans même prendre la précaution de les
éteindre. Pour que rien ne ſoit perdu , ils
mangent la vermine de leur tête.

G 3

On fe doute bien que d'un phyfique auffi défagréable , les Zélandais ne font pas fans défaut au moral : ils en ont beaucoup , entre lefquels on diftingue le vol , la vengeance & la cruauté. Ils prennent tout ce qu'ils peuvent attraper impunément , & leur grand plaifir étoit de tromper dans les échanges. Ils fe haïffent de tribu à tribu. M. *Cook* n'en rencontra pas une feule qui ne l'excitât à en détruire plufieurs autres. Dans leurs combats ils montrent plus de férocité que de vraie valeur. Une chanfon guerriere les anime à fe battre & à répandre le fang. Elle porte leur colere jufqu'à la frénéfie. Ils font des contorfions horribles de l'œil, de la bouche & de la langue. La bataille finie , les vainqueurs rôtiffent les ennemis morts ou mourants , & chantent leur triomphe. Quand ils aiment , c'eft avec la même fureur. Ils gâtent cette vertu en l'exagérant , & en lui donnant tout l'extérieur d'une manie.

La langue zélandaife , douce & harmo-

nieufe, eft conftamment la même que celle
de toute les Ifles répandues dans l'immenfité de la mer du Sud. Les Naturels & moi,
nous nous entendions réciproquement fans
beaucoup de peine. J'avois commencé d'obferver ces rapports de langage au *Van-
Diémen*; mais ils me parurent bien plus
fenfibles à la *Nouvelle-Zélande*. Ainfi tous
ces Peuples, maintenant féparés par de
vaftes mers, viennent d'un même Peuple.
Les différences fe font multipliées depuis la
féparation ; les mœurs ont changé, fauva-
ges dans la *Nouvelle-Zélande*, & effémi-
nées à *O-Taïti*. Les religions fe font alté-
rées, les idiômes fe font corrompus ou
perfectionnés ; on n'eft plus, fous aucun
rapport, ce qu'on étoit dans le principe,
au moment de la difperfion ; tout cela fe
conçoit, fuppofition faite d'une origine
commune ; mais les traits de reffemblance
qui percent à travers tant de variétés, mais
ces fons arbitraires, ces mots de fantaifie
& de caprice qui font fenfiblement les
mêmes & expriment les mêmes chofes,
rappellent les mêmes idées, les mêmes
objets : voilà qui eft inexplicable, in-

G 4

concevable, & , pour tout dire , impoffible , fi vous ne fuppofez pas *un Peuple pri-
mitif*, qui s'eft divifé en toutes ces peuplades , une Nation , ou qui aura volontairement envoyé au loin des Colonies ,
ou qui aura perdu quelques parties d'elle-
même , foit par hazard , foit par violence ,
foit autrement encore. La réalité démontrée d'une co-exiftence antérieure , & d'une
féparation arrivée depuis , ne met pas même
fur la voie de conjecturer comment la di-
vifion s'eft opérée ; quelle force a jeté à
de fi énormes diftances les différentes parties de ce Peuple auparavant *un* dans tous
fes membres ; quels moyens ont été employés pour traverfer , fuivant toutes les
directions , des centaines de lieues d'un
océan , qui , avant les découvertes des
Européens , n'avoit reçu que des pirogues , incapables de fournir une fi
longue & fi dangereufe carriere. L'hiftoire , s'écrioit M. *Anderfon*, a donc auffi
fes myfteres , defquels il faudra prononcer , comme des autres , que l'exiftence
en eft certaine , quoique la nature n'en
foit pas connue.

J'ai déjà infinué que l'état des diverfes peuplades de la *Nouvelle-Zélande* eft celui d'une guerre perpétuelle, dans laquelle tous les moyens de nuire font réputés légitimes. Un Zélandais eft toujours prêt à attaquer, toujours prêt à fe défendre. Pendant les ténebres de la nuit, il eft agité des frayeurs qu'il infpire. De tous les côtés on forme des projets de deftruction, on fe rencontre en courant les exécuter, & l'on fe bat avec acharnement. Dans une déroute ou dans une furprife, tout ce qui appartient aux vaincus eft égorgé. Jamais de paix ni de treve. Outre les offenfes perfonnelles qu'on ne pardonne point, on époufe celles de fes amis & de fes proches, on hérite de celles de fes peres. Le fouvenir d'une injure fe tranfmet aux générations fuivantes, jufqu'à ce qu'offenfeurs & offenfés, tous aient péri.

Nous avons remarqué que les Zélandais font *mangeurs d'hommes* ; mais ils ne dévorent que les cadavres de leurs ennemis, & peut-être que le plaifir qu'ils goûtent dans ces horribles repas, eft plutôt celui d'une vengeance éternellement prolongée, que celui de la senfualité du moment. Il faut favoir qu'ils croient que l'ame furvit à la mort de l'homme. Or, les ames de ceux qui meurent naturellement, ou dont les corps ont été arrachés des mains de leurs meurtriers, s'en vont partager l'immuable bonheur des Dieux; celles, au contraire, qui ont animé un corps qui eft mangé après la mort, font condamnées à des fupplices qui n'auront point de fin. Voilà un des points principaux de leur religion; les autres font ignorés. On ne leur connoît point de temples, point de ces *Marais* fi communs dans les autres Ifles de la mer du Sud; cependant ils ont des Prêtres, chargés, ce femble, de parler aux Dieux pour les autres hommes. Les graces qu'ils demandent font toutes temporelles; c'eft le fuccès d'une vengeance méditée, une victoire complette, une pêche abondante. Le Peuple a de certaines pratiques fuperftitieufes: il obferve quelquefois un jeûne rigoureux.

Tels qu'ils font, les Zélandais paroiffent

contents d'eux-mêmes & de leur état. Ils
ne cherchent point à étendre leurs connoiffances ; & cette difpofition eft moins le
fruit d'un fot orgueil qui s'imagine tout
favoir, que d'une indolence pareffeufe,
qui fe foucie peu de rien apprendre. Ils
écoutent ce que vous leur dites, & ont
l'air de penfer à toute autre chofe: leur attention eft plus celle de la politeffe & des
égards, que celle de la curiofité. Peut-être
font-ils habituellement occupés de leurs
craintes & de leurs défiances. Tant que durera cette contention d'efprit, qui n'a qu'un
objet, & le plus important de tous, la
civilifation ne fera aucun progrès dans la
Nouvelle-Zélande. Mais ôtez la guerre qui
confume les Habitants, & l'anarchie qui
les divife, & bientôt ce Peuple, actuellement fi barbare & fi malheureux, deviendra
bon & fortuné comme la terre où il vit.

La partie où nous avions relâché eft par
le 41e degré de latitude méridionale. Il feroit difficile de trouver un climat plus
agréable : l'été n'y eft pas chaud, & l'hi-
ver n'y eft pas froid. Le temps y eft pref-

que toujours beau; s'il fe dérange quelquefois , ce n'eft que pour un jour ou deux.

Le terrein eft montueux. Excepté quelques collines voifines de la mer , & que
la main de l'homme a peut-être dégarnies,
on ne voit par-tout qu'une forêt dont les
arbres , par leur vigueur & leurs dimenfions , annoncent une végétation puiffan-
te , un principe de fécondité qui , pour fe
montrer fous d'autres formes , femble n'attendre que la main du cultivateur & les
foins de l'induftrie.

Parmi les arbres , il en eft qui portent
des fruits. Les Infulaires en mangent :
nous leur trouvâmes un mauvais goût. On
pourroit les rendre meilleurs , peut-être
excellents , par la greffe & les autres opérations du jardinage. Nous découvrîmes
un arbufte dont la feuille en infufion vaut
le thé de la Chine. Les plantes font en
grand nombre , la plupart d'une force dé-
mefurée. L'ortie & la morelle paroiffent
de petits arbres. Les graines de l'Europe
réuffiroient dans la *Nouvelle-Zélande.* Le

Capitaine *Furneaux* y avoit pratiqué quelques jardins ; j'en retrouvai l'emplacement, & quoique les Infulaires les euffent abfolument négligés, ils offroient encore, çà & là , des choux , des oignons , des radis , fur-tout des patates, que la nature du fol & la beauté de l'expofition avoient finguliérement améliorées. Il eft une plante indigene qu'on peut regarder comme le tréfor du pays. Les Naturels en tirent leurs vêtements ; elle produit un lin beaucoup plus fin que celui d'Angleterre , & vraifemblablement auffi fort.

Les bois de la *Nouvelle-Zélande* font peuplés d'oifeaux , dont les efpeces font très-variées. Les Infulaires ne les tuant qu'avec peine , le nombre des individus eft infini. Leurs agréments ne confiftent que dans la richeffe incomparable de leurs plumages ; ils ne chantent prefque point. On diroit qu'ils fe taifent tous pour en écouter un dont le gofier n'a point fon pareil dans l'univers. Quand il faifoit entendre fa délicieufe mélodie , nous nous croyions environnés de cent efpeces différentes. J'ai l'air de raconter une fable , & je n'ai pas même exagéré.

M. *Cook* touchoit au moment de son départ , quand nous revînmes de nos courses , M. *Anderson* & moi. Avant de se rembarquer , il fit présent à deux Chefs d'une couple de chevres , d'un verrat & d'une truie , sans trop espérer qu'ils échapassent à la voracité de gens qui ne pensent qu'au moment présent , ne pouvant , en effet , ni compter sur l'avenir , ni conserver paisiblement la propriété d'un troupeau.

Par complaisance pour moi , le Capitaine reçut à son bord deux Zélandais , l'un âgé de dix-huit à vingt ans , l'autre plus jeune. Ils s'attachèrent à ma fortune. Le premier se nommoit *Taweiharooa* , & étoit fils unique d'un Chef qui ne vivoit plus. Le second s'appelloit *Kokoa* : il étoit d'une naissance fort inférieure à la noblesse de l'autre , & on ne l'embarquoit que pour servir son compagnon. Où ne trouvera-t-on pas l'orgueil du rang , s'il se fait sentir à des peuplades vagabondes & brutalement guerrieres , qui devroient ne connoître d'autres diftinctions que celles de la force , du courage, du bonheur & de l'adreffe?

Les deux jeunes Zélandais firent gaiement le facrifice éternel de leur patrie; car on eut foin de les avertir qu'ils ne la reverroient jamais. Tant que les vaiffeaux refterent à l'ancre , ils ne témoignerent aucun regret du parti qu'ils avoient embraffé ; mais dès que, pouffés en pleine mer , ils ne virent plus que confufément leur terre natale, une trifteffe profonde s'empara de leurs ames ; ils pleurerent , gémirent, chanterent dans leur langage la fottife qu'ils avoient faite , & les amis qu'ils avoient perdus. Ils auroient défiré retourner fur leurs pas : ils me le dirent ; ils le dirent au Capitaine *Cook* , à tout l'Equipage. Nous nous ferions rendus à leurs vœux , fi nous n'avions pas été perfuadés que le temps adouciroit d'abord, & calmeroit enfuite entiérement leur douleur. Le temps , cet infaillible médecin de toutes les peines , qui les guérit toutes ou les pallie , opéra fur les deux affligés avec tant de fuccès , qu'ils finirent par ne plus envifager d'autre patrie que celle où nous les conduifions , & par ne plus reconnoî- tre d'autres parents que ceux qui les avoient adoptés. Mais on doit dire à la louange de leur bon naturel , que la cure fut lon- gue & difficile.

Nous quittâmes la *Nouvelle-Zelande* à la fin de Fevrier. Après un mois & plus de navigation, nous nous trouvâmes affez près d'une ifle. Un des Naturels lança une pirogue à la mer , & fit mine de vouloir aller à *la Réfolution*, qui, fur fon deffein préfumé , avoit mis en panne. Il eut peur & regagna le rivage. Un autre Infulaire fe joignit à lui ; & enhardis par leur union , ils s'approcherent. Leur frayeur fe diffipa prefqu'entiérement lorfqu'ils reconnurent leur langue dans ma bouche : ils parloient le pur O-Taïtien.

Il s'agiffoit d'examiner la côte & de chercher un lieu propre au débarquement. M. *Cook* voulut être de ce petit voyage ;

je l'accompagnois toujours comme fon interprete. Nous partîmes dans un canot. Un des Naturels qui étoient venus dans la pirogue, y paffa avec nous ; il fe nommoit *Mourooa.* Sa phyfionomie étoit riante & agréable; fa taille plutôt petite que grande. Cet Infulaire n'étoit pas moins que le frere du Roi ; auffi quand, à l'approche du canot, il ordonna aux Guerriers qui bordoient le rivage, de fe retirer, ils obéirent prefque tous.

On ne trouva ni mouillage pour les vaiffeaux, ni endroit commode pour defcendre à terre. Cependant les Infulaires fe jetterent à la nage & gagnerent notre canot, où ils refterent fans façon, tâchant de s'emparer de tout ce qui étoit à leur bienféance. Nous ne parvînmes à nous débarraffer de ces importuns qu'en revirant pour retourner aux vaiffeaux. A ce mouvement ils fe précipiterent dans les flots , & s'en allerent comme ils étoient venus. *Mourooa* eut feul le courage de demeurer ; encore parut-il que c'étoit par fanfaronade ; puifque, monté à bord de *la Réfolution*, il laiffa

Tome I. H

paroître la plus vive inquiétude. Elle augmenta prodigieufement lorfqu'il vit le vaiffeau s'éloigner de l'Ifle. Il fut impoffible
de rien tirer d'un homme livré tout entier
aux plus terribles appréhenfions. Il ne
voyoit que fon danger. Néanmoins s'étant
culbuté fur une chevre, il s'arrêta quelques
inftants à la confidérer, & me demanda
quel oifeau c'étoit. Cette queftion bizarre
femble prouver qu'il n'y a dans l'Ifle aucune efpece de quadrupedes. On mit un
canot à la mer, & *Mourooa* fut reconduit
auffi loin que le reffac permit de s'avan-
cer. Là il fe jetta dans l'eau, & nagea jufqu'au rivage : fes compatriotes accoururent & l'environnerent. Vraifemblablement on l'interrogea fur ce qu'il avoit vu,
ce qu'il avoit obfervé. Sa narration fut
courte fans doute, ou bien il ufa du privilege de ceux qui, revenant d'un pays
trop éloigné pour être contredits, amufent
la crédulité publique par de beaux contes.
Mourooa ne pouvoit guere les entretenir que de fes craintes, & c'eft peut-
être le feul article dont il n'aura point
parlé.

Les vaiſſeaux quitterent à regret cette Iſle inacceſſible. Son extérieur promettoit toute ſorte de rafraîchiſſements.

Les connoiſſances que nous nous procurâmes & ſur elle & ſur ſes habitants, ne peuvent être ni bien étendues ni bien certaines. On ne les tenoit que des Naturels qui étoient montés dans le canot; ils auroient pu tromper, & on auroit auſſi pu ne les pas comprendre. L'Iſle ſe nomme *Mangeea.* Elle eſt par le vingt-unieme degré de latitude méridionale. Sa circonférence eſt à peine de cinq ou ſix lieues. Un reſſif de corail regne autour de ſes côtes, & ſemble la mettre pour toujours à l'abri des incurſions européennes. Le terrein n'eſt ni trop bas ni trop élevé. De petites collines en occupent le centre. Le ſol eſt fertile, à en juger d'abord par l'apparence. On y remarque des forêts, de grands & beaux arbres, & tout l'extérieur d'une prodigieuſe végétation. D'ailleurs il nourrit une quantité énorme d'habitants. Les troupes d'Inſulaires que nous apperçûmes en différents endroits annonçoient une popu-

H 2

lation de la plus grande fécondité; & vous observerez que la nourriture animale y eft extrêmement reftreinte. Quand *Mourooa* parloit des aliments en ufage chez les fiens, il ne citoit que les bananes, le fruit-à-pain & le taro. C'eft donc aux feuls végétaux que toute cette peuplade doit la bonne mine, l'embonpoint dont nous vîmes tant d'échantillons.

En général l'Ifle eft d'un afpect charmant, & la culture la rendroit un des lieux les plus agréables du globe. C'eft le jugement qu'en portèrent MM. *Cook* & *Anderfon.*

Le Souverain de ce joli petit Empire fe nommoit *Orooaeka.* Ses fujets ne paroiffent pas moins aimables que le pays qu'ils habitent. La gaieté refpire fur leur vifage, & l'amour du plaifir dans toute leur perfonne. Ils ont à-peu-près le teint des peuples de la partie la plus méridionale de l'Europe. Leur langue eft une dialecte de cette langue univerfelle répandue dans toutes les Ifles de la mer du Sud.

Elle a avec celle d'*O-Taïti* la plus grande affinité. Il eft probable que la reffemblance s'étend jufqu'aux mœurs.

Les Infulaires de *Mangeea* font prefque nuds. Une efpece de ceinture paffe entre leurs cuiffes : c'eft l'unique vêtement de la multitude. Quelques-uns y ajoutent un manteau. Tous ont la tête enveloppée d'un bonnet blanc, dont la forme varie. Des fandales de gramen entrelacé garantiffent leurs pieds des pointes de rochers de corail fur lefquels ils font obligés de marcher. Toute la parure des gens comme il faut ne confifte prefque qu'à fe piqueter diverfes parties du corps & à fe fendre les oreilles.

A en juger par celle qui s'approcha de *la Réfolution*, leurs pirogues font petites, mais élégantes, d'une conftruction ingénieufe & commode. Une maifon que l'on entrevit au milieu d'un bocage délicieux, donna une bonne idée de leur architecture ; elle pouvoit avoir trente pieds de long, fur huit de haut. Quoiqu'ils ne

H 3

paroiffent pas de grands Guerriers , ils ont des piques & des maffues. Je leur demandai s'ils mangeoient leurs ennemis ; & ils répondirent par un gefte d'indignation qui valoit mieux qu'une réponfe.

Leurs regles de civilité ne quadrent point avec celles de l'Angleterre. Lorfqu'ils faluent un étranger , ils touchent fon nez avec le leur, ils prennent enfuite la main de celui auquel ils font politeffe , & ils la frottent affez rudement contre leur vifage. Nos Erudits obferverent que les Habitants des Ifles *Palaos* , des *Nouvelles-Philippines* & des *Carolines* , éloignées de *Mangeea* d'environ quinze cents lieues , faluent de la même maniere : cette correfpondance a quelque chofe de fingulier.

J'ai dit que perfonne ne débarqua fur cette Ifle fortunée. On effaya en vain d'atteindre la côte ; la mer repouffa toujours, & les rochers effrayerent. Il feroit poffible que les Naturels euffent regardé cette privation comme un malheur ; ils ne favoient pas que les maladies & la mort defcendent fouvent à la fuite de l'homme civilifé, qui paie de cette monnoie l'hofpitalité qu'on lui a donnée, & les autres préfents qu'on lui a faits.

Deux jours de marche nous mirent à portée de deux Ifles. Nous nous approchâmes de la plus grande, dans l'efpérance d'y trouver des provifions. Des canots armés allerent à la côte pour y chercher un mouillage. Plufieurs Infulaires vinrent dans leurs pirogues, & fur une fimple invitation, pafferent fur les vaiffeaux : ils ne témoignoient aucune défiance. Ce n'étoit-là que des vifites privées. Bientôt M. *Cook* reçut une ambaffade folemnelle, Une Infulaire ayant des bananes à la main & dans fa pirogue, parut, demanda le Capitaine par fon nom (je le leur avois appris en vifitant la côte), & lui offrit fa cargaifon de la part de fon Roi. Senfible à cette politeffe, *Cook* lui donna une hache & un morceau d'étoffe rouge. C'étoit, pour les circonftances, un vrai préfent de Souverain ; mais il ne

H 4

falloit pas fe laiffer vaincre en générofité.

Cette députation n'étoit que le prélude
d'une autre beaucoup plus intéreffante.
Douze hommes, portés fur une double
pirogue, s'avancerent en chantant. Arrivés, ils demanderent à parler au Commandant, & lui préfenterent un petit cochon & des noix de coco. Après quoi ils
monterent fur les ponts de *la Réfolution*,
& offrirent encore au Capitaine une fuperbe natte. Ces dons étoient une affaire
de civilité ou d'amitié ; car ils n'avoient
aucune idée de trafic ou d'échange. Ils
défirerent vivement un chien ; je leur fis
le facrifice de celui que j'avois emporté
de *Londres*, quoique j'y fuffe très-attaché.

Les canots avoient annoncé qu'il ne falloit fonger ni au mouillage, ni au débarquement ; qu'un rocher de corail très-ef-
carpé environnoit la côte ; que le reffac
étoit terrible, & qu'on feroit obligé de
quiter *Wateeoo* (c'eft le nom de l'Ifle) fans
la connoître. Le chagrin que caufa cette
nouvelle, engagea M. *Gore*, Lieutenant de

la Résolution, à proposer un expédient qui fut adopté sans beaucoup de réflexion. C'étoit d'introduire dans l'Isle quelques-uns de nous, au moyen des pirogues & des Naturels, & d'obtenir du Souverain, par mon entremise, les rafraîchissements dont on avoit besoin, & qui seroient apportés en-deçà du ressac, par les Insulaires.

M. *Gore* fut chargé de l'exécution de ce projet. On arma trois canots, & l'on s'approcha du ressif avec assez de difficulté. MM. *Gore*, *Anderson*, *Burnei* & moi, nous passâmes dans deux pirogues. Tandis que nous descendions sur le rivage, le reste du détachement demeura dans les canots fixés par les grapins, assez près du ressac.

Le Capitaine n'étoit pas sans inquiétude. Il fit approcher les vaisseaux le plus près qu'il put du ressif, afin de prendre un parti convenable en cas d'événement ; mais la masse du rocher eût toujours opposé à ses efforts une barriere insurmon-

table , & ses amis eussent péri sous ses
yeux , sans qu'il eût pu leur donner plus
de secours ou les protéger davantage que
si la moitié du globe les avoit séparés de
lui. Les visites des Insulaires , qui ne furent point interrompues, le rassurerent un
peu. Ses alarmes se dissiperent tout à fait
vers le coucher du Soleil ; il vit les canots
prendre le large , & l'arrivée de tout son
monde le remplit d'une joie d'autant plus
vive , que peut-être il n'étoit pas à se reprocher l'imprudence qu'il avoit commise;
car il faut convenir que c'en étoit une que
de livrer à la discrétion d'un Peuple inconnu , & dont on conjecturoit à peine le
caractere, les plus précieux de ses Compagnons : son Lieutenant , son Naturaliste
& son Interprete. La relation de cette mémorable journée , où je rendis les plus grands
services , ne sauroit être étrangere à mes
Narrations.

Les Insulaires qui conduisoient les pirogues dans lesquelles nous étions entrés,
jugerent avec beaucoup de précision les
mouvements du ressac , & en profiterent

avec une adresse admirable. Nous débarquâmes, & ils nous soutinrent par-dessous
les bras, afin que nous nous fatigassions
moins en marchant sur les pointes du rocher. Nous arrivâmes à la greve, où une
multitude innombrable nous attendoit.
Les principaux de cette troupe tenoient
des rameaux verds en signe de paix. Ils nous
firent la politesse de l'application des nez.
Des hommes revêtus d'autorité écartoient
la foule, qui ne se lassoit point de nous
voir & de nous examiner. On gagna une
très-belle avenue de palmiers, où nous
trouvâmes deux files de Guerriers, la massue sur l'épaule, & alignés comme des Sol
dats européens, un jour de revue. A quelque distance, & entre ces deux files, nous
rencontrâmes un Chef assis par terre, les
jambes croisées, & se rafraîchissant le visage avec une feuille de cocotier, taillée
en forme d'éventail. Le Maître des cérémonies nous avertit qu'il le falloit saluer,
ce que nous fîmes, & l'on passa outre sans
s'arrêter. La physionomie de ce personnage
étoit sérieuse. On lui obéissoit avec empres-
sement. Il avoit aux oreilles de grosses

touffes de plumes rouges. Nous ne lui vîmes pas d'autres marques de diftinction. Plus loin nous rencontrâmes un fecond Chef dans la même attitude ; on lui rendit les mêmes honneurs.... Puis un troifieme, qui nous parut fupérieur aux autres. Il pria MM. *Anderfon & Burnei* de s'affeoir à côté de lui. Auffi-tôt une vingtaine de jeunes femmes exécuterent une danfe nationale. Les danfeufes ne changeoient point de place ; elles ne faifoient que remuer les pieds , les mains & les doigts , mais avec tant de légéreté , de jufteffe , avec un accord fi parfait , qu'il en réfultoit un fpectacle fort divertiffant. Cette fcene agréable & douce n'étoit pas finie , qu'un bruit confus annonça l'arrivée des Guerriers. Ils vinrent , armés de leurs maffues , & offrirent à nos regards l'image d'un combat. Aux premiers coups qu'ils fe porterent , les danfeufes avoient difparu.

Ce nouveau jeu terminé , je m'approchai du Roi , & lui expofai ma commiffion. Elle fe bornoit à demander des vivres pour les vaiffeaux. On me remit au

lendemain pour la réponfe. Alors les Na-
·turels affecterent d'empêcher que nous ne
communicaffions enfemble. Chacun de
nous eft entouré d'un cercle particulier ,
& fous prétexte de nous examiner de plus
près, on nous dérobe tout ce que nous
avons. On pouffe la curiofité jufqu'à dépouiller de leurs habits les trois Anglais.
La beauté de leur peau reçut des éloges.

Cependant nous commençions à craindre
qu'on n'eût formé le projet de nous retenir
dans l'Ifle. Si nous faifions quelques tentatives pour nous reporter vers le rivage,
on s'y oppofoit toujours, & l'on nous ramenoit au lieu d'où nous étions partis.

Mes frayeurs furent plus loin. Ayant
apperçu un grand feu que les Infulaires
augmentoient avec une extrême activité ,
je m'imaginai qu'ils fe propofoient de nous
cuire, ou du moins mes Compagnons.
On le deftinoit à un gros cochon que l'on
amena l'inftant d'après , & qui fut rôti
très-promptement. Le Roi s'affit fur une
efcabelle, & nous invita à prendre place à

ses côtés. On servit un fort bon repas. Nous
n'y touchâmes que par politesse, & pour
ne pas choquer nos hôtes : la fatigue &
l'inquiétude nous avoient ôté l'appétit.
Enfin nous obtînmes la permission de retourner à nos canots. Les Insulaires nous
y reconduisirent avec autant de dextérité
qu'ils nous en avoient tirés ; mais ils nous
volerent aussi jusqu'au dernier moment. Ils
eurent l'honnêteté de remplir nos embarcations de bananes, de cocos & de tiges
d'arbres de différentes especes pour les
bestiaux ; ils y ajouterent les restes de notre repas. On se figure aisément la joie
qu'eurent de se voir libres des gens qui,
peu d'heures auparavant , se croyoient
condamnés à une éternelle captivité.

Les Insulaires avoient eu en effet le dessein de nous ravir la liberté , & , dans leur
façon de penser , cette violence étoit une
faveur. Quelques mensonges artificieux
rompirent les chaînes qu'on nous préparoit. Pendant le repas on m'avoit accablé
de questions touchant les Etrangers &
leur pays. J'exagérai tout dans mes ré-

ponfes. Je dis, entr'autres chofes , que les
Anglais favoient conftruire des pirogues
grandes comme des ifles ; que ces embarcations énormes portoient des *canons*, af-
freufes machines, plus épouvantables que
tous les tonnerres enfemble , & qui d'un
feul coup vous réduifoient une ifle en poudre, fans qu'il y eût moyen de s'en ga-
rantir ; & comprenant à des fignes infaillibles que ces idées de deftruction affectoient vivement les hommes crédules qui
m'écoutoient , je continuai en difant que
les vaiffeaux qu'ils voyoient au loin, dans
la pleine mer , étoient remplis de ces terribles canons, & qu'avec leur fecours , de
l'endroit où il étoit ftationnaire , le Capitaine *Cook* pouvoit couper leur ifle par
morceaux , & tuer jufqu'au dernier Ha-
bitant. Le repas finiffoit. Je joignis l'illufion des fens au charlatanifme de la parole.
J'avois quelques cartouches dans mes po-
ches ; je les raffemblai par terre au milieu
de l'affemblée ; j'y mis le feu , non fans
préambule : la rapidité de l'effet, le bruit
éclatant, la flamme & la fumée frapperent
d'un effroi fubit tous les fpectateurs. Ils ne

doutèrent plus de la force irréfiftible des armes européennes, & rien de ce que j'avois dit ne fut incroyable. De ce moment notre retour fut décidé. Veuille l'*Eatooa* me pardonner cette légere fupercherie, qui, toute néceffaire qu'elle étoit, n'en offenfoit pas moins la vérité !

Le génie obfervateur de M. *Anderfon*, libre au fein de la contrainte, avoit fait des remarques utiles ou curieufes dont voici le réfultat.

Les Habitants de *Wateeoo* ont beaucoup de reffemblance avec ceux de *Mangeea*. Les hommes font bien faits, furtout les jeunes gens : l'embonpoint gâte un peu les autres. Leur peau eft fine, leur teint plus ou moins blanc. Une natte ou une piece d'étoffe dont ils fe couvrent, eft moins un habillement qu'un voile pour la pudeur. Leurs oreilles font percées, & ils y fufpendent divers ornemens. Quelques-uns portent des bonnets de forme pyramidale. Plufieurs font *tatoués* ou piquetés en différentes parties du corps

corps. Les femmes s'habillent & se parent comme les hommes. On apperçoit dans les filles cet air de douceur, de timidité, de modestie, qui sied si bien à leur sexe; cependant la nouveauté du spectacle soumis à leurs regards, faisoit que quelquefois la curiosité l'emportoit sur la pudeur. Du moins elles considéroient à la dérobée. Les femmes d'un certain âge ne montroient pas tout-à-fait autant de retenue; elles ne passerent pourtant jamais les bornes essentielles d'une exacte bienséance. On eut occasion de s'appercevoir qu'elles étoient d'excellentes meres.

Les Naturels de *Wateeoo* sont ingénieux & adroits. On en porta ce jugement en considérant leurs nattes, leurs étoffes, leurs pirogues & leurs armes.

L'Isle est fertile; la végétation s'y déploie dans toute sa force. De grands & beaux arbres ombragent les côtes & l'intérieur du pays. Nous vîmes, entre les mains des Insulaires, plusieurs especes de bananes, du fruit-à-pain, des noix de

coco , & d'autres noix qui , grillées, ont
une saveur exquise. Nous évaluâmes à
deux mille personnes le nombre de ceux
qui passerent la journée avec nous. Ce
taux suppose une grande population , d'autant plus que , parmi les curieux , nous ne
remarquâmes que très-peu de vieillards
& beaucoup d'enfants.

Ce peuple a une religion. Il est croyable que , pour le fond , elle ne differe pas
de celle qui regne dans toutes les Isles de
la mer du Sud ; mais il ne fut pas possible de s'en assurer. On se convainquit plus
facilement que les Insulaires de *Wateeoo*
sont vains au - delà de ce que nous le
sommes ordinairement. Ils appellent leur
Isle *la terre des Dieux* , & ils se flattent,
non - seulement de posséder au milieu
d'eux le propre esprit de l'*Eatooa* , mais
encore de lui ressembler en beaucoup de
choses. Leur Isle gît par le vingtieme dé-
gré de latitude méridionale.

En abordant à *Wateeoo* je reçus la ré-
compense anticipée de tout ce que j'allois

y faire : trois de mes compatriotes furent
prefque les premiers objets qui frapperent mes yeux au moment que je mis le
pied fur la greve. Cette rencontre inattendue , on pourroit dire miraculeufe,
émut délicieufement mon cœur. Voici
l'hiftoire de ces trois intéreffantes créatures. Une pirogue partit d'O-Taïti pour
fe rendre à Ulietea. Elle portoit vingt
perfonnes, hommes & femmes. Les provifions étoient en petite quantité , parce
que le voyage ne devoit pas être long.
Tout-à-coup un vent impétueux s'éleve.
C'eft en vain que les malheureux s'effor-
cent d'arriver à leur deftination , ou de
regagner le lieu d'où ils font partis : la
force de l'ouragan les repouffe avec violence , les emporte dans des parages inconnus, &, pendant plufieurs jours, ils er-
rent fur le vafte océan, au gré des vents
& de la tempête. Bientôt les vivres manquent , & la faim tue la plupart des infortunés dont le *Dieu-Mer* avoit refpecté
la vie. Il ne reftoit plus que quatre hommes, lorfque la pirogue chavira. La tête
ne leur tourna point au moment de ce

dernier défaftre : ils faifirent les bords de l'embarcation , & , malgré leur extrême foibleffe, ils s'y tinrent fufpendus deux jours entiers. Les Naturels de *Wateeoo* les apperçurent, volerent à leur fecours & les fauverent. Un d'eux étoit mort depuis , mais les trois autres jouiffoient de la meilleure fanté. Ils ne trouvoient point affez de termes pour exprimer la généreufe conduite des Infulaires à leur égard. Il y avoit douze ans qu'ils étoient à *Wateeoo*. Je leur propofai de les reconduire dans leur patrie. Ils refuferent : un fentiment profond de reconnoiffance les attachoit , pour le refte de leur vie , à la terre hofpitaliere qui leur avoit donné une nouvelle naiffance , en les arrachant à une double mort.

Remarquez , mes amis , nous dit à leur occafion le Capitaine *Cook*, que ces O-Taïtiens ne font venus à *Wateeoo* qu'en parcourant l'efpace immenfe d'environ deux cents lieues. Ce fait explique, mieux que toutes les conjectures des Savants , comment les hommes fe font répandus fur

toutes les contrées de la terre les plus
éloignées , & en partieulier fur les Ifles
de la mer du Sud. M. *Anderfon* le remer-
cia de cette réflexion , non moins philo-
fophique , dit-il , que religieufe. Pour ma
part je lui en fus gré , parce qu'elle dé-
truifoit les opinions de nos *Tahonas* , que
je n'ai jamais aimées. *Cook* ajouta : » Il
» eft d'autres exemples connus de fembla-
» bles tranfports. En 1696 , deux pirogues
» parties d'*Amorfo* furent jettées par les
» vents contraires fur l'Ifle de *Samal* , après
» foixante & dix jours de navigation. *Samal*
» eft une des *Philippines* , & le trajet étoit
» de trois cents lieues. « — Ainfi , repris-
je , afin d'être pour quelque chofe dans
cette favante converfation , les tempêtes
peuvent être la Divinité qui a peuplé ces
Ifles , ces Continents que des mers prodigieufement étendues féparent des pays
habités......... mais de la poffibilité au fait
le paffage eft plus difficile que d'*O-Taïti*
à *Wateeoo* , que d'*Amorfo* à *Samal.* —
Malgré cela , conclut *Anderfon* , ce fera
toujours un avantage inappréciable pour
les Défenfeurs de la Révélation Chré-

I 3

tienne & de la faine philofophie, que d'avoir découvert dans l'Hiftoire, qui ne ment pas comme les Syftêmes, une *folution poffible* à une très-grave difficulté..... Ceci furpaffant de beaucoup mon intelligence, je fus me coucher. Pendant la nuit une houle affez forte porta les vaiffeaux loin des côtes de *Wateeoo*; & cette Ifle n'ayant pas fourni ce que l'on en efpéroit pour la fubfiftance des équipages & du troupeau, on mit le cap fur la petite Ifle que nous avions vue en même-temps que *Wateeoo.*

Plufieurs canots, fous la conduite de M. *Gore*, atteignirent le rivage. J'aidai beaucoup au débarquement que le reffac & les autres obftacles ordinaires rendoient difficile & dangereux. L'Ifle nous donna deux cents noix de coco, de l'herbe & une quantité confidérable de feuilles & de pouffées de jeunes palmiers que j'entendis appeller par notre Naturalifte *Pandanus des Indes Orientales.* C'étoit tout ce qu'on pouvoit attendre d'elle; car fon circuit eft à peine d'une lieue. Les Habitants de

Wateeoo la nomment *Wenooa-ette*, c'est-
à-dire, *petite Isle*. Elle leur appartient,
& ils la visitent quelquefois. Nous y trouvâmes des pierres disposées en forme de
monument, des terreins enclos & de mau-
vaises cabanes ; mais pas un homme. M.
Gore laissa dans une cabane le fer d'une
hache & quelques clous, afin de payer,
sans doute, les choses que nous avions
prises.

A quinze lieues de *Wenooa-ette* on rencontre l'Isle d'*Hervei*, découverte par
M. *Cook* en 1773. Elle peut avoir six
lieues de tour. Comme on n'y avoit point
apperçu d'Habitants la premiere fois
qu'on la vit, on se persuada qu'on y feroit
une ample récolte de rafraîchissements,
d'eau sur-tout, dont on commençoit à avoir
grand besoin. Cette spéculation eut le sort
de beaucoup d'autres : le succès ne la jus-
tifia point.

Si-tôt que nous fûmes à portée de l'Isle
d'*Hervei*, de nombreuses troupes de Naturels s'avancerent dans leurs pirogues.

I 4

Leur maintien étoit farouche & menaçant. Ils s'approcherent tant qu'ils purent de *la Découverte* & de *la Résolution*, & volerent, avec une extrême audace, quantité de petites choses, sans sortir de leurs embarcations. Ils oserent frapper un Matelot qui s'opposoit à leurs desseins. Curieux, jusqu'à l'avidité, des bagatelles qu'on leur jettoit, ils sautoient brusquement de leurs pirogues dans la mer, lorsque la moindre chose y tomboit & qu'ils la pouvoient rattraper. J'épuisai toute mon éloquence pour les exciter à monter sur le vaisseau: ils n'étoient pas assez bons pour être confiants, & leur refus fut réitéré autant de fois que mon invitation.

Le Capitaine envoya M. *King*, son premier Lieutenant, avec deux canots armés, pour reconnoître la côte, & chercher un endroit propre au débarquement. Aussi-tôt que les Naturels eurent entrevu ce dessein, ils firent force de rames afin de prévenir l'arrivée des canots. L'instant d'après on les vit sur le ressif, la pique ou la massue à la main, dans la posture de gens qui avoient réfolu d'empêcher la defcente par une courageufe réfiftance. M. *King* s'étant approché , malgré cet appareil de guerre , les Sauvages lui firent figne de defcendre ; mais il fut d'autant moins tenté de céder à leurs inftances, qu'il remarqua des femmes qui s'empreffoient d'apporter des piques & des dards. Il fe borna donc à chercher un mouillage qu'il ne trouva pas , & , fur fon rapport, l'on prit & l'on exécuta la réfolution de s'éloigner.

Les connoiffances qu'on emporta de cette peuplade n'étoient prefque rien. Pour la taille , les Naturels reffemblent à ceux de la *Nouvelle-Zélande* ; pour le caractere , ils ont une teinte de férocité qui n'eft qu'à eux ; pour le régime politique , ils font fujets du Roi de *Wateeoo* ; pour le langage, ils parlent une dialecte de la langue univerfelle du Sud. Ils nomment leur Ifle *Terouggemon - Atooa.* Selon ce qu'ils me répéterent plufieurs fois , elle eft pauvre en aliments ; car ils n'ont ni cochons , ni chiens , ni bananes , ni fruit-

à-pain. Le fond de leurs nourritures con-
fiste dans des cocos , des tortues & du
poiſſon. Leurs pirogues ſont grandes &
belles. Une ſingularité qui les diſtingue
des autres Inſulaires , c'eſt qu'ils ne ſont
point piquetés.

Trompé dans ſes eſpérances ſur l'Iſle
d'*Hervei* , & n'ayant pas rencontré depuis
la *Nouvelle-Zélande* un ſeul endroit où il
pût faire de l'eau , le Capitaine *Cook* ſe
porta vers les *Iſles des Amis* , où il étoit
aſſuré que rien ne lui manqueroit.

Nous fîmes une ſtation de quatre jours
à l'Iſle *Palmerſton*. On y ramaſſa des cocos
par milliers , & des herbes de pluſieurs
ſortes en quántité ſuffiſante pour le troupeau. Cette précieuſe récolte embarquée,
mais non ſans beaucoup de peine , on partit pour *Annamooka*.

Diſons quelque choſe de l'Iſle *Palmerſton* , qui occaſionna une diſpute aſſez
vive parmi les Savants des deux équipages. C'eſt un aſſemblage de neuf ou dix
petites Iſles , rangées en cercle , & unies

par un reffif de rochers de corail. Quelques-uns de ces Iflots n'offrent aucune
apparence de fertilité ; mais les autres ,
par des richeffes de plus d'un genre , dédommagent amplement de ce qu'il en coûte
pour les vifiter. Le premier fur lequel nous
débarquâmes n'a pas plus d'un mille de
circuit ; à peine s'éleve-t-il de trois pieds
au-deffus de la mer. Le fol paroît compofé
de fable de corail & d'un peu de terreau
noirâtre , provenant de la diffolution des
végétaux. Quoiqu'un fonds de cette nature
ne promette pas une grande abondance
de fucs nourriciers, il eft néanmoins couvert d'arbres & de plantes dont la multitude & la vigueur, rapprochées de la ra-
reté apparente des principes qui leur fourniffent la vie & l'accroiffement , étonnent
plus qu'on ne le peut exprimer. Les trous
du reffif offrent des poiffons que la mer y
dépofe en fe retirant ; les plantations ,
des oifeaux de plufieurs efpeces, & même
des crabes qui rampent au milieu des arbres. Aucun de ces animaux ne paroît
craindre l'homme, que tous fuiront , fi
des defcentes fouvent répétées leur ap-

prennent à le connoître. On en tua beaucoup.

Un bordage de pirogue que l'on trouva fur la greve eût fait penfer qu'ancienne-ment des hommes avoient abordé fur cette côte, s'il n'eût pas été poffible que ce fuffent les débris d'un naufrage, apportés de très-loin par l'inconftance des vents & l'effort de la tempête. De petits rats bruns qu'on apperçut çà & là, intrigue-rent ceux à qui il vint dans l'efprit de re-chercher leur origine. On préfuma qu'ils avoient fait le voyage avec des morceaux de pirogue : je dis eux, ou leurs ancêtres.

La nature étale de merveilleufes beau-tés dans ces lieux folitaires. Voici la def-cription d'un lac que j'ai dérobée au Ca-pitaine *Cook* : „ Il eft fitué en dedans du „ reffif. En face de ce lac un grand lit de „ corail offroit une des plus charmantes „ vues de la nature. Sa bafe étoit fixée à „ la côte ; mais elle pénétroit fi avant qu'on „ ne pouvoit la découvrir. Il paroiffoit fuf-„ pendu dans l'eau..... La mer abfolument

» calme & le foleil qui brilloit dans tout
» fon éclat , montroient à nos regards
» étonnés les différentes efpeces de corail.
» Nous voyions en quelques endroits une
» foule de jolies ftalactites , ailleurs des
» boucles & beaucoup d'autres formes.
» Des coquillages qui étoient répandus
» par-tout, & qui formoient des paillettes
» des plus riches couleurs , ajoutoient
» encore à la beauté de ce fpectacle. Une
» multitude de poiffons qui fe promenoient
» paifiblement & fans la moindre appa-
» rence de crainte , acheva de nous char-
» mer. On ne peut rien imaginer au-deffus
» de leurs couleurs , jaunes, bleues, rou-
» ges , noires , &c. , & l'art ne les imitera
» jamais. La variété des formes des poif-
» fons contribue auffi à la richeffe de
» cette grotte marine. Nous la confidérâ-
» mes avec un plaifir inexprimable. «

En defcendant fur un autre Iflot , nous
trouvâmes de nouveaux débris de pirogues & une pagaïe de forme elliptique :
ce qui confirma de plus en plus l'idée
d'un naufrage. Les reffifs étoient couverts

d'une immenfe quantité de poiffons, prefqu'auffi familiers que les animaux terreftres. On en prit tant qu'on voulut.

L'état de l'Iſle *Palmerſton* indique, ou
qu'elle eſt très-près de ſon origine, ou
qu'elle n'eſt pas éloignée de ſa fin. Les
eſprits flotterent incertains entre ces deux
hypotheſes. En général les Naturaliſtes
paroiſſent plus embarraſſés dans l'explication de l'origine de ces Iſles baſſes,
que lorſqu'il leur faut rendre raiſon de
celles des Iſles élevées & montueuſes. On
ſuppoſe que celles-ci ſont de premiere
création, ou qu'on les doit à quelque principe univerſel, tandis que les autres ſont
provenues de cauſes plus récentes & plus
particulieres : auſſi n'a-t-on pas manqué
d'imaginer qu'un volcan pourroit bien les
avoir comme vomies du ſein des flots. Un
ſentiment tout oppoſé dit que ces Iſles
baſſes ne ſont que les reſtes des Iſles hautes dont la mer a ſucceſſivement envahi
les parties inférieures. On ajoute que ces
reſtes, ſommets de montagnes, diſparoî-
tront tôt ou tard, enſévelis ſous les eaux.

Au lieu de fuppofer que la mer s'eft exhauffée, ne feroit-il pas plus naturel de dire, en confervant l'effentiel de la derniere explication, que les Ifles hautes fe font abaiffées, foit que leurs bafes, minées par l'action continuelle des eaux, aient infenfiblement foulé, foit que le fol fur lequel elles portent, entr'ouvert par quelque tremblement de terre, ait permis à la prodigieufe gravité dont leur maffe totale eft douée, de les faire defcendre plus ou moins. Ces idées effarouchent moins l'imagination que celle d'un volcan qui lance en l'air une Ifle comme une pierre.

Quoi qu'il en foit, conformément à la fuppofition de la mer qui s'éleve, ou du terrein qui s'affaiffe, l'Ifle *Palmerfton* touche au moment d'une difparition complete. L'eau, ayant déjà gagné fa partie fupérieure, s'eft infinuée dans les petites vallées qui s'y trouvoient, & n'a laiffé à fec que neuf petites têtes ou fommets, dont l'immerfion aura lieu dans la fuite des temps.

M. *Cook* & M. *Anderfon* n'étoient point

de ce fentiment. Ils penfoient , au contraire , que *Palmerfton* eft une Ifle qui
fe forme , qu'elle ira toujours s'agran-
diffant , & même s'exhauffant ; que
les canaux qui féparent les neuf Iflots
s'affécheront , fe rempliront ; que la
végétation s'y établira , & que les Iflots
ne compoferont plus qu'une Ifle , dont
les collines communiqueront enfemble
par d'agréables & fertiles vallées. Et
voici de quelle maniere fe fait la méta-
morphofe.

Imaginez un vafte rocher , tel que celui
qui fert de bafe aux neuf Iflots de *Palmerf-*
ton. Suppofez que quelques-unes de fes
pointes paroiffent au-deffus des eaux & préfentent une furface affez confidérable , il
arrivera que des vagues portées plus haut
qu'à l'ordinaire , par des caufes qu'il eft
aifé de conjecturer , couvriront brufquement cette furface. Après y avoir féjourné
quelque-temps , elles fe retireront , ne fût-
ce que par l'évaporation ; mais avant leur
retraite , elles auront dépofé du fable , de
la terre , des germes. Cette croûte fur-

ajoutée

ajoutée à la pierre du rocher, fe durcira,
les germes fe développeront, poufferont,
fe fortifieront : fi les vagues reviennent,
elles enrichiront d'un nouveau fédiment
leur premier ouvrage ; mais elles ne le dé-
truiront pas. Peut-être apporteront-elles
une noix de cocotier ; au bout de quelques années on aura un arbre, puis des
noix, puis d'autres arbres. Les feuilles
tomberont, les branches fe détacheront,
toutes ces fubftances fe corrompront, fe
diffoudront, deviendront terre & engrais.
Voilà le fol qui s'éleve ; le voilà qui, de
proche en proche, fe deffeche.... l'Ifle eft
formée. Donnez-lui le temps ; & fes progrès, lents d'abord, vous étonneront
bientôt par leur étendue & leur célérité.
Ou, pour mieux dire, vous les verrez
fans étonnement ; car la premiere vague arrivée, le premier dépôt fait, le
premier germe éclos, le refte va tout feul
& s'accroît dans une progreffion géomé-
trique.

Ceci, qui n'eft qu'un fyftême pour les
Ifles baffes en général, paroît une vé-
Tome I. K

rité démontrée pour l'Isle *Palmerston* en particulier. La nature seule du terreau qui la couvre, en offre la preuve la plus décisive. Ce n'est point un morceau d'ancienne terre, échappé à l'inondation ; c'est évidemment un composé de sable, de corail & de végétaux dissous par la fermentation. De plus, dans celui des Islots où les arbres sont en plus grand nombre, les mondrains sont & plus multipliés & plus exhaussés. De plus encore, ces Islots comparés annoncent par leur état qu'ils ont été formés successivement, & quelques-uns très-récemment. On voyoit un premier Islot couvert de grands arbres, un second qui n'en avoit que peu, un troisieme qui n'en avoit pas du tout, mais qui étoit rempli d'arbrisseaux & de jeune bois, un quatrieme qui n'étoit pas si avancé, on voyoit même deux bandes de sable d'un pied ou dix-huit pouces de haut, qui étoient comme étendues sur le ressif, & qui n'avoient pas encore une seule plante. Il y auroit de l'obstination à ne pas reconnoître dans cette végétation graduée, le caractere distinctif d'une Isle qui se forme. Cette terre a la foiblesse du jeune âge, & non pas celle de la décrépitude.

Je pense donc que l'Isle *Palmerston* s'est formée de la maniere que le vouloit M. *Cook*. Mais je ne voudrois pas que l'on partît delà pour en conclure que toutes les Isles basses ont la même origine. Des faits particuliers ne peuvent point établir solidement une théorie générale. Il ne seroit pas impossible qu'une Isle basse dût son origine à l'autre principe dont j'ai parlé. Il ne seroit pas impossible qu'elle la dût aux deux principes ensemble. Une Isle haute se sera affaissée. La mer n'y aura rien épargné. Les eaux, dans leur fureur, se sont élancées au-dessus des montagnes ; elles ont tout enlevé ; la terre, les végétaux, les germes : ce n'est plus qu'un rocher. Mais ce rocher va se recouvrir d'une terre nouvelle, offrir de nouvelles richesses & de nouvelles beautés. La mer qui l'avoit ruiné, dépouillé, lui rapportera elle-même le principe de fécondité, la parcelle de vie avec laquelle il réparera,

K 2

lentement à la vérité, une partie de ses dé-
saftres & de ses pertes.

TROISIEME NARRATION,

FÉENOU.

Féenou eft un de mes plus intimes amis , & il joua un affez grand rôle pendant notre relâche aux Ifles dont je vais parler : voilà pourquoi je l'ai préféré à *Poulaho* , Roi.

Nous avons laiffé les vaiffeaux fur la route d'*Annamooka*. Depuis un mois la chaleur étoit étouffante. Le temps changea fans qu'elle ceffât d'être fort incommode. On eut des orages , du tonnerre , des raffales & beaucoup de pluie. Il en réfulta une humidité très-mal faine qui fit craindre pour la fanté des équipages. Depuis notre départ de la *Nouvelle-Zélande* , elle s'étoit fi bien foutenue que nous n'avions pas eu un feul malade , malgré les changements de température & l'ufage non-interrompu des viandes falées. Mais cette pluie abondante procura un avantage qui lui fit pardonner ce qu'elle avoit d'ailleurs

K 3

de fâcheux : elle nous donna de l'eau douce. M. *Cook*, pour ménager sa provision,
avoit été obligé d'employer *la machine à
dessaler*. Une heure de pluie l'enrichit davantage qu'un mois de distillation ; aussi
laissa-t-il de côté cette machine, comme une
chose plus embarrassante qu'utile.

Nous dépassâmes l'Isle *Sauvage*, découverte en 1774. Bientôt on apperçut les
Isles qui sont à l'Est d'*Annamooka*, & l'on
mouilla à deux lieues de *Komango*. Des
pirogues, qui partirent ensemble de plusieurs Isles différentes, apporterent quantité de rafraîchissements, & reçurent en
échange des clous ou d'autres bagatelles
à quoi ces Insulaires mettoient le plus
grand prix. M. *King* descendit à *Komango*,
& le commerce s'y fit avec autant d'activité que de succès. On obtint des Naturels quelques cochons, de la volaille & de
l'herbe. Deux Chefs (l'un se nommoit
Taïpa ; j'ai oublié le nom de l'autre) rendirent visite au Capitaine *Cook*, & lui
présenterent chacun un cochon en signe
d'amitié.

Cependant on avoit levé l'ancre pour se porter sur *Annamooka*. La marche des vaisseaux n'arrêta point nos opérations de commerce avec les Insulaires. Les pirogues tournoient autour de nous aussi facilement & aussi adroitement que si nous eussions été au mouillage. Enfin, le premier jour de Mai, on jetta l'ancre par le côté septentrional d'*Annamooka*, où le Capitaine, lors de son second voyage, avoit trouvé une aiguade commode, & un lieu propre au débarquement. On fut bientôt à terre. Les Naturels se prêterent à tout ce qu'on voulut. S'ils ne prévenoient pas les désirs, c'est qu'ils n'étoient point assez habiles pour les deviner. Ils accorderent une remise de pirogues pour servir de tente. Les bestiaux furent débarqués sans aucune contradiction. L'eau, le bois, les provisions, tout fut prodigué; il ne seroit pas possible de concevoir une meilleure réception, ni d'accueil plus franc & plus cordial. *Toobou*, Chef de l'Isle, s'empara de M. *Cook* & de moi, & nous mena à sa maison. Elle étoit dans un lieu charmant. Le gazon qui l'environnoit avoit été semé, nous dit

K 4

l'honnête Infulaire , *pour eſſuyer les pieds
de ceux qui entroient chez lui.* Des nattes de
la plus grande propreté couvroient le plancher de la cabane. Tout plaiſoit dans cette
demeure champêtre , juſqu'à ſon extrême
ſimplicité.

L'aſpect de l'Iſle en général ne nous
parut pas moins agréable ; elle eſt un peu
plus élevée qu'une multitude de petites
Iſles qui l'avoiſinent ; mais on ne peut
pourtant pas la compter au nombre des
terres hautes ; à peine a-t-elle huit ou dix
pieds au-deſſus de la mer. Naturellement
fertile , elle eſt encore bien cultivée. Les
coçotiers & les arbres-à-pain y ſont épars
ſans beaucoup d'ordre. Les champs de bananiers & d'ignames ont une forme plus
réguliere , & ſont fermés par des haies de
roſeau. Les maiſons ont ordinairement une
pareille enceinte. La population ne va
guere au-delà de deux mille habitants.

Quelques jours ſe paſſerent en promenades & en échanges , à la ſatisfaction
mutuelle des Voyageurs & des Infulaires,

Une pirogue, arrivant de *Tongataboo*, ouvrit une nouvelle fcene. Elle portoit *Féenou*, qu'on difoit le Roi de tous ces parages. M. *Cook* lui demanda, dès la premiere entrevue, s'il étoit effectivement Roi. Il eut la modeftie de ne pas répondre ; mais *Taïpa*, prenant la parole, affura que rien n'étoit auffi certain, & que plus de cent cinquante Ifles compofoient fon empire. *Féenou* ne tarda pas à devenir l'ami du Capitaine ; mais cette amitié n'étoit que l'ombre de celle qui s'établit entre lui & moi. Cet Infulaire avoit la plus belle phyfionomie, la taille la plus riche, l'air le plus noble ; on l'eût aifément pris pour un Européen. Il ne paffoit pas vingt-cinq ans. A tous moments il venoit à bord de *la Réfolution*, & n'y paroiffoit jamais les mains vuides. Il dînoit habituellement avec le Capitaine ; mais quelquefois fes gens apportoient de la côte ce qu'il devoit manger. C'étoit moins pour fe diftinguer que pour fournir fa part du repas commun ; car il nous invitoit à goûter de ce qui lui avoit été préparé, & ordinairement le mets étoit délicieux : au moins M. *Cook* & les autres Anglais admis à sa table en jugerent-ils ainsi. Pour expérimenter si le pouvoir de *Féenou* étoit aussi grand que *Taïpa* le publioit, on redemanda une hache volée le premier jour du débarquement : elle fut rendue.

Les vols des Insulaires donnerent beaucoup d'exercice aux Voyageurs. D'abord nos penseurs eurent bien de la peine à déterminer avec eux-mêmes si ces bonnes gens ont des idées morales du vol, & s'ils comptent la propriété pour quelque chose ; car, d'un côté, ils laissoient errer librement dans tout le pays les équipages des deux vaisseaux, & ne paroissoient nullement craindre qu'on leur dérobât ce qui étoit à eux ; d'un autre côté, quand ils prenoient ce qui leur tomboit sous la main, ils avoient soin de se sauver ou de se cacher. On pouvoit croire qu'ils ne se sauvoient & ne se cachoient que parce qu'ils n'ignoroient pas que leur action *déplaisoit* aux étrangers, quoiqu'ils n'en sussent pas la raison. Ils prenoient donc, persuadés que *prendre* étoit une action fort indifférente ; & ils tâchoient de n'être point découverts pour éviter les effets de la singuliere humeur de ceux qui se fâchoient quand on leur avoit pris. Au commencement les Chefs volerent en personne, & cela confirme le systême qu'on leur suppose ; mais un malheur arrivé à un de ces importants frippons, rallentit leur ardeur, & les fit se décharger du soin de *prendre* sur des frippons subalternes. Voici le fait. Un Chef ayant dérobé une manivelle, il la cacha sous les étoffes dont il étoit revêtu. On le vit. *Cook* le condamna à recevoir douze coups de fouet ; & non content de lui avoir fait subir cette correction un peu forte, il mit sa liberté au prix d'un cochon. La filouterie ne s'exerça plus que par des esclaves, ou par des hommes du plus bas étage, mais sans doute au profit des Maîtres & des Grands. Les châtiments ne remédierent point au mal ; il continua jusqu'au moment où nous nous avisâmes de raser la tête des voleurs surpris en flagrant délit. Ainsi le ridicule put quelque chose dans un pays où la honte n'étoit pas connue , où la douleur étoit méprifée.

Toutes les provifions amaffées à *Annamooka* ayant été tranfportées fur les vaiffeaux , nous fongeâmes au départ. Le deffein de M. *Cook* étoit de fe rendre à *Tongataboo* , Métropole de toutes ces Ifles ; mais *Féenou* l'en détourna fous différents prétextes , & l'engagea à vifiter *Hapaee* , promettant qu'il feroit du voyage. Ce motif , joint à ce que l'Ifle n'avoit point encore reçu d'Européens, détermina la marche. Nous portâmes au Nord-Eft , où gifent les Ifles *Hapaee* ; car c'eft plutôt un grouppe de petites Ifles qu'une Ifle feule. Le chemin qui y conduit eft rempli d'Iflots affez femblables à ceux de *Palmerfton*. De loin on les eût pris pour des jardins plantés au milieu des flots par les *Téohès* (1). Une de ces Ifles intermédiaires eft *Toofoa* : on la diftingue par un volcan dont la fumée continuelle s'apperçoit à une journée de navigation. Les

---

(1) Efprits familiers.

Naturels nous affurerent qu'il vomit fouvent de groffes pierres. S'ils ne l'érigent
pas en Divinité , ils croient du moins
qu'une Divinité en dirige les mouvements
& en regle les effets.

En deux jours nous arrivâmes à *Ha-*
paee, & nous mouillâmes dans une criqué ,
à fept ou huit cents pas du rivage. Je dis
nous , quoiqu'en ce moment je ne fuffe
pas fur les vaiffeaux. *Féenou* m'avoit pro-
pofé la veille de me mener à terre dans fa
pirogue, & je n'avois eu garde de refufer
l'invitation de mon bon & puiffant ami.
Nous revînmes , lui & moi , de grand matin à bord de *la Réfolution* pour dire au
Capitaine que les préparatifs de fa réception étoient faits. Une cabane , dreffée à
la hâte fur la greve , fut la falle de l'audience. Nous y entrâmes , *Féenou* , *Cook*
& moi , & nous nous y afsîmes : les Chefs
& la multitude formerent un cercle en dehors. On demanda au Capitaine combien
de jours il comptoit demeurer à *Hapaee* ?
Cinq , répondit-il. Alors *Taïpa* & enfuite
Eoroupa , Chef particulier de l'Ifle , re-

çurent de *Féenou* l'ordre de haranguer le peuple, & de lui enjoindre de traiter les Etrangers d'une maniere amicale, de ne les pas voler, & de leur fournir toutes fortes de provisions. Ce dernier article fut exécuté à la lettre. Dans cette féance, *Féenou* parut un Roi qui parle par fes Miniftres. L'affemblée finit par des préfents réciproques ; & M. *Cook*, pour terminer noblement cette fête mémorable, invita tous les Chefs à venir dîner à bord de *la Réfolution*. Ils accepterent ; mais *Féenou* feul fe mit à la table du Capitaine ; les autres n'oferent manger ni avec lui, ni en fa préfence. Ce refpect augmenta de beaucoup, dans l'efprit des Voyageurs, l'idée de fa puiffance.

Je couchai à terre avec mon ami. Devenus inféparables, nous nous rendîmes au vaiffeau le lendemain de très-bonne heure : nous dîmes à M. *Cook* que la Nation l'attendoit. Il defcendit dans l'Ifle, accompagné d'une grande partie de fon monde : *Eoroupa* le preffa de reprendre la place de la veille. Cent hommes parurent ;

ils étoient chargés d'ignames, de fruits-
à-pain, de bananes, de cannes à fucre,
&c. On compofa de toutes ces richeffes
deux pyramides artiftement arrangées. On
attacha fur l'une deux cochons & fix volailles, & fur l'autre fix cochons & deux
tortues. Deux Chefs, commis à la garde
des deux pyramides, s'affirent auprès d'elles.
Alors commencerent des combats d'homme à homme. Quoique ces duels ne fuffent que fimulés, les athletes fe portoient
de rudes coups, & fouvent les armes vo-
loient en éclats. L'affaut ne finiffoit que
par l'aveu du vaincu. Celui qui avoit
remporté la victoire, venoit d'abord s'ac-
croupir devant *Féenou* : delà il alloit recueillir les louanges des Vieillards; enfuite
il rentroit dans le grouppe d'Infulaires d'où
il étoit forti pour combattre, & qui faifoit retentir l'air de fes bruyantes acclamations. Ce jeu fe répéta plufieurs fois.
Dans les entr'actes on exécuta des jeux
de lutte & de pugilat. Des femmes fe mirent de la partie, & fe chargerent vigou-
reufement à coups de poings. De jeunes
filles defcendirent dans l'arène ; mais ce

n'étoit qu'une grimace, car à peine eu-
rent-elles le bras levé qu'on les fépara.

Cette jolie fète terminée , mon ami
Féenou déclara au Capitaine *Cook* que l'une
de ces pyramides étoit pour lui , l'autre
pour moi , & que l'on pouvoit les emporter. Ce préfent étoit fi confidérable qu'on
en chargea quatre canots. Le Capitaine
reconnoiffant donna beaucoup de chofes à
Féenou ; & comme fi ce noble Infulaire
eût craint d'être vaincu en générofité, il
envoya, pour les équipages, un fupplément de deux cochons , d'ignames &
d'étoffes.

On prit , de part & d'autre , un jour
de repos , qui ne fut pas plutôt écoulé que
les divertiffements recommencerent. M.
Cook ordonna aux Soldats des deux vaiffeaux de defcendre fur la côte , & l'on
offrit aux Infulaires le fpectacle d'un *exer-*
cice à la mode d'Angleterre. Il obtint des
applaudiffements , dus fur-tout à quelques
décharges de moufqueterie qui firent beaucoup de plaifir. A leur tour , les Naturels
exécuterent une danfe qui, de l'aveu du
Capitaine ,

Capitaine, l'emporta infiniment fur les
évolutions militaires dont on avoit prétendu les amufer. Il y avoit plus de cent
danfeurs ; & rien n'eft comparable, pour
la juftefïe, la variété, la vivacité, la précifion, l'agrément peut-être, à la maniere
avec laquelle ils remplirent leur tâche. La
troupe nombreufe des acteurs fembloit ne
former qu'une feule machine. Ils étoient
dirigés par un chœur de mufique vocale
auquel leurs voix s'affocioient, & par des
inftruments qui ne font autre chofe que
deux troncs d'arbres creufés, qu'on frappe
avec des morceaux de bois, & dont on
tire quelques fons. La fupériorité réelle,
& vraifemblablement le fentiment de la
fupériorité, en fait d'amufements, feroient
demeurés aux Infulaires, fi M. *Cook* ne
s'étoit avifé de faire tirer un feu d'artifice
à la fin du jour. La vue des fufées volan-
tes leur caufa un plaifir & un étonnement
dont on ne peut communiquer l'idée. Ils
avouerent qu'on les avoit furpaffés. Par
reconnoiffance ou par émulation, ils donnerent une fête nocturne dont voici une
relation fidelle.

Tome I. L

Une bande de dix-huit Muficiens vint d'abord s'affeoir devant nous, au milieu d'un cercle de fpectateurs, qui devoit fervir de théâtre. Ils n'avoient pour inftruments que quelques bâtons & leurs voix; mais ils s'en fervirent avec tant d'art, qu'au jugement des Anglais, un auditoire accoutumé à la plus parfaite mélodie auroit admiré la forte impreffion & l'effet agréable qui réfultoient de moyens fi fimples.

Le concert ne dura qu'un quart-d'heure. Dès qu'il fut fini, vingt femmes, parées de guirlandes, parurent fur la fcene. Elles formerent un cercle autour des Muficiens, qu'elles regardoient en face. Le ballet commença par des airs tendres, auxquels le chœur répondit du même ton, & par des geftes où fe peignoient toutes les graces & une volupté décente. Bientôt elles fe tournent du côté des fpectateurs, & danfent : leurs mouvements s'animent. Deux fois elles tournent fur elles-mêmes, en fautant, & en frappant leurs mains l'une contre l'autre. La vivacité s'accroît : elles déploient une force & une adreffe merveilleuse..... Quinze hommes se montrent, & elles fuient en cadence.

Ce nouveau ballet, différent, à bien des égards, de celui des femmes, lui ressembla par cette justesse inimitable, cet ensemble si précis des mouvements & des attitudes, & par cette progression successive de vivacité, qui fut portée si loin, que l'œil ne pouvant plus suivre les acteurs, on cessa de distinguer ce qu'ils faisoient.

Après une troisieme danse, moins longue & moins compliquée, neuf femmes vinrent s'asseoir en face de *Féenou.* Un homme se leva & alla frapper de ses deux poings réunis la premiere de ces femmes. Il passa à la seconde & à la troisieme, qu'il frappa de la même maniere ; mais lorsqu'il fut à la quatrieme, au lieu de la frapper sur le dos, il la frappa sur la poitrine. Un des spectateurs le punit à l'instant, & le renversa d'un coup de massue sur la tête. On emporta le blessé sans bruit & sans désordre. Un second spectateur prit sa place & acheva la correction des cinq autres femmes. Nous y fûmes tous pris, & nous crûmes de bonne foi que le coup avoit été réel ; mais *Féenou* me confia que le traitement de ces femmes, le coup & la chûte de l'homme qui en avoit mal usé avec la quatrieme, étoient autant de cérémonies symboliques, des pantomimes mystérieuses, par lesquelles on peint les usages de la Nation, l'infériorité des femmes, & en même-temps les principes de modération & de sagesse dont on ne doit pas s'écarter quand on les punit. La fête se passoit aux flambeaux, & ce demi-jour n'éclairoit pas assez les objets pour qu'on ne pût pas voir un coup meurtrier, une chûte grave, dans un coup simulé, une chûte de convention. On avoit abattu l'indiscret correcteur comme l'on tue des maîtresses & des tyrans sur le théâtre de Londres.

Les neuf femmes danserent, & leurs danses furent désapprouvées. On les obligea de recommencer jusqu'à deux fois. Elles égalerent pourtant en agilité les actrices du premier ballet. Peut-être n'étoit-ce encore là qu'une leçon de foumiſſion & de complaiſance donnée au beau ſexe : elle fut reçue avec une aimable docilité.

Quarante-huit Inſulaires de la ſuite de *Féenou* occuperent enſuite le théâtre, & ſe placerent ſur deux cercles concentriques. Leur danſe fut entre-mêlée de chants, & elle ne différa des précédentes que par la variété des figures.

Enfin les principaux perſonnages de l'Iſle, entraînés par un ſentiment d'émulation, répéterent, pour le fond, ce qu'avoient fait les danſeurs de *Féenou* ; mais ils mirent quelque choſe de plus bouffon dans les finales. Ils balançoient leurs têtes avec tant de force, d'une épaule à l'autre, que nous craignîmes de les voir ſe rompre le cou. A cette agitation ſuccéderent des ſcenes d'un récitatif tranquille, ſuivies elles-mêmes de nouveaux chants & de nouvelles danſes... Et tout finit.

Ce ſpectacle fut exécuté au bord de la mer, ſous des arbres épais. L'endroit étoit éclairé par quantité de flambeaux, auxquels *Marama* & ſes filles (1) joignoient leur douce lumiere. Le nombre des Inſulaires paſſoit quatre mille.

Le Capitaine *Cook*, réſolu de viſiter *Hapaee* avec ſoin, me propoſa de l'accompagner dans ſes excurſions. Nous trouvâmes que les Iſles qui la compoſent ſont au nombre de quatorze : *Haanno*, la plus ſeptentrionale, enſuite *Foa*, puis *Lefooga*, la derniere & la plus méridionale *Hoolaiva*. Toutes ces Iſles ſont unies enſemble par un reſſif de corail, dont la mer laiſſe quelquefois à ſec les ſommités : alors on peut aiſément ſe tranſporter d'une Iſle à une autre, par les communications. Les vaiſſeaux étoient mouillés près du reſſif qui joint *Foa* à *Lefooga*.

Lefooga, cette partie d'*Hapaee* où le débarquement s'étoit fait, & où le ſpectacle des danſes avoit été donné, parut, après un examen très-attentif, de beaucoup ſu-

(1) La Lune & les Etoiles.

périeure à *Annamooka.* Les plantations y
font plus étendues, plus multipliées, plus
foignées. A la vérité on trouve, vers les
bords de la mer, quelques landes fablon-
neufes & incultes; mais le centre de l'Ifle
eft d'une fertilité incomparable. De vaftes
champs, enclos de jolies haies, offrent en
abondance toutes les productions de ces
contrées; & ces haies parallèles les unes
aux autres, forment des grands chemins fi
beaux, fi fpacieux, qu'ils embelliroient les
campagnes du Monde civilifé. L'uniformité
de ce payfage eft agréablement variée par
des arbres de plufieurs efpeces, & fur-tout
par un mûrier que M. *Anderfon* nous dit
s'appeller *morus papyrifera.* Pour augmenter les richeffes naturelles des Habitants,
Cook fema du bled d'Inde, des graines de
melon, de citrouilles & d'autres plantes
de ce genre.

Dans une de nos courfes nous rencontrâmes une maifon cinq à fix fois plus
grande que les maifons ordinaires. C'é-
toit la *Maifon de la Nation* : elle fervoit

L 4

aux affemblées & aux fpectacles, à toutes les actions publiques.

Dans une autre courfe, nous vîmes des femmes qui rafoient la tête de leurs enfants avec une dent de requin. L'opératrice mouilloit d'abord les cheveux, & enfuite elle les coupoit. L'enfant ne paroiffoit éprouver aucune douleur, & les cheveux étoient auffi bien coupés que fi l'on eût employé un rafoir. M. *Cook* effaya cet inftrument fur fa barbe. Il en fut content ; cependant les Naturels n'en font point ufage ; ils fe rafent le menton avec deux coquilles, qui, rapprochées, coupent la barbe très-près. Un des plaifirs des gens de l'équipage étoit d'aller à terre pour y fubir cette opération, comme les Infulaires venoient à bord pour obtenir la faveur d'être rafés par les Barbiers du vaiffeau.

Un jour qu'après avoir parcouru différents cantons de l'Ifle, nous revenions dîner, accompagnés de *Féenou*, nous trouvâmes une pirogue à voile, amarrée à l'arriere de *la Résolution*. Le Capitaine reconnut aussi-tôt un Chef qu'il avoit vu autrefois à *Tongataboo*. Il se nommoit *Latooliboula* ou *Kohagee-too-fallangou*. Rien de si sottement grave que ce personnage. On ne put jamais le déterminer à quitter sa pirogue : il y resta jusqu'au soir , & partit. *Féenou* & lui s'étoient à peine regardés ; ils ne s'étoient pas même salués une seule fois. La royauté de mon ami devint étrangement suspecte par cette conduite. Est-ce que *Latooliboula* ne lui auroit pas prodigué ses respects , s'il eût été son Sujet ?

On n'apportoit plus de provisions aux vaisseaux , soit qu'en effet elles fussent épuisées , soit que les Insulaires crussent en avoir assez fourni. Un beau matin *Féenou* & son Ministre *Taïpa* partirent pour *Vavao* , terre éloignée de deux jours de navigation : le but de ce voyage étoit , disoient-ils , d'amasser de nouveaux rafraîchissements pour les vaisseaux. On publia en même-temps qu'une *pirogue européenne* étoit arrivée à *Annamooka* : bruit faux , mais qui persuada au Capitaine que les Naturels d'*Hapaee* defiroient fon départ. Il avoit paffé dans leur pays deux jours de plus qu'il n'avoit annoncé au moment de la cérémonie de fa préfentation ; & peut-être que les Infulaires ne furent pas fâchés de le rappeller indirectement à fa parole. Nous levâmes l'ancre.

En abandonnant notre premiere ftation, nous nous portâmes fur la côte méridionale de *Léfooga*. Nous remarquâmes dans cette Ifle un mondrain fait de main d'homme. La groffeur des arbres plantés deffus prouvoit fon ancienneté. Sa hauteur étoit de plus de quarante pieds , & fon diametre , au fommet, de trente. Une pierre haute de quatorze pieds en occupoit le centre , & , fi le rapport des Infulaires eft véritable, la terre cache la moitié de ce bloc , prodigieux pour le pays. Le monument fe nomme *Tongata-Arekee*, ou *Homme-Roi*. La tradition du Peuple enfeigne que la reconnoiffance l'a élevé à un des Souverains de l'Ifle , qui n'avoit jamais oublié qu'il étoit homme.

Nous jettâmes un coup d'œil sur *Hoolai-va*. Elle est inculte & inhabitée. On ne devine pas le motif de cet abandon ; les productions spontanées dont elle est couverte, prouvent qu'elle paieroit au centuple les soins & les travaux qui lui ôteroient l'opprobre de l'inutilité. J'interrogerai là-dessus quelques Insulaires, qui me répondirent d'une maniere ambigüe & presque mystérieuse : il pourroit bien y avoir, dans leur conduite, un peu de superstition.

Tandis que l'on faisoit sur les vaisseaux toutes les dispositions nécessaires pour le retour à *Annamooka*, parut un homme qui va désormais jouer un grand rôle. C'étoit *Poulaho*. On l'annonça comme Roi des Isles *des Amis*. Quoique *Féenou* eût pris cette auguste qualité, ou plutôt qu'il eût souffert que ses flatteurs la lui donnassent, M. *Cook* crut devoir à ce nouveau venu l'accueil le plus distingué. Les honneurs qu'il accordoit à la royauté dans ces contrées n'étant pas excessifs, il ne s'embarrassa point à discuter les titres des deux prétendants : dût cette sage négligence le forcer d'avoir pour un Sujet, de certains égards qui réguliérement n'appartenoient qu'au Monarque.

J'en conviens à regret ; mais *Poulaho* étoit vraiment le Roi. Les Infulaires, contraints auparavant par la préfence de *Féenou*, avouerent alors que mon ami n'étoit qu'un Chef particulier, extrêmement puiffant, quoiqu'en tout fubordonné à l'autre. Il devint probable, même à mes yeux, que *Féenou*, ayant appris que fon Souverain étoit en route pour *Hapaee*, avoit quitté l'Ifle afin d'éviter une entrevue que la préfence des étrangers, & peut-être leurs reproches, ne pouvoient que rendre très-humiliante.

Poulaho, invité par le Capitaine, monta à bord de *la Réfolution*, accompagné d'un nombreux cortege, & menant avec lui deux cochons qu'il offrit en préfent. M. *Cook* a peint ce Prince au naturel dans fes *Mémoires*. » Il étoit d'un embonpoint ex-» trême, dit-il ; très-replet & d'une petite » taille. Il ne reffembloit pas mal à un ton-

» neau. Ses traits différoient beaucoup de
» ceux de la populace. Il pouvoit avoir
» quarante ans. « *Poulaho* n'étoit donc pas
ce qu'on appelle un bel homme ; & cette
figure de *tonneau* n'avoit pas beaucoup de
majesté. Le Capitaine a fait des qualités
de son ame l'éloge le plus brillant : je le
copie, dans la crainte d'être injuste, si je
le traçois d'après mes propres observations. On dit donc » que *Poulaho* étoit in-
» telligent, grave & posé.... qu'il examina
» avec une attention singuliere le vaisseau
» & les choses qui étoient nouvelles pour
» lui..... qu'il fit des questions judicieuses,
» entr'autres celle-ci : *Pourquoi les Anglais*
» *étoient abordés dans ses Etats ?....* qu'il
» savoit ne pas confondre la dignité de son
» rang avec les minuties de l'étiquette.... «
Et l'on cite à ce sujet un exemple que l'on
croit remarquable. » Je l'engageai à passer
» dans ma chambre (c'est *Cook* qui parle).
» Quelques-uns de ses courtisans objec-
» terent que, s'il acceptoit l'invitation, on
» marcheroit sur sa tête, ce qui n'étoit pas
» permis. On avoit beau répondre que je dé-
» fendrois de se tenir à la partie du pont

« située au-deſſus de ma chambre ; la poin-
» tilleuſe délicateſſe des Inſulaires ne s'ac-
» commodoit point de ce tempérament.
» *Poulaho* fit taire les préjugés, & deſcen-
» dit ſans ſtipuler aucune condition. «

Il entrevit que les doutes ſur ſa royale
condition n'étoient pas entiérement diſſi-
pés, & il s'appliqua à bien faire entendre
que *Féenou* étoit ſon Sujet ; promettant,
au reſte, d'en donner bientôt des preuves
démonſtratives. On ne les attendit pas
pour le croire, & je demeurai preſque le
ſeul incrédule : encore étoit-ce humeur,
parce que je ne pouvois favoriſer de mon
acquieſcement un homme qui venoit enlever le rang ſuprême à mon ami, à celui qui
avoit pris mon nom, & qui n'avoit pas dédaigné de m'honorer du ſien. Je refuſai
nettement d'accompagner ce Roi, quand
il retourna à terre, quoique M. *Cook* le
reconduiſît lui-même dans ſon canot. Ils
eurent l'un & l'autre le bon eſprit de ne ſe
pas offenſer de ma réſiſtance.

A peine *Poulaho* eut touché le rivage

qu'il ordonna à ceux qui l'entouroient d'apporter encore deux cochons, en forme de remerciement au Capitaine. L'empreſſement avec lequel on obéit, fut une nouvelle preuve de ſon autorité ſuprème, & & un nouveau chagrin pour moi. Porté ſur un brancard, il arriva à une maiſon qu'on lui avoit préparée. Il fit aſſeoir le Capitaine à côté de lui : le reſte de la compagnie ſe plaça en demi-cercle devant la cabane. Une vieille femme étoit derriere Sa Majeſté, & écartoit avec un éventail les mouches importunes qui tourmentoient l'auguſte viſage. Les Naturels étalerent ſous ſes yeux toutes les richeſſes qu'ils avoient acquiſes par les échanges ; il n'en garda qu'un verre à boire : c'étoit aſſurément bien de la modération pour un Souverain. Durant l'examen des marchandiſes européennes, on eut le temps d'obſerver le cérémonial uſité dans cette Cour. On s'accroupit pour parler au Roi : c'eſt l'attitude la plus reſpectueuſe. Ceux qui oſent le toucher, mettent leur tête ſous ſes pieds, en gardant un ſilence de modeſtie & de ſoumiſ-

fion. » La décence de ceux qui vinrent
» faire leur cour à *Poulaho* me charma,
» dit le Capitaine ; je n'avois rien vu de
» pareil , même chez les Nations les plus
» civilifées. «

Cependant le vent étoit favorable ; les
vaiſſeaux appareillerent , & l'on reprit le
chemin d'*Annamooka*. Ce voyage fut rempli de dangers & de difficultés. Il falloit
voguer au milieu des rochers , des bas-
fonds , des Iſlots. Vingt fois on penſa
périr. Une nuit fur-tout , *la Réſolution*
manqua d'échouer contre une Iſle nommée
Pootoo-Pootooa : elle dut fon falut à un
revirement ordonné avec fageſſe , & exécuté avec la derniere promptitude. Un
moment plus tard , c'en étoit fait. Lorſque
nous reparûmes à *Annomooka* , il y avoit
près d'un mois que nous en étions partis.
Le commerce entre les Naturels & les
Etrangers reprit fa premiere activité. Les
ignames & les bananes avoient mûri pendant notre abfence , & les équipages en
firent une ample provifion.

Féenou arriva de *Vavao*. Il avoit promis

mis d'en apporter beaucoup de chofes,
& il revint les mains vides. A l'entendre
une tempête horrible avoit fubmergé les
pirogues, noyé ceux qui les montoient,
& les cochons qu'il avoit négociés. Il étoit
échappé prefque feul. Cette lugubre hiftoire ne faifant aucune impreffion fur les
Infulaires devant qui elle étoit racontée,
on jugea affez unanimement que mon ami
compofoit une fable.

Nous avions trouvé fur la route d'*Hapaee* à *Annamooka*, la petite Ifle de *Kotoo*,
où le Roi & fes Courtifans étoient demeurés. On eût dit qu'ils épioient le retour de *Féenou*, afin d'accourir auffi-tôt
pour l'humilier. Ils entrerent quelques
heures après lui dans le havre *d'Annamooka*. La foule fe précipita fur les pas
du légitime Souverain ; *Féenou* la précéda,
en quelque forte, & fes refpects eurent
quelque chofe de plus profond que ceux
de la multitude. Pour le moment, *Poulaho*
fe vengea avec affez de modération ; il
obligea *Féenou* de venir dîner à bord de
la Réfolution, & là de rendre, au conf-

Tome I. M

pect des Etrangers, ce qu'il devoit à la dignité royale. En conséquence, mon ami ne fut pas plutôt monté sur le vaisseau, qu'il mit sa tête sous les pieds du Monarque, & qu'il sortit de la chambre du Capitaine pour aller dîner ailleurs, ne pouvant ni boire ni manger en présence de son Maître. D'abord je fus affligé de cette révolution; en y réfléchissant j'espérai que l'amitié qui se plaît entre les égaux, gagneroit à un événement dont l'effet nécessaire étoit de substituer, dans *Féenou*, le particulier au Souverain.

On leva l'ancre pour faire voile vers *Tongataboo*, capitale de toutes les Isles *des Amis*, & résidence ordinaire du Roi & de sa Cour. Une courte, mais périlleuse navigation nous y conduisit. Les vaisseaux mouillerent dans un havre excellent, à trois ou quatre cents pas du rivage.

Nous descendîmes à terre, M. *Cook* & moi, & nous fûmes reçus par *Poulaho*, avec lequel je m'étois réconcilié. Il nous mena à une fort jolie maison, située à l'entrée d'un petit bois, & précédée d'une belle piece de gazon. La position en étoit charmante. *Je vous la donne*, dit le Roi au Capitaine, *& vous l'occuperez tout le temps de votre relâche.* Un cercle nombreux d'hommes & de femmes de toutes les conditions, s'étoit formé dans la prairie. *Poulaho* ordonna que l'on servît le *Kava* (1) avec profusion. Des ignames grillées & un cochon cuit au four, composerent le repas. Ces mets furent divisés en plusieurs portions, que l'on distribua aux personnages les plus distingués, qui, fideles au respect dû à la Majesté royale, s'en allerent manger ailleurs. J'observai pourtant que des gens du commun prirent leur repas sous les yeux du Roi. Peut-être n'est-ce pas une contradiction; & il seroit naturel, après tout, que l'on regardât de plus près aux actions des Grands qu'à celles du petit peuple, dont les devoirs, à l'égard du Souverain, sont en quelque sorte moins étendus, & dont les démarches ne tirent point à conséquence.

_____

(1) C'est la même chose que l'*Ava.*

Des foins néceffaires remplirent les moments qu'on put fouftraire aux poli- teffes réciproques. Un des plus effentiels étoit de fe procurer une aiguade commode, & on en découvrit une dans la petite Ifle de *Pangimodoo*, voifine de l'endroit où les vaif- feaux étoient mouillés. Enfuite on dreffa la tente, & l'on débarqua tout ce qui devoit être employé à l'obfervatoire. On pofa une garde; on mit les beftiaux à l'herbe; enfin l'on prépofa un certain nombre de perfon- nes intelligentes pour vaquer aux échanges.

Nous apprîmes qu'il y avoit dans l'Ifle deux Chefs fort âgés, *Toobou* & *Maréewa- gée*, qui égaloient prefque le Roi en au- torité. Il fut réfolu qu'on leur rendroit vifite. *Féenou* nous préfenta. Les chofes fe pafferent au mieux, & l'on fe fit des dons de part & d'autre, comme il eft d'u- fage en pareilles cérémonies. Les vieux Chefs, qui avoient cru qu'il étoit de leur dignité qu'on les prévînt, répondirent à nos avances par de fréquents voyages, foit aux vaiffeaux, foit à l'endroit où le détachement avoit été établi. Les commu-

nications devinrent familieres , intimes ;
tout respira la franchise & la cordialité :
il sembloit que l'on se fût toujours vu ,
ou que l'on fût destiné à ne se plus quitter. *Poulaho* voulut que *Futta-Faihe* , son
fils unique , demandât au Capitaine *Cook*
son amitié , & lui donnât la sienne , ce
qui s'exécuta en grande cérémonie. On
vit , en cette occasion , que les respects
qu'on rend au Roi s'accordent aussi au
présomptif héritier du Trône ; car les
Chefs les plus importants & les femmes de
la meilleure apparence , ne se séparerent
point de *Futta-Faihe* , sans lui offrir l'hommage de *la tête sous les pieds*.

Ces liaisons avec les Naturels , me pro-
curerent le moyen de savoir au juste ce qu'é-
toit *Féenou*. Les vieillards *Toobou* &
Maréewagée étoient freres : *Poulaho* avoit
épousé la fille de ce dernier , sœur de
Féenou. Cette alliance , & l'extrême considération dont jouissoit *Maréewagée* , justi-
fioient en partie les titres que mon ami
avoit souffert qu'on lui donnât , & expli-
quoient en même-temps d'où provenoit la

M 3

grande autorité qu'il avoit exercée à *Hapaeé*
& ailleurs. De plus, dans les expéditions militaires, il commandoit les armées. Si le
Conseil de *Tongataboo* prenoit quelque résolution qui intéressât tout le corps de l'Empire, *Féenou* étoit chargé de la faire exécuter.
Il ne régnoit pas, mais il s'en falloit peu.

Tandis que nous parcourions l'Isle dans
la vue de recueillir des observations agréables ou utiles, les Insulaires nous préparoit une belle fête. *Poulaho* ne s'en mêloit pas, au moins directement ; des soins
de cette espece eussent compromis sa haute
dignité. Le bon *Maréewagée* en fit tous les
apprêts, & on la célébra devant la maison
qu'il occupoit alors, non loin de l'endroit
où les Anglais avoient établi leur observatoire & leur corps-de-garde. Tous les
gens des deux équipages reçurent une invitation pour se trouver à l'*Haiva* : c'est le
nom de la fête. On vit, dès le grand matin du jour fixé, les Naturels accourir de
l'intérieur de l'Isle, portant chacun une
perche de six pieds de longueur, au bout
de laquelle étoit suspendue une igname.

On forma, des perches & des ignames, deux pyramides, deſtinées aux deux Capitaines, *Cook & Clerke.* Les jeux commencerent un peu avant midi par une danſe que les Inſulaires appellent *Mai.* C'eſt un mêlange, bien entendu & très-varié, de pas, de marches, d'évolutions, d'attitudes, de déclamation & de chant. Le nombre des Muſiciens étoit de ſoixante & dix, celui des Danſeurs de quatre-vingt-ſeize. Les Danſeurs tenoient un morceau de bois fort léger, de la forme d'une pagaie, & qu'ils nomment *Pagge* : les différentes poſitions de ces *Pagges*, que l'on changeoit avec beaucoup de promptitude & d'harmonie, produiſoient un effet charmant. Les inſtruments de muſique n'étoient, comme je l'ai déjà dit, que des morceaux de bois creuſés, deſquels on tiroit des ſons en les frappant avec des bâtons. La modification des ſons dépendoit premiérement du coup plus ou moins fort ; ſecondement, de la diſtance plus ou moins grande du centre du tambour, à la partie ſur laquelle le coup tomboit.

La danſe étant finie, Acteurs & Muſi-

M 4

ciens, tout difparut. D'autres Infulaires prirent la place : *Féenou* étoit à leur tête. Cette feconde danfe ne fut compofée que d'une vingtaine de perfonnes, parce qu'il n'y en avoit peut-être pas davantage qui fuffent en état de l'exécuter. Nous la trouvâmes parfaite pour la juftesse, la variété, la précifion. On eût dit, fuivant la remarque de M. *Anderfon*, que l'ame d'un feul homme animoit tous ces corps.

Une troifieme danfe, menée par le jeune *Toobou*, magnifiquement vêtu, fit encore plus de plaifir, du moins aux Infulaires. L'affemblée parut fatisfaite au dernier point, lorfque les Acteurs laifferent pendre le *Pagge* devant eux, en détournant la tête, comme s'ils euffent éprouvé un fentiment de honte. Il y avoit fans doute dans cette attitude quelqu'allufion morale qui la rendoit précieufe aux fpectateurs ; car, du refte, & confidérée en elle-même, elle n'offroit rien d'intéreffant. Les perfonnages les plus diftingués contribuerent au fuccès de cette partie du fpectacle ; le frere de *Poulaho* & *Féenou* jouoient du tambour; le vieux *Maréewagée* s'en mêloit auffi à l'entrée de fa cabane.

Enfin une quatrieme danfe enleva tous les fuffrages, & l'on entendit crier mille & mille fois *Mareeai* & *Fyfogge* (1), qui font les fignes du plus vif & du plus fin-cere applaudiffement.

Les danfes continuoient depuis quatre heures; on les interrompit jufqu'à ce que le jour fût entiérement tombé. Les diver-tiffements recommencerent avec la nuit. Ces danfes nocturnes fe nomment *Bomai*: celles qu'on exécuta différoient peu de ce que nous avions vu en ce genre à *Hapaee*.

Difons à la louange du Chef-Magif-trat de police, que tout fe paffa dans le plus grand ordre, quoique plus de dix mille fpectateurs fe trouvaffent raffemblés dans un efpace affez petit.

Outre les jeux dont j'ai parlé, il y eut encore des pantomimes, des combats fimu-

_____

(1) C'eft le *bravo* & le *braviffimo* des Italiens.

lés, & de vrais combats à la lutte & au pugilat. La lutte eft celui de tous les exercices du corps que les Naturels de *Tonga-*
taboo paroiffent le plus aimer, & ils y
excellent. Dans ces affauts ils déploient
une force prodigieufe ; leurs mufcles font
fi tendus qu'on feroit tenté de croire qu'ils
vont fe rompre. Quelques Anglais des
plus robuftes voulurent fe mefurer avec
eux, mais ils n'eurent de l'avantage que
lorfqu'il plut aux Infulaires de fe laiffer
vaincre par politeffe ; car ils connoiffent
ce genre de flatterie. Une chofe qu'on ne
fauroit trop admirer, c'eft que, malgré
l'enthoufiafme des fpectateurs & les applaudiffements exceffifs dont on honore
les fuccès du plus fort ou du plus adroit,
le vainqueur eft toujours modefte, & que
le vaincu ne paroît jamais humilié.

M. *Cook*, pour la belle fête qu'on lui
avoit donnée, fit manœuvrer fa petite
troupe militaire. Les décharges de moufqueterie cauferent autant de plaifir que
d'effroi ; & un feu d'artifice, médiocre en
foi, fut aux yeux des Infulaires la plus

grande de toutes les merveilles. Leurs
oreilles furent plus difficiles à contenter.
Les fifres, les tambours, les cors-de-
chaffe exciterent à peine leur attention.
Ces inftruments, les plus fimples de tous,
étoient encore trop compliqués & trop
favants pour des hommes qui ne favent,
en mufique, que frapper fur un tronc
d'arbre, & en tirer quelques fons décou-
fus, hachés & prefque monotones.

Au milieu de ces divertiffements le génie frippon de quelques Naturels ne s'en-
dormoit pas. Habiles à profiter des occafions qui ne pouvoient manquer de naître
du tumulte & de l'embarras des fètes, de
l'attention qu'on y donnoit, ils déroberent
une infinité de petites chofes. Deux d'entr'eux oferent, en plein jour, tenter le vol
d'une ancre de *la Réfolution*. On bleffa
mortellement une chevre en voulant l'emmener furtivement. M. *Cook* craignit pour
le refte de fon bétail ; & afin de mettre à
l'abri ce qu'il avoit deffein de conferver
pour le porter ailleurs, il réfolut de dif-
tribuer aux principaux Chefs ce qu'il avoit

projetté de dépofer fur les Ifles *des Amis*. Cette diftribution fut proclamée dans tout *Tongataboo* avec beaucoup d'appareil. Au jour fixé les Infulaires accoururent de toutes parts pour être témoins de cette magnifique profufion. M. *Cook* donna au Roi un jeune taureau & une belle vache ; à *Maréewagée* un bélier du Cap & deux brebis ; à *Féenou*, un cheval & une jument. Je parlai un heure pour dire à quoi ces animaux & leurs races feroient utiles ; qu'il falloit éviter d'en tuer un feul, avant qu'ils fuffent très-multipliés ; qu'on les avoit apportés du grand royaume de *Britanne*, exprès pour les bons amis de *Tongataboo*.... J'expliquai enfuite les foins qu'on en devoit prendre ; mais quelques hommes, envoyés par *Poulaho* & *Féenou* à nos bergeries & à nos étables, s'inftruifirent beaucoup mieux à l'école des exemples, qu'ils n'auroient fait en m'écoutant toute une journée. Pour *Maréewagée*, il témoigna la plus grande indifférence au petit troupeau qu'il avoit reçu, l'abandonnant au premier venu, & ne le recommandant à perfonne. C'étoit un vieillard que ce *Maréewagée*, plus important peut-être par fon rang que par fes qualités fpirituelles. Il pouvoit tenir exclufivement aux anciennes modes, & voir de mauvais œil l'introduction de cette nouveauté, ou bien il n'efpéroit pas vivre affez pour en recueillir le fruit, & il ne voulut pas fe charger d'un foin qui ne feroit utile qu'après lui. *Toobou*, autre vieillard, penfa de même : il dédaigna de fe préfenter à l'affemblée. Le cas fingulier que fit *Poulaho* du don précieux qu'il avoit eu en partage, lui mérita l'addition de trois chevres, un mâle & deux femelles.

Soit que la diftribution des beftiaux eût mécontenté quelques perfonnes, foit que les richeffes acquifes euffent enflammé la cupidité, ou tout fimplement que les Infulaires, fi bons d'ailleurs, fuffent incorrigibles en matiere de vol, les pilleries recommencerent la nuit même qui fuivit le jour des préfents. On prit un chevreau & deux coqs-d'Inde. Cette nouvelle qu'on apporta de grand matin au Capitaine, lui donna beaucoup d'hùmeur. Sans perdre de temps, il fait faifir trois pirogues qui

étoient à la hanche de *la Réfolution*. Non-
content de cette premiere opération , il
court à terre , rencontre *Poulaho*, fon frere,
Féenou & plufieurs Chefs, fe plaint amérement , les arrête, & leur déclare qu'ils ne
recouvreront la liberté qu'après l'entiere
reftitution de tout ce qui a été volé.

On ne fe fait point à l'idée d'un Roi de
cent cinquante Ifles , fervant d'ôtage, avec
toute fa Cour , à un quadrupede & à deux
volailles ; & il faut convenir que la conduite de l'illuftre Voyageur eut, en cette
occafion , quelque chofe de dur & de révoltant. Quoi qu'il en foit , *Poulaho* diffimula fon chagrin. Les Naturels s'attrou-
perent la maffue fur l'épaule. *Cook* fit marcher contr'eux les Soldats de la Marine ,
qui n'auroient peut-être pas été les plus
forts, fi l'on en fût venu à un combat ;
auffi le Capitaine ordonna-t-il à *Poulaho*
de défendre ces attroupements. Ce Prince
obéit ; & , par fuite , les Sujets obéirent
auffi. On ne s'en tint pas-là ; les nobles
prifonniers reçurent une invitation pour
dîner à bord : c'étoit un ordre. Nouvelle

réfiſtance de la part des Habitants, qui ne vouloient pas que leur Roi quittât la côte. Quel que fût le motif de ſa docilité, *Poulaho* accepta pour lui & ſa compagnie, & tout le monde mangea de bon appétit.

Cette conduite eut le ſuccès eſpéré. Les choſes volées ſe retrouverent ſucceſſive-ment. Le chevreau & un des coqs étoient rendus avant la fin du jour ; on promet-toit l'autre pour le lendemain : le Capi-taine rougit de prolonger la captivité de tant d'illuſtres perſonnages , faute d'un poulet ; la garde fut levée.

D'autres , après cette expédition , au-roient craint de ſe mettre à la merci des Inſulaires ; l'intrépide *Cook* affecta de cou-rir auſſi-tôt le pays , accompagné de moi ſeul. Nous rencontrâmes pluſieurs troupes d'hommes & de femmes qui prenoient le repas du ſoir. Elles nous traiterent avec la civilité ordinaire. Nous obſervâmes que les rations de chacun étoient bien petites. Le Capitaine en attribua la cauſe à la ra-reté des ſubſiſtances dans un endroit où tant de bouches étoient réunies. J'en jugeai mieux, je crois, en n'y voyant que la fobriété de ceux qui foupoient. Une remarque plus importante, c'eft que le peuple de *Tongataboo* ne nous parut point hofpitalier : les gens venus de toutes les parties de l'Ifle, pour les fêtes ou pour le commerce, demeuroient au bel air, quoiqu'il y eût affez de place dans les maifons pour les loger. Peut-être cette objection n'eftelle pas fans réponfe. En nous approchant d'un banquet nous vîmes une fuperftition qui me frappa moins qu'elle ne furprit le Capitaine *Cook* : des femmes mettoient les aliments dans la bouche d'autres femmes à qui il n'étoit pas permis de fe rendre à elles - mêmes ce fervice effentiel, parce qu'ayant touché un mort, elles étoient *taboo-mattée*. J'expliquerai dans un moment ce que c'eft qu'être *taboo*.

Le Roi eut la fageffe de ne conferver aucun reffentiment de la violence exercée contre lui. Deux jours s'étoient à peine écoulés, qu'il invita le Capitaine à une nouvelle fête, compofée, comme l'autre, d'un *mai* & d'un *bomai*. *Poulaho* y danfa ;

mais

mais en Roi qui n'eſt pas obligé d'exceller
dans les choſes frivoles ; ſa taille de *ton-*
neau ne permettoit pas qu'il eût les mouvements très-ſouples. On éleva deux pyramides de fruits, de la hauteur de plus de
trente pieds; on y joignit quatre gros cochons : & tout cela fut donné à M. *Cook*,
avec des plumes rouges, une tortue, du
poiſſon & des étoffes. Cette offrande, vraiment magnifique, ſurpaſſoit de beaucoup en
valeur toutes les bagatelles que les Inſulaires avoient dérobées. L'illuſtre Voyageur a dû parler dans ſes *Mémoires* des
deux pyramides conſtruites en ſon honneur & à ſon profit. Voici ce qu'il en écrivit preſque ſur le moment : » Nous fûmes
» étonnés de la facilité & de la prompti-
» tude avec laquelle les Inſulaires formè-
» rent ces pyramides. Si j'avois ordonné
» aux Matelots d'exécuter un pareil ou-
» vrage, ils auroient juré qu'on ne pou-
» voit le faire ſans Charpentiers; les Char-
» pentiers auroient employé douze inſtru-
» ments divers & au moins cent livres de
» clous ; & avec tous leurs moyens, ils
» auroient mis à cette opération autant de

Tome I. N

,, journées que les Habitants de *Tongata-*
,, *boo* y mirent d'heures. « Toute l'adreffe
n'eft donc pas en Europe.

Entre les danfes du jour & celles de la
nuit , M. *Cook* dîna à terre. Il invita au
repas *Poulaho* & quelques autres perfonnes,
entre lefquelles étoit une femme de diftinction. Cette Dame dérouta un peu les
idées que nous avions conçues de la fupériorité d'un Roi dans *Tongataboo* : elle
fut la feule qui mangea avec le Capitaine.
Dès qu'elle eut dîné , elle s'avança vers
le Roi, qui s'inclina refpectueufement devant elle , & mit les mains fous fes pieds.
Après avoir reçu cet hommage, elle fe retira. Au même inftant *Poulaho* plongea fes
doigts dans un verre de vin , & tous les
gens de fa fuite vinrent apporter leur tête
fous fes pieds. C'eft l'unique fois qu'on ait
vu ce Prince donner des marques de refpect à quelqu'un. Quand nous demandâ-
mes pourquoi *Poulaho* avoit été obligé à
ce cérémonial , bizarre dans un Roi , &
qu'il ne chercha pourtant pas à efquiver,
puifque la Dame fut priée du repas à fa

follicitation, l'on fe contenta de nous répondre qu'elle étoit *d'un rang fupérieur* :
ce qui nous parut d'autant moins intelli-
gible, que les femmes, fans être méprisées à *Tongataboo* comme elles le font en
d'autres Ifles de la mer du Sud, n'y jouif-
fent pourtant pas d'une grande confidération. Mon ami *Féenou* me dévoila ce petit
myftere. Le dernier Roi, pere de *Poulaho*,
avoit une fœur ainée. Cette fœur, mariée
à un homme de *Feejee*, eut un fils & deux
filles ; elle réfidoit à *Vavaoo* avec une de
fes filles ; l'autre fille demeuroit à *Tongataboo* : c'étoit la femme dont il s'agit. Le
fils étoit cet original de *Latooliboula*, efpece de fou, mais que *Poulaho* refpectoit
au point d'interrompre fon repas quand il
paroiffoit. Ces perfonnes qui ont des honneurs fans autorité, fe nomment *Tam-
maha*. (1)

La bonne intelligence, rétablie entre les

_____

(1) Ainfi la Dame avoit fur le Roi une fupériorité d'ai-
neffe. Les foumiffions de *Poulaho* étoient un hommage
rendu à la nature.

Naturels & les Etrangers, manqua d'être rompue par l'imprudence de quelques Officiers de *la Réfolution*. Ils crurent pouvoir entreprendre une promenade folitaire dans l'Ifle, & que le fouverain refpect que l'on avoit pour le Capitaine s'étendroit jufqu'à eux. Cependant ils furent dépouillés. A leur retour ils m'obligerent de m'adreffer directement au Roi, & en leur nom. *Poulaho*, arrêté il y avoit peu de jours pour un chevreau & deux dindons, craignit avec raifon que ce nouvel attentat, d'une bien autre importance que le premier, n'eût pour fa perfonne des fuites encore plus fàcheufes. Il s'éloigna promptément. *Féenou* & tous les Chefs le fuivirent. *Cook*, très-mortifié de cette fuite précipitée, que la rigueur dont il avoit ufé fi légérement ne juftifioit que trop, mit tout en œuvre pour rappeller la confiance. Tout-puiffant fur *Féenou*, je le ramenai dès le foir même, & *Poulaho*, à ma priere, reparut le lendemain. Ces deux Chefs obferverent judicieufement qu'il feroit injufte de les rendre refponfables de pareils accidents; qu'ils provenoient de la

conduite irréfléchie des Etrangers, qui pé-
nétroient dans l'intérieur des terres, sans
en avertir qui que ce soit ; que s'ils annonçoient leur desir avant de l'exécuter, on
leur donneroit des guides & même une
escorte, s'il en falloit une, & qu'alors le
régime de *Tongataboo* répondroit des
événements. Il n'y avoit rien à répondre
à cela : aussi le Capitaine ne se remua-t-il
en aucune maniere pour obtenir la restitu-
tion des effets volés. Elle eut lieu néanmoins, & on la dut à la générosité libre
des deux mêmes Chefs, *Poulaho* & *Féenou*,
qu'on avoit si cruellement blessés par une
indécente captivité.

Les vaisseaux étoient réparés & appro-
visionnés. On ne continuoit la station de
Tongataboo que pour observer plus com-
modément une éclipse qui devoit avoir lieu
très-incessamment. Nous profitâmes de ce
délai pour aller à *Moa*, village où le Roi
& plusieurs autres Chefs font leur résidence ordinaire. La maison royale est spa-
cieuse, richement meublée ; elle occupe
le centre d'une belle plantation. *Poulaho*

N 3

nous reçut comme des amis. Il commanda, dès que nous parûmes, d'apprêter le souper, qui devoit confister, pour la boiffon, en une grande quantité d'*ava* ou *kava*, &, pour la nourriture folide, en ignames grillées & en un cochon cuit au four.

Pendant les préparatifs du repas, nous allâmes, M. *Cook* & moi, vifiter un *Fiatooka* ou cimetiere (1), contigu aux jardins de *Poulaho*. Il eft compofé de quatre édifices, élevés fur des mondrains artificiels, qui eux-mêmes font placés fur une colline. Un de ces édifices, plus remarquable que les autres, fe trouve fur une terraffe de quatre pieds de hauteur, & d'environ vingt-quatre pas en quarré. On y voit deux buftes en bois, groffiérement fculptés. Les Infulaires s'abftinrent par refpect de s'en approcher de trop près; mais ils eurent foin de nous avertir que ces figures n'avoient aucun rapport à l'*Eatooa*, qu'elles n'étoient qu'un monument deftiné à rappeller le fouvenir de

_____

(1) La même chofe que le *Morai* à *O-Taïti.*

deux Chefs bienfaifants dont les cendres repofoient en cet endroit. Un mur de pierres de corail ferme ce *Fiatooka*. Des palmiers & d'autres arbres ombragent la prairie qui eſt au pied de la colline ; du reſte elle eſt inculte , comme étant de l'apanage d'un cimetiere. C'eſt du moins la raiſon que les Naturels donnerent de ſa ſtérilité.

On eut encore le temps de faire une longue promenade. Par-tout on apperçut une culture ſoignée , de magnifiques plantations, des chemins bien diſtribués. On trouva de petits étangs & quelques ruiſſeaux dont l'eau , à peine ſupportable au goût d'un homme qui s'eſt déſaltéré dans les fontaines d'Angleterre , eſt préconiſée par les Inſulaires comme la meilleure eau poſſible.

Le jour finit , on ſoupa, & l'on ſe coucha tout auſſi-tôt , ſuivant la mode du pays, qui paroît avoir été introduite par la nature. Des nattes étendues à terre & des étoffes ſervirent, celles-ci de couvertures & celles-là de lits. La Majeſté de

Poulaho s'étoit un peu enivrée en buvant largement du vin & de l'eau-de-vie, apportés du vaisseau : elle s'endormit profondément. On s'éveilla de très-bonne heure ; on conversa au clair de la lune , & l'on sortit de la cabane aux premiers feux de l'aurore. Une partie de la matinée se passa à faire & à boire le *kava*. Sur le midi *Poulaho* nous déclara qu'il alloit s'acquitter d'un devoir funebre en l'honneur d'un de ses fils , mort depuis peu. Nous nous empressâmes de l'accompagner; mais la cérémonie n'eut rien de touchant ni de curieux. Le Roi mit un habit neuf, qu'il couvrit d'une natte toute usée : c'étoit sans doute un meuble de famille, une espece de relique. Ainsi vêtu , il partit , suivi de deux vieilles femmes & de ses domestiques, également parés de nattes , mais qui n'annonçoient pas une aussi vénérable antiquité que celle du Roi. Huit ou dix personnes ayant un rameau verd autour du cou , ouvroient la marche ; *Poulaho* portoit un collier semblable. On arrive à une jolie maison : on s'assied gravement & en silence : on boit le *kava*....... chacun ensuite se disperſe & retourne chez ſoi. Cette cérémonie, bizarre à force d'être ſimple, ſe nomme *Tooge.*

Notre retour aux vaiſſeaux, & le récit du voyage que nous venions de faire, engagerent MM. *King* & *Anderſon* à répéter cette charmante promenade. Le frere du Roi les reçut dans ſa maiſon de *Mooa.* Leur arrivée coûta la vie à un cochon. Diſons une fois comment on apprête cet animal dans les cuiſines de la mer du Sud. On l'aſſomme d'abord à coups redoublés; on en arrache les ſoies avec des morceaux de bambou, aiguiſés par un côté; on ſe ſert du même inſtrument pour ouvrir le ventre à la bête, & on la vuide. Pendant ces diverſes opérations, des Inſulaires s'occupent à creuſer une foſſe, comme s'ils avoient deſſein d'enterrer le cochon mort. Au fond de cette foſſe on met une certaine quantité de pierres groſſes comme le poing; on les couvre de bois qu'on allume : quand elles ſont bien rouges, on en tire quelques-unes qu'on enveloppe dans des feuilles, & l'on en remplit le corps de l'animal. On ferme l'ouverture avec d'autres feuilles , & les Cuisiniers ont tant de peur que l'air ne s'introduise , qu'ils tamponnent l'anus comme le reste. Ensuite on couche l'animal tout de son long sur les pierres du four , on le couvre de feuilles , & l'on remet la terre par dessus. Les Insulaires savent à point nommé le temps de la cuisson, & ne se trompent jamais.

L'homme qui avoit éventré le cochon exerça , dans le repas, les fonctions d'Ecuyer-tranchant. Son adresse & sa promptitude furent d'autant plus admirées, qu'il n'avoit pour dépécer une si grosse bête, que son couteau de bambou. On eut bien de la peine à obtenir des Naturels , & même du Prince , qu'ils touchassent au mets préparé. Ils craignoient de faire tort à leurs hôtes , ou plutôt c'étoit un cérémonial d'étiquette ; car les morceaux servis à chaque Anglais ne pesoient pas moins de cinquante livres. A la fin tout le monde se détermina à manger de bon appétit.

Il semble qu'une visite aux morts soit

comme le deffert ou comme l'action de graces de tous ces repas de cérémonie : le frere de *Poulaho* & les perfonnes de fa fuite s'en allerent, après le dîner, au *Fiatooka*, parés de vieilles nattes & de verdure. On ne but point de *kava* dans cette fcene funebre ; mais, en revanche, on fe donna de petits coups de poing fur la joue, ce qui exprimoit un peu mieux le deuil & l'affliction. Suivit un quart-d'heure de filence & de recueillement, & l'on fe difperfa fans mot dire.

MM. *King* & *Anderfon* coucherent dans la maifon du frere de *Poulaho*. Cet *Earée*, délicat & fenfuel, fe fit endormir par des berceufes. L'action de ces femmes eft finguliere, & ne paroît pas très-propre à obtenir l'effet defiré. L'homme qui veut dormir, s'étend fur une natte & fe couvre d'étoffes ; deux femmes, les poings fermés, le frappent vivement, à petits coups, fur les jambes & fur toutes les parties du corps, jufqu'à ce que le fommeil foit arrivé. Quand elles s'apperçoivent de fa venue, elles rallentiffent peu à peu les coups, qu'elles re

doublent , fi quelque mouvement annonce
un réveil prochain. Le nombre des femmes
employées à cette opération eft affez confidérable ; car elles frappent & dorment
chacune à leur tour. L'on conçoit que
fi cette recette procura un doux & tranquille fommeil au frere du Roi , elle produifit fur les Voyageurs un effet tout
contraire ; mais une obfervation de la nature de celle-ci , s'achete volontiers par le
facrifice d'une nuit.

L'éclipfe eut lieu. Deux jours auparavant M. *Cook* avoit fait rembarquer tout
ce que nous avions à terre. On avoit levé
l'ancre & conduit les vaiffeaux derriere
l'Ifle de *Pangimodoo* ; afin d'y attendre le
premier vent favorable pour fortir des
paffes & gagner la haute mer. *Poulaho* vint
encore une fois dîner à bord de *la Réfolution.* Le Capitaine le furprit regardant avec
beaucoup d'attention les affiettes qui
étoient fur la table , & il crut l'obliger
en lui en offrant une. Le Roi ne fe fit point
prier pour accepter ce magnifique préfent.
Il choifit une affiette d'étain. La deftina-

tion de ce meuble ne pouvoit être plus honorable ; car non-feulement elle devoit fervir
au Monarque dans fes repas, mais elle devoit
encore le repréfenter à *Tongataboo* pendant
fes fréquentes abfences. Elle enleva cette
éminente prérogative au vafe de bois dans
quoi *Poulaho* lavoit fes royales mains , &
auquel les Infulaires de tous les rangs faifoient la cour lorfque le Prince étoit ailleurs. Par la même raifon elle fupplanta
le *vafe de bois* dans une autre fonction
beaucoup plus importante, celle de découvrir les voleurs. Quand une chofe étoit
dérobée , & qu'on ne pouvoit trouver
l'auteur du vol , on affembloit tous les
Infulaires devant le vafe révélateur. Chacun le touchoit , & fi le voleur avoit eu
l'audace incroyable de le toucher auffi , il
feroit tombé mort , tué par les Dieux; mais
d'ordinaire la frayeur le déceloit, & il fau-
voit fa vie en s'avouant coupable , ou , ce
qui revenoit au même , en refufant de fe
foumettre à l'épreuve. Un peuple qui fe
perfuade cela eft fimple & bon.

Les vents contraires retenoient à l'ancre

les deux vaiffeaux. M. *Cook* & quelques
autres Voyageurs profiterent du retardement pour voir une *Natche* où fête folemnelle, moitié politique, moitié religieufe,
toute emblématique, & ayant pour but de
revêtir l'héritier préfomptif du Trône de
certains privileges dont il n'avoit pas encore joui, & particuliérement de celui de
manger avec le Roi, fon pere. La fête fe
donna dans la prairie qui tient au *Fiatooka*
de *Poulaho.* M. *Cook* ne put obtenir la permiffion d'y affifter; on lui fit entendre qu'y
paroître, c'étoit rifquer fa vie; qu'il étoit
taboo ou *interdit*, ainfi que les gens de fa
fuite, excepté moi pourtant, qui jouiffois
des privileges de la naturalité; que s'il
s'obftinoit, les Infulaires pourroient maffa-
crer les violateurs de leurs facrés ufages.
On pouffa les précautions jufqu'à environ-
ner de furveillants les curieux indifcrets,
jufqu'à leur défendre, au nom de *Poulaho*,
de fe montrer dans le lieu de l'affemblée:
tout fut inutile, le defir de voir s'accrut
avec les difficultés de le fatisfaire. Le Capitaine & quelques Anglais échapperent
à leurs gardes & coururent à la prairie.

C'étoit une témérité impardonnable. Qui pouvoit leur répondre qu'elle ne feroit pas rigoureufement punie ? Le meilleur des peuples ne peut-il pas devenir cruel, quand fes fuperftitions font offenfées ? Et fi les Infulaires fe fuffent portés à quelque extrêmité fâcheufe, de quoi M. *Cook* auroit-il eu à fe plaindre, après tant d'avertiffemens, de prieres & de menaces, lui qui pour le vol des deux ou trois animaux emprifonnoit toute une Cour, fon Roi à la tête ? Il fut heureux. Les Naturels fe contenterent de murmurer ; ils ne fe vengerent pas, mais ils obligerent les Etrangers à s'unir activement à leurs cérémonies, c'eft-à-dire, à fe dépouiller jufqu'à la ceinture, fe découvrir la tête, fe délier les cheveux, imiter leurs attitudes & toutes leurs fimagrées.

C'étoit acheter trop cher une fête qui n'eut rien d'inftructif ni d'amufant. On marchoit gravement, puis on couroit de côté & d'autre, tantôt en bandes & tantôt par couples ; on s'afféyoit le dos oppofé aux chofes qu'il falloit voir ; on grima-

çoit l'action d'un homme qui succombe
sous un poids énorme , & l'on ne portoit
qu'un très-petit morceau de bois : on re-
muoit les jambes avec la vitesse de ceux
qui courent ; & l'on demeuroit à la même
place ; on parloit , déclamoit , chantoit
d'une maniere langoureuse & triste , & le
plus léger incident excitoit un rire qui ne
finissoit point. Encore une fois , ce spectacle ne valoit pas la peine que l'on s'expo-
sât pour en jouir.

Nous quittâmes enfin *Tongataboo*. M.
Cook ajouta à ses présents celui d'un verrat
& de trois jeunes truies de race anglaise,
qui doivent , par leur société , améliorer
les cochons du pays. *Féenou* désira deux
lapins , un mâle & une femelle : je les lui
procurai. En deux jours de navigation nous
arrivâmes à *Eooa*, que les Européens nomment *Middelburg*. Le vieux *Taoofa* , Chef
de l'Isle , fut agréablement surpris de revoir M. *Cook* , dont il avoit été l'ami en
1773. On servit au Capitaine un plat de
turneps , provenus des graines qu'il avoit
lui-même semées. Le succès de cet essai

l'engagea

l'engagea à en tenter d'autres ; il enrichit les plantations de _Taoofa_ d'une pomme de pin, de graines de melon & autres.

On nous donna le divertissement du _mai_, & l'on se disposoit à nous donner celui du _bomai_ ou de la nuit, quand un incident malheureux & imprévu troubla toute la fête. Une vingtaine d'Insulaires rencontrent un Matelot qui se promenoit seul. Se jetter sur lui, le renverser, le dépouiller de tout ce qu'il a, même de ses habits, est l'affaire d'un moment : & les coupables se sauvent. Cette nouvelle portée au Capitaine, le mit dans une grande colere. Il s'empara sur le champ de deux pirogues, & n'ayant pas là de Roi auquel il pût ordonner les arrêts, il se saisit d'un gros cochon, nantissement meilleur au fond pour les effets volés. A cette voie de fait il ajouta les plus terribles menaces, si on ne lui livroit pas incessamment les malfaiteurs, & si on ne lui restituoit pas les choses enlevées avec tant de violence. Les Naturels effrayés se disperserent, mais le Chef obéit. M. _Cook_ en usa généreusement , & quoique les habits fuſſent dans un très-mauvais état , il rendit les pirogues , paya le cochon , relâcha l'Inſulaire , auteur du vol , fit un beau préſent aux Chefs , & partit , admiré de tous les Habitants d'*Eooa* , autant pour ſa libéralité que pour ſon indulgence........ Tandis que nous voguons à pleines voiles vers *O-Taïti* , raſſemblons ici nos diverſes obſervations ſur les *Iſles des Amis.*

QUATRIEME NARRATION,
ANDERSON.

En vous dédiant cette petite partie de mon ouvrage, honnête & savant *Anderson*, c'est le ruisseau qui fait hommage à la source, des eaux qu'il a reçues d'elle.

NOTRE relâche à *Tongataboo* & aux Isles voisines fut d'environ trois mois. Elle procura aux Anglais des avantages inestimables ; car les équipages des deux vaisseaux y firent, pour ainsi parler, une ample récolte de santé : ils conserverent leurs provisions & en amasserent de nouvelles : enfin ils passerent très-agréablement une saison qu'ils n'auroient pu employer à leur voyage au Nord.

Sous la dénomination d'*Isles des Amis*, il faut entendre la collection de toutes celles de cet archipel, qui est très-vaste, & dont les terres ne sont pas encore entiérement connues des Voyageurs européens. Les

Naturels comptent plus de cent-cinquante Isles, qui, réunies, forment l'empire de *Poulaho*. Ils en distinguent trente-cinq grandes, telles que *Tongataboo* & *Hapaee*, & quinze montueuses ou notablement élevées, au nombre desquelles sont *Toofoa* & *Eooa*. Les autres sont moins considérables; mais leur prodigieuse multitude, appartenant au même maître, composera toujours une souveraineté à laquelle il en est peu qui puissent être comparées.

L'Isle de *Tongataboo*, que les Naturels appellent souvent *Tonga*, & que les Européens nomment *Amsterdam*, capitale ou métropole, a au moins vingt lieues de tour. Elle se prolonge de l'Est à l'Ouest, & gît par le vingt-unieme degré de latitude Sud. Ses côtes n'ont pas plus de sept à huit pieds d'élévation. L'on est effrayé quand on pense qu'une crue d'eau de quelques pieds seroit pour la plupart des Isles de cet Océan, un déluge universel.

Le sol de *Tonga* est de la plus admirable fertilité. Terreins incultes & terreins

cultivés, tous annoncent une force étonnante de végétation, une fécondité inépui-
fable. De loin, on diroit que l'Ifle eft entiérement couverte d'arbres de différentes
grandeurs, au-deffus defquels les cocotiers
portent majeftueufement leurs têtes pana-
chées. Le printemps eft perpétuel ; les plantes fe fuccedent & fe renouvellent avec une
extrême rapidité ; une feuille qui tombe
eft comme preffée pour une autre feuille qui
a envie de naître & fe développe en peu de
jours. Les principaux fruits font les bananes,
dont on compte plus de quinze efpeces,
le fruit-à-pain, l'*évée* & le *jamba*, qu'on
trouve à *O-Taïti*. Joignez à ces richeffes
des ignames qui pefent quelquefois jufqu'à
trente livres, des racines de plufieurs fortes, des cocos, des cannes de fucre excellentes, une petite figue appellée *matte*, le
chou-palmifte, & vous aurez les principaux articles de la nourriture végétale des
Ifles des Amis ; car ces diverfes productions
ne font pas particulieres à *Tongataboo*.

Le regne animal y eft moins abondant.
En quadrupedes, on ne trouve que des

O 3

cochons, des rats & des chiens. Ceux-ci ne font pas indigenes : ils ont été apportés par les Européens en 1773. Les volailles font de la très-grande espece, & vivent dans l'état de domesticité. Les oiseaux ont des couleurs très-belles & très-variées , mais la plupart font muets. Je n'en ai rencontré qu'un qui chantât. Il falue l'aurore naiffante & les derniers feux du crépuscule, avec des fons fi forts & fi mélodieux que l'air eft rempli de fes ramages , & que la nature femble fe taire pour l'écouter. Quand il chante pendant le jour , c'eft une preuve que le mauvais temps approche : il fe hâte, en quelque forte, de jouir de fa propre harmonie , avant que les pluies ou la tempête l'obligent de fe renfermer. Souvent je frémis à la vue nocturne d'un monftre volant : c'eft une chauve-fouris de trois pieds d'envergure. J'ai rencontré trois ou quatre fortes de reptiles , & cinquante d'infectes : plufieurs font incommodes ; aucun ne paroît nuifible. La mer abonde en poiffons & en coquillages. On vit donc très-aifément à *Tonga* & dans les autres Ifles qui en dépendent.

J'ai parlé d'*Annamooka* & d'*Hapaee*, Iſles
que j'ai viſitées. *Eooa*, où je ſuis auſſi deſ-
cendu, l'emporte ſur elles toutes par les
agréments de ſa ſituation. Il n'eſt point de
coup-d'œil plus agréable que celui qu'elle
offre aux yeux du ſpectateur qui la conſidere
de la pleine mer. Des collines en amphitéâtre, des vallées verdoyantes, des bois
touffus, tout cela entre-mêlé d'habitations
& embelli par la culture, tel eſt l'aſpect
d'*Eooa*. En nous promenant, le Capitaine
& moi, nous gagnâmes, ſans preſque
nous en appercevoir, le ſommet de la
plus haute montagne, élevée de trois cents
pieds au-deſſus du niveau de la mer. Nous
contemplâmes, dans le ſilence de l'admiration & de l'attendriſſement, les beautés
raviſſantes de ce charmant pays. ″Pour
″augmenter le bonheur de ceux qui l'ha-
″bitent, me dit M. *Cook*, je donnerai à
″ *Taoofa* les trois moutons que *Maréewa-*
″*gée* a dédaignés....... (& *dans une eſpece*
″*d'enthouſiaſme*) Je ſonge avec un plaiſir
″extrême, ajouta-t-il, que les Navigateurs
″verront un jour du haut de cette mon-
″tagne, ces prairies couvertes de quadru-

O 4

» pedes utiles, apportés par des vaisseaux
» anglais ; que la postérité, dans l'inta-
» rissable révolution des siecles, nous tien-
» dra compte de l'exécution d'un si noble
» projet ; & que cet acte de bienfaisance
» suffira seul pour attester aux générations
» futures, que nos voyages contribuerent
» au bonheur de l'humanité. « *Taoofa* accepta le présent avec la plus vive reconnoissance.

Nous observâmes, dans nos promena-
des, que les collines d'*Eooa* laissent appercevoir une pierre jaunâtre, tendre & sa-
bloneuse ; ce qui sembleroit indiquer que
la premiere formation de cette Isle fut différente de celle des autres. Néanmoins
nous observâmes aussi qu'aux endroits les
plus élevés, vers le sommet de la plus
haute montagne, des pointes de corail
sortoient du sein de la terre, tenant sans
doute au rocher, dont la masse compose le
noyau de l'Isle, & que ces pointes étoient
inégales & trouées comme le corail, expo-
sé immédiatement à l'action de la marée ; ce
qui sembleroit indiquer qu'autrefois les

eaux couvrirent ce terrein, maintenant exhauſſé de trois cents pieds au-deſſus de leur niveau.

Nous trouvâmes, dans la partie la plus élevée d'*Eooa*, une plate-forme circulaire, ou un amas de terres rapportées, que ſoutenoit une muraille de corail. Le tranſport de ces pierres avoit dû coûter des peines infinies à des hommes qui n'ont que leurs bras pour de pareils ouvrages : mais les Chefs l'avoient ordonné, &, par-tout, ces humains d'un genre ſupérieur compteront pour peu les labeurs du peuple, quand il s'agira de leurs plaiſirs ou de leurs caprices. La plate-forme ſe nomme *Etchee*; les Grands s'y réuniſſent quelquefois pour boire le *kava*. Il y avoit une *Etchee* à *Tongataboo* ; il y en a vraiſemblablement dans toutes les Iſles habitées, & la cérémonie du *kava* pourroit bien y être religieuſe.

Outre les Iſles ſur leſquelles nous débarquâmes, nous en connûmes quelques autres par les relations qu'on nous en fit à

Tongataboo & ailleurs. Les plus remarquables de celles-ci font *Vavaoo*, *Hamoa* & *Feejee*.

On fe fouvient que *Féenou* quitta *Hapaee* & le Capitaine pour aller à *Vavaoo*, fous prétexte d'y chercher des vivres. *Cook* vouloit l'accompagner ; mais il l'en détourna, difant que l'Ifle étoit petite, & qu'elle n'avoit point de havre. *Poulaho*, au contraire, nous affura qu'à bien des égards elle l'emportoit fur *Tongataboo*, qu'elle étoit plus grande, qu'elle avoit de hautes montagnes & d'excellente eau, par-deffus tout le refte, un mouillage fûr. Il donna du poids à fon témoignage, en preffant les Anglais de l'y fuivre, & en garantiffant fur fa tête la vérité de ce qu'il avançoit. M. *Cook*, qui avoit eu envie de vifiter cette terre quand *Féenou* le portoit à n'en rien faire, ceffa de le défirer lorfque *Poulaho* l'en eut en quelque forte prié. Le temps ne lui manqua pourtant pas.

Hamoa, fi l'on en croit les Habitants de *Tongataboo*, eft la plus grande des

Ifles *des Amis*. Elle eft riche en toutes fortes de productions. Les Infulaires font fpirituels & inventifs : c'eft d'eux que viennent les danfes & les autres divertiffements qu'on exécute ailleurs. Les Rois y réfident fouvent. En apprenant qu'à *Hamoa*, un Chef, un homme ayant autorité, fe nomme *Tamolao*, M. *Anderfon* fe rappella que dans les Ifles Carolines, la même efpece d'hommes fe nomme *Tamoloa*. Cette conformité le furprit. Le hazard l'a-t-il produite ? Le hazard n'eft rien, & cette conformité eft quelque chofe.

Feejee eft à trois journées de navigation de *Tongataboo*, vers le Nord-Oueft. Cette Ifle n'a jamais été foumife au Roi des *cent-cinquante Ifles*, ou (ce qui me paroît vraifemblable) elle en a fecoué le joug depuis long-temps. Elle eft indépendante. Seule, contre ce grouppe d'Ifles ennemies qui l'environnent, elle fait défendre fa liberté & fe faire craindre. Ses Guerriers font braves, difciplinés ; ils manient avec une adreffe finguliere la maffue, la pique, l'arc & la fronde. Pour les vaincre, il faut

ou les furprendre par artifice , ou les acca-
bler par le nombre. Les Naturels de *Tongataboo* confeffent franchement leur infériorité. Cependant ils déclarent quelquefois la guerre à ces redoutables voifins :
l'honneur & la vengeance ne permettent
pas toujours de confidérer fi les forces
font égales ; & trop fouvent le préjugé
impofe la néceffité de fe battre , à celui
qui n'aura pas même la confolation de
douter s'il fera vaincu. La paix régnoit entre les deux peuples , au temps de notre
féjour à *Tongataboo*. Nous vîmes, dans
cette métropole , plufieurs Infulaires de
Feejee , attirés par le commerce ou la
curiofité. On les traitoit avec une diftinction & des égards bien propres à les enor-
gueillir. Au refte , leurs qualités perfonnelles les rendoient dignes de cet accueil.
MM. *Cook* & *Anderfon* les jugerent bien
fupérieurs aux Infulaires de *Tongataboo*.
„ Voyez , me difoient-ils , ces maffues &
„ ces piques ; comme elles font fculptées :
„ comme ces étoffes en compartiment font
„ exactement deffinées : comme les cou-
„ leurs de ces nattes font agréablement

» nuées......... « Ils se récrioient encore à la vue des *pots de terre* & autres meubles semblables qui se fabriquent à *Feejee*. Cette peuplade, qui a fait tant de progrès dans les arts, mange ses ennemis. Cette atrocité lui est politiquement utile : on appréhende de mourir les armes à la main, en combattant contr'elle ; & tel fuit, pour n'être pas mangé, qui résisteroit courageusement, s'il ne falloit que mourir.

Elever les Insulaires de *Feejee* au-dessus des autres habitants des *Isles des Amis*, c'est en faire un éloge complet ; car ceux-ci sont recommandables par une infinité d'endroits. Forts & robustes, bien faits sur-tout, ils excedent rarement la taille ordinaire. S'ils tiennent de la nature une belle conformation, ils en doivent la vigueur à leurs fréquents exercices. Leur contenance est gracieuse, leur démarche ferme & assurée. Les traits de leurs visages sont tellement variés qu'on ne peut guere s'en servir pour établir un caractere distinctif de ce peuple. Vous y voyez un nez aquilin à côté d'un nez épaté ; une grosse levre est la mere d'une levre fine ; cent phyfionomies européenes fe mêlent avec cent autres phyfionomies qui ne font déterminément d'aucun pays, pas même de celui où elles fe trouvent. Les deux fexes ont les cheveux très-noirs: il y a peu d'exceptions à la généralité de cette propofition ; mais, avec un peu d'artifice, on fe procure une chevelure pourpre , brune , orangée , &c. Ce point , ainfi que la coupe & la frifure, eft une affaire de mode , fujette à l'inconftance & aux caprices de la fantaifie qui la dirige. La couleur dominante de la peau eft d'une nuance plus foncée que le cuivre brun. On voit cependant des teints abfolument olivâtres, quelques-uns même affez blancs. La peau des perfonnes de diftinction differe de celle des hommes du peuple , par la fineffe & le velouté. On pourroit donc rapporter la couleur dominante à des principes factices qui ne font pas la nature : tels, par exemple, que l'habitude de s'expofer nuds au Soleil. La couleur de cuivre feroit une forte de maladie cutanée , répandue fur tout le corps. En tout, les femmes font beaucoup plus délicates que les hommes : leur vifage pourtant participe peu à cette aimable prérogative.

L'habillement des deux fexes confifte dans une natte ou dans une piece d'étoffe qui fait un tour & demi fur les reins , où elle eft affujettie par une ceinture. Elle tombe en devant , comme un jupon , jufqu'au milieu de la jambe. Les épaules reftent prefque toujours découvertes. L'habillement des riches ne differe de celui des pauvres que par la grandeur ou la beauté : la forme eft la même pour tous ; quelquefois néanmoins le bas peuple ne porte qu'une pagne de feuilles , ou le *maro* , natte ou morceau d'étoffe qui n'a pas plus de largeur qu'une ceinture. On paffe le *maro* entre les cuiffes , & on l'étend fur les reins : les femmes ne le portent pas. Les habillements de cérémonie pour les *Haivas* ou fêtes folemnelles, reffemblent aux vêtements ordinaires ; mais on a foin de les orner de plumes rouges, avec une profufion vraiment admirable aux yeux d'un O-Taï-

tien (1). Les délicats se garantissent la tête
des ardeurs du Soleil, par de petits bonnets
dont la matiere & la forme sont absolument
une affaire de goût. La parure proprement
dite offre une prodigieuse variété de com-
binaisons. On porte des colliers de petits
fruits, de fleurs odorantes, de diverses
graines ; on suspend sur sa poitrine des coquilles, des os d'oiseau ou de poisson, des
dents de requin ; on s'entoure les bras de
morceaux de nacre de perle ; on se charge
les doigts de bagues d'écaille de tortue ;
on se perce les oreilles au moins en deux
endroits, & l'on y place des baguettes cy-
lindriques de trois pouces de long (2). Les
hommes se coupent la barbe. Ils ont des
piquetures d'un bleu foncé depuis le milieu
du ventre jusqu'à la moitié des cuisses. Le
Roi seul est dispensé de cet usage. Les
femmes ne se *tatouent* de la sorte que l'intérieur

_____

(1) Les plumes rouges sont l'or & les *diamants* d'*O-Taïti*;
on en aura bientôt la preuve.

(2) M. *Cook*, dans la Relation de son voyage, dit que
ces baguettes sont d'*ivoire* : ce qui n'est pas très-concevable.

térieur des mains ; mais en revanche elles
se couvrent le visage d'une poudre jaune,
légérement semée. Les riches des deux
sexes se frottent souvent le corps avec de
l'huile de cocos : cette opération embellit
singuliérement la peau. Le bain est un acte
de propreté de tous les jours ; on pourroit
dire de toutes les heures du jour.

M. *Cook* envioit la vie domestique des Habitants des *Isles des Amis.* » Elle n'est pas
» assez laborieuse pour être fatigante, nous
» disoit-il ; elle n'est pas non plus assez oisive
» pour être accusée de paresse. « Ils ont
deux grandes fabriques , celle des étoffes
& celle des nattes. La fabrication des étoffes
est simple. On prend l'arbre nommé *Mu-
rier-Papier* , ordinairement de six à sept
pieds de hauteur , & de quatre à cinq pouces de grosseur. On enleve la premiere
écorce ; on la roule en sens contraire pour
lui faire perdre le pli qu'elle a pris autour
de l'arbre ; on la fait macérer dans l'eau ;
on la bat avec un morceau de bois quarré ,
tantôt uni & tantôt rempli de grosses rai-
nures. Ces opérations répétées plusieurs

Tome I. P

fois rendent l'étoffe souple & flexible ,
& en refferrent le tiffu. Quand la piece
eft fuffifamment préparée , on l'étend pour
la faire fécher. On unit plufieurs pieces
enfemble au moyen d'une efpece de colle
ou fuc vifqueux tiré d'une baie nommée
Toou. Si quelqu'endroit de l'étoffe paroît
foible ou eft troué , on ajoute habilement
de petites pieces imperceptibles qui répa-
rent le mal. On a même l'attention de col-
ler en deffous des bandes tranfverfales qui
empêchent les déchirures de fe propager
bien loin , & foutiennent l'étoffe. La piece
étant formée de la grandeur qu'elle doit
avoir, on la frotte avec le fuc tiré de l'écorce
du *Kokka* : cet apprêt lui donne le luifant du
plus beau vernis , & prolonge fa durée.
Il y a des étoffes plus ou moins fines.
Quelques-unes font unies & de couleur
brune ; ce font les plus groffieres : celles
dont la texture eft délicate , brillent des
plus vives couleurs , & préfentent des
rayures , des carreaux & autres deffeins.

La manufacture des nattes offre un grand
nombre de variétés , foit dans l'ufage à

quoi elles font deftinées : car elles fervent
de lit, de tapis, de vêtement, de parure,
&c. ; foit dans la maniere dont elles font
travaillées, les unes étant, en tout genre, beaucoup plus parfaites que les autres ; foit dans la matiere premiere dont
elles font compofées, puifque l'on emploie
à cette fabrique la partie membraneufe &
coriace du bananier, le *Pandanus* qui
n'eft cultivé que pour cela ; & une plante
nommée *Ewarra.*

Les femmes font les ouvrieres des étoffes & des nattes : de l'aveu de M. *Cook* &
de fes Anglais, elles excellent dans ces
fortes d'ouvrages. Les grandes dames n'y
mettent guere la main ; elles n'aiment que
ce genre de travail, où l'on ne fait prefque rien en paroiffant toujours faire quelque chofe. Des peignes, des colliers, de
petites corbeilles, &c., voilà toute leur
occupation. Au refte, ces bagatelles font
des chef-d'œuvres d'élégance & d'adreffe,
& prefque des miracles de la patience la
plus conftante & la plus opiniâtre. La fa-

çon d'un panier grand comme rien ufera fix lunes entieres.

Les gros travaux ne regardent que les hommes. Cultiver la terre, conftruire les maifons & les pirogues, préparer tout ce qui a rapport à la pêche, la guerre & la navigation, eft exclufivement de leur ref- fort : fi les femmes y touchent quelque- fois, ce n'eft que par fantaifie & pour s'a- mufer un moment.

Les Infulaires ont porté l'agriculture au plus haut point de perfection, eu égard à la foibleffe & à l'infuffifance de leurs moyens. Des morceaux de bois pointus & coupants font leurs inftruments de la- bourage. Avec eux ils plantent & arrachent des arbres, défrichent de vaftes terreins & les mettent en valeur. Les bananes & les ignames occupent les neuf dixiemes de leur terre cultivée. Ils donnent toujours à cette plantation une forme réguliere & fymmétrique. Les cocotiers & les autres arbres font difperfés çà & là, fans beau- coup d'ordre. Le *Pandanus* entoure ordi-

nairement les champs d'ignames & de bananes.

L'architecture eft encore à naître chez
ce peuple fi intelligent & fi habile en tant
d'autres chofes. Les hommes du commun
n'ont pour demeure que de petites cabanes
qui les garantiffent à peine des injures de
l'air. Les maifons des Grands font plus
fpacieufes & mieux abritées : c'eft un bâtiment long de trente à quarante pieds,
large de vingt à vingt-cinq, haut de
douze ; ou, pour mieux dire, c'eft un toît
de chaume (1) porté fur des poteaux ; car
le contour n'eft prefque jamais fermé. Le
plancher eft de terre battue, & tant foit
peu élevé au-deffus du fol ; on le couvre
de nattes, & l'on a foin d'y entretenir
une grande propreté. Dans un coin de
cette maifon on ménage un retranchement
fermé avec une natte, où couchent le mari
& la femme, où celle-ci fe tient la meilleure partie du jour, occupée aux foins du

---

(1) Le mot *chaume* ne peut être mis là que par métaphore ;
il n'y a point dans ces Ifles de chaume proprement dit.

P 3

ménage. Le reste de la famille couche au premier endroit venu de la maison : seulement on éloigne le plus qu'on peut les hommes des femmes, quand ils ne sont pas mariés ; & cette précaution suffit. Si la famille est trop nombreuse, on construit des huttes à côté de la maison principale, & l'on y met coucher les domestiques & les autres personnes moins considérables. Aimant passionnément à être au grand air, & ne se retirant dans leurs maisons que lorsqu'ils y sont forcés par le mauvais temps & par le besoin de prendre le repos de la nuit, nos Insulaires se soucient peu qu'elles soient belles ou laides : elles les couvrent & ils y dorment, c'est tout ce qu'ils en exigent ; plus de recherche & d'élégance ne les rendroient pas plus utiles.

La même raison leur persuade le goût de la simplicité dans les ameublements. Des nattes, quelques vases pour boire le *kava*, des gourdes, des coques de cocos, de petites escabelles qui leur servent tour à tour de siege & de coussin :

c'eſt à-peu-près tout ce qui compoſe leur mobilier.

Le vrai tréſor de cette Nation, ce ſont les pirogues. On n'en voit point ailleurs qui les égalent ; & elles exciteront l'admiration la plus vive toutes les fois qu'en les conſidérant avec attention, l'on penſera que les ouvriers n'ont pour outils que de la pierre noire, des dents de requin, la peau rude d'une eſpece de poiſſon, & des coquilles. On les conſtruit & on les garde ſous un hangar ; & ſi l'on eſt obligé de les laiſſer quelque temps ſur la côte, on les défend contre l'ardeur du ſoleil en les couvrant de feuilles de cocotier.

Après les pirogues, les ouvrages les plus ſoignés ſont les filets, les lignes & les hameçons pour la pêche ; les maſſues, les piques, les arcs & les fleches pour la guerre. Ils tirent leurs cordages de la gouſſe des cocos qu'ils filent, & dont ils réuniſſent les fils en les tordant.

Ils ont des inſtruments de muſique. Nous

P 4

avons parlé de leurs tambours : pour fe
former une idée complete de leur orcheſ-
tre, il faut y ajouter des flûtes de roſeau,
les unes ſimples, les autres compoſées :
celles-ci ne ſont qu'un certain nombre de
roſeaux, diſpoſés parallelement, mais ſans
proportion, ſans cette coupe inégale &
réguliere qui produit la diverſité des tons &
leur progeſſion graduelle. Ils n'en tirent preſque rien. Les flûtes ſimples ſont un morceau
de bambou fermé par les deux bouts, & garni
de ſix trous, deux deſquels ſont voiſins des
extrêmités. Ils ſoufflent dans l'un de ces
trous des extrêmités avec la narine droite,
la main preſſant la narine gauche ; ils ob-
tiennent trois tons de leur inſtrument, en
bouchant ou en découvrant les autres trous.
Ces éléments ne ſont pas riches ; cependant
leurs airs ſont agréables & variés. Les
Anglais goûtoient leur muſique, & la
muſique anglaiſe leur déplaiſoit. C'eſt,
remarquoit *Anderſon*, que l'Artiſte ſent
encore les beautés ſimples de la nature,
& que l'homme qui n'eſt que naturel, ne
connoît point encore les beautés ſavantes
& conventionnelles de l'art.

Rien , en bonté , n'eſt comparable au
caractere des Habitants des *Iſles des Amis* ;
il ſe peint ſur leurs viſages de la maniere
la plus attrayante , & leurs actions tiennent tout ce que leur extérieur a promis.
Ils ont des paſſions , puiſque ce ſont des
hommes ; mais , ce que les hommes font
rarement , ils les maîtriſent : au lieu d'en
être les eſclaves , ils les captivent. Naturellement gais & francs , ils ne ſont gênés
qu'en préſence de leurs Chefs. Leur pro-
bité , dans le commerce des échanges ,
eſt vraiment ſcrupuleuſe. Enfants , ſur ce
point, ils redemandent ce qu'ils ont donné,
ſi le marché vient à leur déplaire ; mais
juſtes & aſſez raiſonnables pour ſentir qu'ils
doivent ſupporter la même inconſtance
dans autrui , ils rendent au premier mot
tout ce qu'ils ont reçu , quand on déſire
que le marché ſoit annullé. Je dirai , en
paſſant, que les articles les plus propres
aux échanges ſont tous les inſtruments &
outils de fer, haches, couteaux, rapes, limes , clous , &c. ; ils eſtiment auſſi beaucoup les étoffes rouges, les toiles de toutes couleurs, les miroirs & les grains de

verre. Il ne faut pourtant pas trop compter
fur ce dernier article. Sa valeur dépend
entiérement de la mode, qui n'eſt pas plus
fantaſque à *Londres* qu'à *Tongataboo.* Quand
les Anglais offrirent leurs colliers de verre
bleu, perſonne n'en voulut; *Féenou* en acheta
un, & le lendemain ils valoient un cochon.
Le goût de ce perſonnage important les
mit en vogue; tous les gens aiſés & vains
ambitionnerent l'honneur de porter un collier *à la Féenou.* En cas de beſoin, un vaiſſeau européen qui relâcheroit chez ces aimables Sauvages, pourroit employer cette
innocente ruſe de l'aſcendant d'un Grand
ſur le Peuple, pour ſe procurer le débit des
marchandiſes auparavant dédaignées.

Cook nous diſoit ſouvent que ſes chers
Inſulaires réuniſſoient preſque toutes les
qualités qui honorent l'homme. On ne
peut en effet leur reprocher que leur penchant au vol, paſſion inſurmontable de
tous les Peuples de la mer du Sud, & qui
n'épargne ni âge, ni ſexe, ni condition,
ni peut-être même un individu dans chaque
condition. Ce n'eſt point un [vice mo-

ral. La curiofité, l'envie de poffѐder des chofes rares qu'ils voient en abondance fur les vaiffeaux, une forte d'émulation ; la con- fufion de leurs idées touchant ces hommes étrangers qui leur font vifite, touchant les motifs qui les leur amenent ; enfin, l'ef- pece d'abandon dans lequel ils s'imaginent appercevoir les objets qui leur plaifent, & qui leur femblent n'appartenir à perfonne : tout cela excite, alimente, enflamme la tentation, & ils fuccombent. Au refte, un feul défaut au milieu de tant de vertus, prouvera uniquement que ce bon Peuple, admirable par mille endroits, paie cepen- dant un léger tribut aux foibleffes de l'hu- manité.

Les ignames, les bananes, les cocos, le poiffon & les coquillages compofent la partie effentielle de la nourriture, aux Ifles *des Amis.* Le riche y ajoute des cochons & de la volaille ; le pauvre mange des rats, quand il en peut attraper. Quoique les vé- gétaux fe fuccedent rapidement dans ces heureufes & fertiles contrées, néanmoins l'intervalle eft affez confidérable pour que

la prudence prenne des précautions contre
la difette. Elles fe réduifent à dépofer
fous terre des bananes qui n'ont point atteint leur maturité ; on les y laiffe jufqu'au
moment de la fermentation : alors on les
retire, & l'on en fait de petites boules
aigres, d'affez mauvaife qualité, mais qui
fuffifent au befoin. Tous les aliments fe
cuifent au four. Ils font rarement déna-
turés par les affaifonnements. Au repas,
on ne boit guere que de l'eau ou du jus de
cocos ; le *kava* fe prend ordinairement
feul. Cette liqueur s'extrait d'une efpece
de poivre qui croît à la hauteur d'un
homme. La racine de cette plante eft la
partie utile ; on la coupe par morceaux,
des fubalternes la mâchent, & la jettent
dans un vafe où l'on verfe une quantité
d'eau fuffifante ; on mêle, on remue, on
preffe avec la main, on rejette le marc, &
quand la liqueur eft clarifiée, on diftribue.
Les effets de cette boiffon font des plus
violents ; il y a cependant des Naturels
qui en prennent neuf & dix fois pour une
matinée, quoiqu'il foit impoffible de l'avaler fans faire de grimace, tant le goût en

eſt déteſtable. L'*ava* (c'eſt au fond la
même choſe) eſt moins déſagréable (1),
mais également funeſte à *O-Taïti*.

La ſubordination graduée qui ſe trouve
depuis le Roi juſqu'aux dernieres claſſes
de la ſociété , & l'étiquette qui ne permet
pas à un inférieur de manger avec ſon ſupérieur, font que pluſieurs Inſulaires mangent rarement enſemble. Chacun reçoit ſa
portion & ſe retire. Choſe étonnante ! les
femmes ſont admiſes à l'honneur de manger avec les hommes !

On pourroit croire que les heures des
repas ne ſont pas réglées , s'il n'étoit
pas auſſi naturel de penſer que les relations accidentelles des Inſulaires avec
les Etrangers , avoient beaucoup dérangé le régime ordinaire. Conſtamment on ſe releve la nuit pour faire une

---

(1) *Omaï* n'explique point pourquoi l'*ava* eſt moins déſagréable. Ne ſeroit-ce point que la différence du ſol diminue
l'âcreté de la plante ?

légere collation. L'habitude eſt de ſe coucher avec le jour & d'aſſiſter à ſon
réveil.

Le peuple des Iſles *des Amis* a des
mœurs. Les hommes du bas étage n'ont
qu'une femme ; les Grands en prennent
ordinairement pluſieurs, mais une d'entre
elles eſt ſupérieure aux autres. La foi con-
jugale eſt reſpectée : la loi le veut & on
l'exécute. S'il y eut des intrigues avec les
gens des deux équipages, les femmes qui
ſe livroient n'étoient pas mariées, & leur
condition paroiſſoit auſſi vile que leur métier. Je fus témoin à *Eooa* d'un acte de rigueur, exercé ſur un Inſulaire, ſurpris avec
une femme qui étoit deux fois *Taboo*, c'eſt-
à-dire, qui avoit la double irrégularité de
n'être ni la ſienne, ni de ſa condition. On
l'amena au milieu du cercle où ſe faiſoient
les échanges, & on lui ouvrit le crâne à
coups de maſſue. La femme en fut quitte
pour quelques légers coups de bâton. Nations civiliſées, apprenez, par cet exemple, à
épargner davantage le ſexe ſéduit que le
ſexe ſéducteur.

Si les démonftrations extérieures étoient une preuve fuffifante d'attachement & de douleur, & que l'ame fût toujours auffi émue que le corps eft rigoureufement traité, on ne trouveroit nulle part une fenfibilité qui égalât celle des Infulaires dont je trace le portrait. Perdent-ils un Chef, un ami, ils fe frappent les joues avec une pierre; ils s'enfoncent une dent de requin dans la tête, & le fang coule à gros bouillons; ils fe plongent un dard dans la cuiffe, dans le flanc, fous les aiffelles; ils fe défigurent le vifage; les femmes fe battent cruellement le fein & fe font de larges plaies dans toutes les parties du corps. Ne nions pas que le bon peuple des Ifles *des Amis* foit capable de tendreffe & d'amitié, d'un long & douloureux fouvenir; mais n'accordons pas auffi trop de confiance à ces témoignages violents, que la politique, l'ufage & la fuperftition peuvent commander. On m'a raconté, en Angleterre, qu'autrefois on payoit des femmes pour pleurer aux enterrements. J'ai vu à *Tongataboo* des hommes & des femmes exercer fur foi toutes ces rigueurs, fans verfer une feule

larme, fans paroître vivement & profondément affectés. Je les ai vus les exercer à la
mort de gens qu'ils connoiffoient peu ;
à la mort d'un *Earée* qu'on n'aimoit pas ,
& qu'il eût peut-être été difficile d'aimer.

On reconnoît à *Tongataboo* un Dieu fuprême ; la foi des autres Ifles , fur cet article effentiel , eft la même : mais le grand
Dieu ne porte pas par-tout le même nom ;
ici c'eft *Kallafootonga* , là c'eft *Alo-Alo* ,
&c. Ce Dieu fuprême eft une femme qu'ils
ne marient point. A elle appartient la fur-
intendance de l'Univers & des autres Dieux.
Parmi ces Dieux fecondaires, eft particuliérement honoré le *Dieu-Mer*, qu'ils appellent *Futta-Faihe*. Celui-là , ils en font un
homme qu'ils marient à la Déeffe *Fikaoa-
Kajeea*. Le *Dieu-Mer* eft le patron de la
famille royale ; chaque individu des mâles
qui la compofent, fe nomme *Futta-Faihe* ,
à l'exception du Roi , dont le titre d'honneur eft *Tooee-Tonga*. Le furplus de leur
théologie eft un tiffu de contes & d'abfurdités qui ne méritent pas qu'on en grof-
fiffe un ouvrage.

Ils

Ils n'adorent aucunes créatures. Leur culte
feroit purement intellectuel, fi, dans quelques occafions, ils n'offroient pas des facrifices humains. Les *Fiatookas* ou cimetieres
font leurs Temples, & la religion des morts
eft peut-être leur feule religion. Ils croient
à la fpiritualité & à l'immortalité de l'ame,
être invifible, difent-ils; *efprit de vie*, parcelle détachée de l'*Eatooa*, *Eatooa* elle-
même. Toutes les ames furvivent donc à
la mort; mais la flatterie a imaginé que
les ames de diftinction s'en vont tout droit
au bon pays de *Gooleho*; & qu'arrivées là,
elles jouiffent de l'abondance de toutes
chofes dans un repos éternel. Les ames
vulgaires font moins favorifées : l'oifeau
Loata, qui voltige autour des cimetieres,
les avale pour s'en nourrir. M. *Cook* voyoit
dans cette idée d'un oifeau qui mange des
ames, une branche des rêveries de la mé-
tempfycofe; M. *Anderfon* foutenoit que
cela n'y avoit aucun rapport, &, quand
on m'eut expliqué la chofe, je fus de fon
avis. (1)

(1) J'en fuis auffi; comme je ne pardonne pas au Capi-

Grands & petits, tous craignent la mort, tous l'appréhendent comme le souverain malheur : ceux-ci, sans doute, parce qu'ils croient à la voracité de *Loata*; ceux-là peut-être parce qu'ils ne croient guere à l'existence du bon pays de *Gooleho*. La croyance d'une autre vie n'influe point sur les mœurs, puisqu'on n'y joint aucune idée de peines ou de récompenses, & que la différence supposée entre les ames, est la suite de l'inégalité des conditions, & non le résultat d'un acte de justice, exercé par le grand Dieu, qui auroit distingué la vertu du vice, le bien du mal. J'oubliois de dire que la frayeur de la mort est telle aux Isles *des Amis*, que si une maladie sérieuse met la vie en danger, on se hâte de couper un ou deux de ses doigts qu'on offre à la Divinité, comme si, par cette oblation volontaire d'une partie du corps, on espéroit obtenir la remise du reste.

---

taine *Cook* d'avoir appellé, dans sa *Relation*, cette monstrueuse doctrine, *principes sains sur la spiritualité & l'immortalité de l'ame.*

Parlons du régime politique. On ne peut rien imaginer de plus refpectueux que nos Infulaires en préfence de leur Roi ; mais le refpect chez eux a, pour s'exprimer, des méthodes qui font le contre-pied des formules européennes. Ce feroit, par exemple, une groffiéreté puniffable que de fe tenir debout en converfant avec le Souverain : il faut être affis. Ce feroit encore manquer aux bienféances les plus effentielles que de paffer derriere lui, ou que de s'y affeoir. Il faut que ces deux actions fe faffent fous fes yeux. Une difpenfe affranchit de cette fervitude ; mais on l'accorde rarement & difficilement. Les Anglais l'avoient obtenue ou fuppofée ; & rien ne les rehauffoit davantage dans l'efprit du peuple. C'étoient de bien grands hommes que ceux qui parloient debout au Roi des *cent cinquante Ifles*, & marchoient librement derriere lui.

Le Roi commande en Souverain à tous les Chefs, & ceux-ci fe dédommagent fur le peuple de l'efpece d'humiliation que la qualité de *Sujets* leur fait fouvent éprouver : ils exigent pour eux les honneurs qu'ils rendent au Monarque, & perſonne, dans un rang inférieur, ne le leurs refuſe. On obſerve même que leur autorité ſur la claſſe du bas peuple étant plus immédiate &, en quelque ſorte, récriminatoire, elle eſt auſſi plus peſante & plus deſpotique. Un Roi ſeroit heureux s'ils avoient pour lui autant de ſoumiſſion qu'ils en veulent pour eux-mêmes ; mais, puiſſamment riches, ayant quelquefois des poſſeſſions plus étendues que le domaine du Souverain, ils lui cauſent de fréquents chagrins, ſoigneux pourtant de ſauver toutes les apparences de la plus entiere ſubordination.

Au nombre des privileges de la Majeſté royale, on compte celui de n'être pas circoncis ; car la circonciſion eſt en uſage dans ces Iſles. On aſſure que le Roi eſt l'héritier naturel de tous ſes Sujets, mais qu'il n'exerce jamais ce droit exorbitant, s'il y a d'autres héritiers pour recueillir la ſucceſſion. La couronne eſt héréditaire ; il ne paroît pas qu'elle puiſſe paſſer aux femmes.

Entre les Officiers miniftériels, on en diftingue deux plus importants que les autres ;
favoir, l'Infpecteur du *Taboo* & le Magiftrat de la Police. Le vieux *Toobou* étoit
chargé de la premiere de ces fonctions. Le
mot *taboo* a plufieurs fignifications. En général il exprime une chofe *défendue*, *illi-
cite*, *fouillée*, où un homme *dévoué* ; les
facrifices humains font nommés *tongataboo*. Une main qui a touché un mort ou
le pied du Roi eft *taboo-rema*. L'ufage le
plus utile du *taboo*, le feul qui foit vraiment politique, eft lorfque le Magiftrat
met *en interdit* de certains aliments, telle
plantation, les cochons ou la volaille : ce
moyen empêche la trop grande diminution
des efpeces & le gafpillage des récoltes.
Le *taboo* eft levé de plufieurs manieres,
relatives à fes différentes fignifications.
Ce fera tantôt par un laps de temps compétent, tantôt par des ablutions répétées :
dans les occafions majeures il faut recou-
rir au Roi. Par exemple, une femme qui
eft *taboo* pour avoir touché un mort, &
qui ne peut, en conféquence, porter elle-
même fes aliments à fa bouche, prend le

Q 3

pied du Monarque, l'applique sur sa poitrine; le Monarque la baise aux deux épaules, & elle se retire purifiée.

La Magistrature de police étoit exercée par *Féenou.* C'est à cet Officier de maintenir le bon ordre, de veiller à l'exécution des loix & des résolutions prises dans les assemblées, & de punir, même de mort, les réfractaires, de quelque rang qu'ils soient. Cette censure terrible s'étend jusqu'au Souverain; *Poulaho* avoit coutume de dire que s'il devenoit *un méchant homme,* il seroit tué par *Féenou.* M. *Cook* chercha à deviner le sens de cette expression, *méchant homme,* & sa conjecture n'est pas mal dans le style anglais : » Je juge, nous » disoit-il, que si *Poulaho* s'écartoit, dans » son administration, des loix & des cou- » tumes, *Féenou* recevroit des autres Chefs » & du peuple en général, l'ordre de mettre » à mort le Monarque. «

Une tranquillité inaltérable regne habituellement dans les Isles *des Amis,* quoique l'ambition des Chefs dût naturellement y exciter des troubles, & leur puiſſance les entretenir. C'eſt que tous les perſonnages un peu importants vivent à *Tongataboo*, métropole de tout l'Empire, appellée, à cauſe de cette réunion des grands Vaſſaux, *la terre des Seigneurs*. Raſſemblés, ils ſe ſurveillent réciproquement ; jaloux les uns des autres, ils ſe contiennent dans les bornes du devoir, ſans qu'il en coûte au Monarque beaucoup d'efforts.

Voilà mes remarques. Elles ſont incomplettes ; premiérement, parce que je ne ſuis pas un génie ; ſecondement, parce que les Naturels de *Tongataboo* n'étoient pas communicatifs : ils ſoupçonnoient ſi peu l'intérêt qu'on pouvoit avoir à les interroger, qu'ils ne s'embarraſſoient nullement de répondre ou de le bien faire ; troiſiémement, parce que l'idiôme de *Tongataboo* ne reſſemble pas aſſez parfaitement à celui des Iſles *de la Société* (1), pour que je me flatte de m'être toujours fait entendre, & d'avoir toujours entendu.

(1) C'eſt ainſi qu'on appelle les Iſles dont *O-Taïti* eſt la capitale.

Q 4

Nous courons les mers depuis vingt-
deux jours. Déjà nous avons découvert
une petite Ifle entre le vingt-troifieme & le
vingt-quatrieme degré de latitude Sud.
Elle fe nomme *T'oobouai.* Douze hommes
font venus auprès du vaiffeau dans leurs
pirogues. Je les ai harangués ; ils ont refufé de monter fur *la Réfolution* ; de part
& d'autre on s'eft quitté fans fe connoître.
Oublions-les : je vois *O-Taïti.*

CINQUIEME NARRATION,

O T O O. (1)

Il eſt Roi ; mais qu'importe, puiſqu'il eſt auſſi mon ami ?

Lᴇ Capitaine *Cook* gouverna ſur la baie d'*Oheitepeha*, afin d'y jetter l'ancre, & de tirer de la bande Sud de l'Iſle tous les ra-fraîchiſſements qu'elle lui pourroit four-nir, avant de ſe tranſporter à *Matavai*, où il comptoit faire une ample récolte en pro-viſions de toute eſpece. Les vents ne ré-pondirent point à l'empreſſement des équi-pages ; nous fûmes obligés de tenir la mer encore tout un jour.

Cependant une troupe d'Inſulaires, por-tés ſur leurs pirogues, avoient devancé l'arrivée des vaiſſeaux. Je les reconnus pour des hommes d'une baſſe extraction,

---

(1) Il eût été mieux d'écrire *Q-Too*.

& ne daignai feulement pas les regarder ; à leur tour, ils ne me témoignerent aucuns égards. Je fentis que je méritois ce traitement.

Le hazard avoit conduit dans cette partie de l'Ifle, le Chef *Ootée*, mon beau frere, & plufieurs Naturels dont j'étois connu avant mon départ pour l'Angleterre. Tout ce monde me fit un accueil affez froid. J'obtins néanmoins d'*Ootée* qu'il me fuivît dans la grande chambre du vaiffeau où étoient mes richeffes. J'ouvre une petite caiffe remplie de plumes rouges, & lui en donne quelques-unes. Cette nouvelle fe répand fur le pont ; tout change de face, alors qu'on me fait opulent. Ce même *Ootée* qui vouloit à peine me parler, me fupplie de permettre que nous foyons *tayos* (1) ; il me demande mon nom, & me conjure d'accepter le fien. Cette révolution fubite ne me coûta que cinq plumes rouges, encore ajouta-t-on un gros cochon à toutes ces politeffes. Ma fœur, ma tendre fœur

_____

(1) Amis particuliers.

parut l'inftant d'après. Elle ignoroit que je fuffe riche , & elle m'accabla des careffes de la nature.

Les plumes rouges étant la folie d'*O-Taïti*, chacun, fur les vaiffeaux , en avoit fait la plus ample provifion qu'il avoit pu , & fe hâta de les négocier. Il étoit utile de prendre les devants , parce que cette marchandife , toute rare & toute précieufe qu'elle eft , ne pouvoit que perdre inceffamment beaucoup de fa valeur , à raifon de l'abondance que nous allions momentanément produire. Ainfi les échanges commencerent dès qu'il fe préfenta des amateurs de plumes rouges , & il s'en préfenta dès qu'on fut que les vaiffeaux en apportoient. Une multitude de pirogues, chargées de fruits & de cochons, fe mirent en marche. C'étoit à qui aborderoit le premier , à qui conclueroit le premier fon échange. Les Naturels n'avoient garde de marchander : ils craignoient trop de manquer leur coup. Autant de plumes rouges qu'on en tireroit du corps d'un roitelet ou d'une méfange , procuroit , à grand marché faire , un cochon du poids de cinquante livres.

Hommes de l'Europe , ne vous étonnez pas de la difproportion apparente de ces échanges ; fongez que l'opinion feule fait l'égalité des chofes précieufes & des chofes utiles. Un cochon , payé *quatre* belles *plumes* à *O-Taïti* , eft vendu plus cher que fi on le payoit deux guinées en Angleterre. La convention qui , chez vous , donne un prix de fantaifie à ce métal jaune appellé *or* , le confere ici à une fubftance animale rouge nommée *plume* : cela revient au même. Et peut-être que s'il falloit prononcer un juge-ment de comparaifon entre ces deux fyf-têmes , nous prouverions aifément que le plus raifonnable eft celui qui a élevé les plumes rouges au plus haut degré du prix conventionnel & de la valeur arbitraire. Quoi qu'il en foit , la nuit du jour où avoient commencé les échanges , étoit à peine venue , que les plumes rouges perdoient déjà cent pour cent. Malgré ce déchet , elles furent conftamment la

chofe la plus recherchée. Mille bagatelles , comme les grains de verre , qui
avoient fait la plus vive fenfation dans les
voyages précédents , étoient méprifées
au point qu'on dédaignoit de les accepter , même en préfent.

Dès qu'on eût jeté l'ancre , M. *Cook*
defcendit à terre avec moi. Il fe propo-
foit de voir un homme qu'on difoit être
le Dieu de *Bolabola.* Nous le trouvâmes
fous un de ces hangars qui couvrent nos
pirogues. Il étoit âgé , & fi tourmenté de
rhumatifmes (1) , qu'on le portoit fur
une civiere. Ces infirmités n'empêchoient
pas que quelques Infulaires ne l'appellaf-
fent *Olla* ou *Orra* , nom que les Naturels
de *Bolabola* donnent effectivement à leur
Divinité. En qualité d'homme , au moins
apparent , il fe nommoit *Etary.* Tandis
que je m'entretenois avec lui , une femme
fe précipita à mes pieds , & les arrofa
des larmes que la joie lui faifoit répan-

_____

(1) Ces infirmités difparurent. Nous le verrons jouer un
grand rôle dans la fuite , & finir malheureufement.

dre. C'étoit la sœur de ma mere : je lui rendis tendresse pour tendresse, & le Dieu fut oublié.

Un autre motif conduisoit à terre le Capitaine. Il avoit envie de vérifier ce que les Naturels qui abordèrent *la Résolution* avant qu'on eût mouillé, lui avoient dit de deux vaisseaux, venus dans la baie *d'Oheitepeha*, à deux reprises différentes, depuis son voyage de 1774. Leur narration portoit que ces vaisseaux avoient été expédiés du port de *Rélema* ; que, pendant leur premiere relâche, les étrangers avoient bâti une maison qui subsistoit encore ; qu'en partant, ils avoient laissé dans l'Isle deux *Téaponées* ou Prêtres, un domestique & un personnage important qu'ils nommoient *Matéema*. Ils ajoûtoient qu'ayant emmené avec eux quatre Insulaires, les étrangers étoient revenus après dix lunes, accompagnés seulement de deux des quatre Voyageurs, les deux autres étant morts à *Rélema*, & qu'après un séjour de courte durée, ils étoient repartis avec tout leur monde, laissant, pour perpétuer le souvenir de leur passage , quelques animaux semblables à ceux que les Anglais apportoient à O-Taïti.

On conjectura que *Rélema* étoit *Lima*, & que les vaisseaux étoient Espagnols. Le doute se changea bientôt en certitude. Nous arrivâmes à la maison bâtie par les étrangers. Elle étoit divisée en deux petites chambres sur lesquelles régnoit un grenier. Les Insulaires, jaloux de la conserver , l'avoient couverte d'un hangar. Ils ne montroient pas moins de vénération pour quelques restes de vieux meubles , laissés dans la maison. A une petite distance on voyoit planté en terre un morceau de bois , coupé horizontalement vers le sommet, par une autre piece de bois, moins longue que l'autre : on y lisoit en latin , *Charles III*, *Empereur* , *1774*. M. *Cook* y écrivit dans la même langue : *George III, Roi, années 1767*, *1769*, *1773*, *1774 & 1777*. Les Anglais avoient en effet visité *O-Taïti* à chacune de ces époques. Auprès de *la Croix* (c'est le nom que j'ai entendu donner aux deux morceaux de bois) étoit le tombeau du Chef des Espagnols, mort pendant la premiere relâche.

Le motif du double voyage des Espagnols à *O-Taïti*, ainsi que de leur départ, est un mystere qui n'a point été pénétré. On sait seulement qu'ils se concilierent l'amour & l'attachement de leurs hôtes, qui affectoient, en toute occasion, de n'en parler qu'avec respect. On sait aussi qu'ils s'appliquerent à décrier les Anglais, & à donner du pays de *Britanne*, l'idée la plus défavorable. Si les O-Taïtiens crurent tout ce qu'ils raconterent de la supériorité de l'Espagne sur l'Angleterre, l'arrivée de M. *Cook* dût les désabuser; car ils avoient dit qu'un vaisseau de leur Nation ayant rencontré celui du Capitaine, l'avoit coulé à fond à coups de canon. Cette partie de leur récit, démentie par mon retour & par la présence du Capitaine lui-même, ne permettoit plus de se fier au reste.

Nous passâmes huit à dix jours dans la baie d'*Oheitepeha*, employés à réparer les vaisseaux,

vaisseaux, à embarquer des provisions, à refaire les bestiaux dans les pâturages de l'Isle, & à prendre des informations sur les anciennes connoissances. *Cook* apprit, avec une peine véritable, que le célèbre *Oberea*, son ami, ne vivoit plus. La nouvelle qu'*Otoo*, Roi suprême d'*O - Taïti*, jouissoit de la meilleure santé, le consola : ils s'aimoient véritablement. Le jeune *Waheiadooa*, Souverain particulier de *Tiarraboo*, quartier de l'Isle où les Anglais se trouvoient alors, caressa beaucoup le Capitaine : il lui donna son nom, & lui offrit la propriété de toute sa province, bien sûr d'être refusé. Durant une de leurs conversations, le plus babillard de nos *Prophetes* vint les étourdir de ses prédictions extravagantes. Il dit à M. *Cook* qu'il seroit mangé par des hommes qui l'auroient honoré comme un Dieu (1). Le Capitaine ne fit que rire de cette sottise. Ces

---

(1) Et cependant cette prédiction a été accomplie à la lettre. C'est une étrange chose ou plutôt un étrange rien que le hazard !

Tome I. R

Prophetes font des fous, dans lefquels le peuple croit que réfide une *Eatooa*. Très-finguliers dans leur efpece, ils perdent l'ufage de la raifon & l'empire d'eux-mêmes, quand le Dieu les agite; il leur eft impoffible de faire autre chofe que ce qu'ils font; ils oublient, méconnoiffent, maltraitent quelquefois leurs amis, leurs proches, tout le monde, & on les laiffe faire par refpect; enfin, fortis de crife, ils ne fe fouviennent pas de ce qu'ils ont fait ou fouffert.

On étoit près de quitter la ftation d'*Oheitepeha*, quand un Officier de *la Réfolution* annonça au Capitaine qu'il avoit vu un temple bâti par les Efpagnols dans l'intérieur du pays. Ce fait étoit affurément peu probable. Si les Efpagnols euffent conftruit une églife, ne l'auroient-ils pas placée auprès de leur maifon, auprès de leur croix & du tombeau de leur Chef *Oréede*? Cependant l'Officier décrivoit fi exactement l'autel & tout ce qui a coutume de fe trouver dans un temple efpagnol, que M. *Cook* retourna à terre. Il fut payé de

fa curiofité, mais non par le fpectacle qu'il
cherchoit. Ce que l'Anglais avoit pris
pour un temple, étoit un *Toopapaoo*, bâtiment quarré, où l'on confervoit, expofé à
la vénération publique, le corps du pré-
décefleur de *Whaeiadooa*. Deux gardiens
veilloient nuit & jour à la garde de ce
précieux dépôt & du lieu faint qui le renfermoit.

Ce point éclairci, on leva l'ancre ; &
à l'aide d'une brife légere de l'Eft, on fe
porta vers la baie de *Matavai*, où l'on
mouilla dans la foirée. Dès le matin, *Otoo*,
averti par un exprès, s'étoit rendu fur la
côte d'*Oparre*, fa réfidence ordinaire. Auffi-
tôt qu'on eût jetté l'ancre, il envoya un
Earée complimenter le Capitaine, qui,
fans aucun retardement, defcendit à terre,
menant avec lui une partie de fes Officiers
& moi. Je me jettai aux pieds du Roi, &
les embraffai refpectueufement. Une groffe
touffe de plumes rouges & un morceau de
drap d'or que je préfentai à Sa Majefté
O-Taïtienne, me valurent fes bonnes graces;
& la magnificence de ce don royal ayant

R 2

attefté que j'étois prodigieufement riche, ce fut à qui me fêteroit & me prodigue- roit les marques de la plus haute confidé- ration. M. *Cook* donna à *Otoo* un habit de belle toile, un chapeau bordé, des outils, des plumes rouges, & un bonnet à la mode de *Tongataboo*.

L'audience terminée à la fatisfaction de tous ceux qui y avoient quelqu'intérêt, le Roi & la Famille royale fe rendirent à bord de *la Réfolution*. Leur pirogue étoit fuivie d'une multitude d'autres, chargées d'une fi grande quantité de vivres, qu'elle eût fuffi à la nourriture des deux équipages pendant huit jours. Le Capitaine, enchanté de la vifite & du préfent, témoigna fa re- connoiffance par de nouvelles libéralités. On dîna tous enfemble & fort agréable- ment. Après le repas, M. *Cook* reconduifit *Otoo*, qui s'en alloit à *Oparre*. Avec lui defcendirent à terre pour y demeurer tou- jours, un paon & fa femelle, un coq-d'Inde & une poule, quatre oies, un mâle & trois femelles, un canard mâle & quatre fe- melles. Une oie mâle laiffée à *Oberea*

par le Capitaine *Wallis*, vivoit encore.
Nous trouvâmes auffi un petit nombre de
chevres & un fuperbe taureau, apportés
par les Efpagnols. Le taureau avoit été
demandé par le Dieu *Etary*, à *Otoo*, qui
ne voulant pas fe faire d'affaire avec lui,
en avoit fait le facrifice ; mais *Etary* n'a-
voit pu imaginer les moyens de le tranfporter à *Bolabola*, & il paroiffoit deftiné
à demeurer toujours dans les pâturages
d'*O-Taïti*. Sur le champ M. *Cook* lui donna
pour époufes les trois vaches qui lui ref-
toient. Il fit quelques additions à nos végétaux, en femant lui-même différentes
graines dans un terrein préparé fous fes
yeux...... Dieu ! quelle découverte !.... une
vigne !.... Les Efpagnols l'avoient apportée de *Lima*, & les Infulaires l'avoient
non-feulement négligée, depuis leur départ,
mais prefqu'entiérement détruite, parce
qu'en ayant goûté le fruit avant qu'il fût
mûr, ils l'avoient jugé déteftable, peu
digne au moins d'être confervé. Je leur dis
que c'étoit un tréfor & que je favois la
méthode de le mettre à profit. On me crut ;
le précieux arbufte fut foigné. On verra

R 3

bientôt ce qu'il devint ; pour moi, je ne me possédois pas de joie d'avoir trouvé, dans nos Isles, l'élément du vin, de cette liqueur délicieuse à laquelle j'étois accoutumé ; & il étoit vrai que déjà je m'enivrois d'espérance.

La nouvelle de l'arrivée de M. *Cook* & des Anglais s'étant répandue, ses anciens amis accouroient de tous les côtés pour jouir du bonheur de le revoir. *Œdidée* les précéda tous. C'est ce jeune O-Taïtien que le Capitaine prit à *Ulietea* en 1773, & qu'il rendit à sa patrie en 1774, après l'avoir promené aux *Isles des Amis*, à la *Nouvelle-Zélande*, à l'*Isle de Pâques* & aux *Marquises*. Sa navigation n'avoit été que de sept mois ; il n'avoit rien vu, rien rapporté : sa présence n'excita point en moi de jalousie, & le sentiment de ma supériorité me fit me réjouir de la considération que son voyage lui avoit attirée. Le Capitaine lui donna un habit complet de la part des Lords de l'Amirauté : il le porta quelques jours par honnêteté ; mais l'habitude & la force irrésistible de l'éduca-

tion l'en dépouillerent, pour le revêtir de
ses habillements ordinaires. J'y reviendrai
peut-être moi-même, quoiqu'assurément
les mœurs anglaises aient changé plus que
la superficie d'*Omaï*.

Les étrangers s'occupoient de tout ce
qui pouvoit rendre utile leur relâche dans
la baie de *Matavai*, lorsqu'un homme,
accouru d'*Oheitepeha*, répandit l'allarme
sur les vaisseaux. Il annonçoit que deux
navires espagnols mouilloient depuis vingt-
quatre heures dans leur havre, & que *Matéema*, qui les commandoit en personne,
se disposoit à venir chercher les Anglais
à *Matavai*. Pour confirmer sa narration,
qu'il chargeoit de détails assez plausibles,
il montroit un morceau de drap tout neuf,
qu'il disoit avoir reçu des Espagnols.

Le Capitaine, parti d'Angleterre depuis
plus d'un an, ne savoit si des Espagnols
lui apporteroient la paix ou la guerre; dans
cette incertitude, il se prépara pour la dé-
fense; mais il n'y eut point de combat.
Le Lieutenant *Williamson*, envoyé dans

un canot pour examiner ce qui se passoit à *Oheitepeha*, détruisit, par son rapport, le bruit semé avec tant d'affectation. Les Espagnols n'avoient point paru, & le menteur se sauva : il fit bien, j'aurois été d'avis qu'on lui raccourcît les oreilles. On s'épuisa en conjectures sur l'origine de ce faux bruit. Il naquit probablement de la jalousie de ceux de *Tiarraboo*, qui, voyant avec peine ceux d'*O-Taïti-Noë* s'enrichir par le commerce des étrangers, imaginerent que les Anglais auroient peur des Espagnols, leveroient l'ancre & s'enfuieroient.

L'émotion causée par la fausse nouvelle de l'arrivée des Espagnols duroit encore, lorsqu'un incident, auquel on ne devoit pas s'attendre, la réveilla très-vivement. Un soir, tous les Naturels quitterent avec précipitation les vaisseaux & le poste occupé à terre par les Anglais. On se retira à la hâte dans l'intérieur du pays. *Otoo* & toute sa Cour suivirent les fuyards. La désertion fut générale. Le Capitaine ne sachant à quoi attribuer cette frayeur sou-

daine qu'il lui importoit de diffiper , me
députa vers le Roi. J'appris d'où venoit
le mal. Un Infulaire avoit dérobé quatre
haches ; le bruit de ce vol s'étoit répandu
fourdement ; M. *Cook* avoit déclaré qu'il
puniroit rigoureufement les tours de cette
efpece : on évitoit donc la vengeance du
délit commis. Je déclarai, au nom du Capitaine , que, pour cette fois, il ne fe ven-
geroit pas , & la confiance fut entiérement
rétablie.

Qui croiroit que ces O-Taïtiens fi ti-
mides fe préparoient, dans ce temps-là
même , à une guerre fanglante ? En voici
le fujet. Il y avoit quelques années qu'un
Chef de *Tiarraboo* en étoit parti pour aller
prendre poffeffion du *Maro royal d'Eimeo*
qui lui appartenoit à titre d'hérédité. Son
regne n'avoit duré qu'une lune. Un Chef
ambitieux l'avoit fait périr , & s'étoit
emparé du gouvernement. *O-Taïti* arma
pour dépouiller & punir l'ufurpateur. La
bonne caufe ne triompha pas toujours.
Maheine (c'eft le nom du tyran) avoit des
talents & du courage ; fouvent il avoit

battu les fideles sujets d'*Otoo*. Récemment
encore il avoit remporté une grande victoire ; il s'agissoit de tirer vengeance de
ce nouveau délit. On assemble le Conseil
général de la Nation ; & après de longues
& tumultueuses altercations, la guerre
est résolue, ou plutôt on décide un nouvel effort ; car, à proprement parler, la
guerre, depuis long-temps, n'avoit point
souffert d'interruption.

Le Capitaine *Cook*, bien qu'étranger,
avoit été admis à la diete suprême d'*O-
Taïti*. Il commandoit deux vaisseaux qui
valoient seuls tout une flotte de pirogues.
La victoire étoit assurée, pourvu qu'il se
déclarât contre les ennemis de ses amis.
On lui en fit la proposition à différentes
reprises, mais il refusa constamment de
tremper ses mains dans le sang d'un peuple qui ne l'avoit point offensé ; & se portant pour médiateur entre les Puissances
belligérentes, il conseilla la paix. Les es-
prits étoient trop animés pour qu'on l'é-
coutât ; au sortir du Conseil, les ordres
furent expédiés pour les préparatifs, avec

injonction d'y mettre toute la célérité possible.

Fruſtrés de l'eſpoir d'attirer les Anglais dans leur parti, les O-Taïtiens recoururent à leurs Dieux. *Towha*, parent d'*Otoo*, Chef du diſtrict de *Tettaha*, Généraliſſime contre *Maheine*, envoya dire au Roi qu'on avoit aſſommé un homme par ſes ordres, & qu'on l'offriroit à l'*Eatooa*, dans le grand *Morai* d'*Attahooroo*. Le Monarque partit auſſi-tôt pour le lieu indiqué. Avides de s'inſtruire, & curieux d'obſerver eux-mêmes cette cruelle cérémonie, que je ne leur avois peinte qu'imparfaitement, M. *Cook* & deux autres Anglais, MM. *Webber* & *Anderſon*, obtinrent la permiſſion de l'accompagner. Je l'accompagnai de droit, & comme Naturel, & comme Interprete néceſſaire, puiſque j'étois le ſeul homme dans l'Univers qui entendît parfaitement les deux langues.

En arrivant au *Morai*, on recommanda

au Capitaine & aux gens de fa fuite, de
fe découvrir la tête. *Otoo* fe plaça à vingt
ou trente pas des *Téaponées*. Les Anglais
& quelques-uns des habitants les plus qualifiés eurent le privilege de fe mettre à
côté de lui : la multitude fe tint au loin.
Une petite pirogue, tirée à moitié fur le
rivage, receloit la victime, ou plutôt le
cadavre. Deux Prêtres & leurs Acolythes
étoient affis auprès d'elle. Un autre Prêtre,
debout dans le *Morai*, le vifage tourné
vers la mer, fit une longue priere, durant
laquelle il envoyoit par intervalles des
tiges de bananier, qu'on étendoit fur le
corps du malheureux immolé ; c'étoit en
figne de paix & pour fe réconcilier avec
lui. La priere finie, il defcendit à la greve,
fuivi de tout le college des Prêtres & des
Miniftres inférieurs. On ôta, une à une, les
branches de bananier & les feuilles qui
enveloppoient le cadavre ; on l'ôta lui-
même de la pirogue, & on le coucha fur
le rivage. A cette époque un des Prêtres entonna une très-longue priere, au
milieu de laquelle on arracha quelques
cheveux & l'œil gauche de la victime

qu'on porta au Roi dans une feuille
verte. *Otoo* n'y toucha pas, mais il donna
une touffe de plumes rouges à celui qui
avoit été chargé de cet envoi myftérieux.
Le corps ayant été rapproché du *Morai*,
le grand *Téaponée* ou *Hiérarque*, avant de
l'y introduire, lui adreffa un difcours pa-
thétique, & qui fut admiré de nos con-
noiffeurs. Il débuta par lui prouver qu'on
avoit eu le droit de le priver de la vie;
que, s'il étoit raifonnable, il ne s'en fâche-
roit pas; qu'on lui avoit procuré tout-à-
la-fois un honneur incomparable & un
avantage, réel en le délivrant des miferes
humaines...... Enfuite il le *fupplia* d'employer tout le crédit dont il jouiffoit auprès de l'*Eatooa*, en fa qualité d'*homme
facrifié*, afin d'obtenir pour fon peuple &
fon Roi, l'heureux fuccès d'une guerre
à laquelle il devoit la faveur d'avoir été
taboo...... » Que l'ufurpateur *Maheine*, fes
» cochons & fes femmes, que l'ifle d'*Eimeo*
» toute entiere foient livrés aux guerriers
» d'*O-Taïti*...... « Telle fut littéralement
la conclufion de la harangue : je l'obferve,
dans la crainte qu'on ne m'attribue l'ar-

rangement des *cochons* & des *femmes* (1).
Enfin le cadavre fut porté dans le *Morai*.
On creufa une foffe de deux pieds de profondeur, & on y dépofa la victime, que
l'on recouvrit de terre.

Le facrifice n'étoit pas achevé. Pendant
le dernier acte de cette fanglante tragédie,
on avoit allumé un grand feu. On amena
un chien, auquel on tordit le cou; on lui
brûla le poil en le faifant paffer dans les
flammes; on l'éventra, & l'on en re-
cueillit le fang : on jetta les entrailles au
milieu du feu; mais le cœur, le foie &
quelques autres parties principales furent
grillées à part, fur des pierres ardentes.
On barbouilla de fang le corps du chien,
& on le mit, ainfi que les parties grillées,
auprès de la tombe de l'*homme dévoué*,
où les Prêtres affis continuoient leurs
prieres. Alors deux Muficiens frapperent

---

(1) M. *Cook*, dans fa *Relation*, les arrange de même.
Ainfi *Omaï* peut refter tranquille; on ne le foupçonnera
point d'une mauvaife plaifanterie.

à coups redoublés fur des tambours, &
un jeune enfant pouffa par trois fois des
cris perçants : c'étoit pour inviter l'*Eatooa*
à fe bien régaler avec le mets qu'on lui
avoit préparé ; & pour qu'elle pût manger
plus à fon aife, on dépofa le chien & fes
appendices fur un *Whatta.* Le *Whatta*
eft un échaffaud de la hauteur de fix pieds,
que nous regardons comme la table de
l'*Eatooa.* On y fert toutes les viandes qui
lui font deftinées, & elles y reftent jufqu'à ce que l'action de l'air & de la pu-
tréfaction les ait entiérement confumées.
Les crédules apperçoivent dans cette con-
fomption graduelle, un témoignage fenfible
du bon appétit de leur Divinité.

La cérémonie fe termina par une acclamation générale des Prêtres & de leurs
affiftants. Elle devoit recommencer le lendemain, &, pour n'en rien perdre, les
Voyageurs fe déterminerent à paffer là
nuit dans la maifon de *Poutatou*, Infulaire de leur connoiffance. La feconde
journée de cette fcene religieufe ne différa
prefque pas de la premiere. Il n'y eut

point de victime humaine, & au lieu d'un chien, on immola un cochon : du reste, le rit de l'immolation fut exactement le même, & l'on exposa l'animal sur le *Whatta*, comme étant la nourriture du Dieu.

J'ajouterai ici quelques remarques détachées qui auroient interrompu le fil de la narration, & qui dévoileront de plus en plus la nature de cette horrible superstition, son étendue & ses suites.

A côté du Prêtre officiant, il y eut toujours un homme tenant, dans chaque main, un paquet d'étoffes. Un de ces paquets renfermoit le *Maro royal.* C'est une ceinture très-longue, large de quinze pouces, d'une forme agréable, & ornée de plumes rouges & autres, distribuées avec goût. Le Monarque la porte autour des reins, comme nous portons le *Maro* ordinaire. C'est le signe de sa puissance & de sa royauté ; nous disons *le Maro de telle Isle*, comme l'on dit en Angleterre *le Sceptre* ou *la Couronne des trois Royaumes*. A un certain point de la cérémonie, on ouvrit le paquet

&

& l'on étendit le *Maro* devant le Roi.

L'autre paquet avoit la forme d'un pain-de-fucre. On l'ouvrit auffi, mais on ne permit pas aux Etrangers de regarder ce qu'il contenoit ; leur curiofité profane l'auroit fouillé. On fe contenta de leur dire qu'*Ooro* (c'eft le Dieu d'*O-Taïti*) étoit dedans. MM. *Webber* & *Anderfon* imaginerent que nous croyions que l'*Eatooa* étoit réellement enfermée dans le paquet : M. *Cook* nous rendit plus de juftice en penfant que nous ne parlions que de l'image fymbolique du Dieu. C'eft en effet ce que nous entendons par l'*Ooro* du paquet ; & cette image eft une collection de particules, détachées de toutes les fubftances végétales & animales qui fe trouvent à *O-Taïti* & dans la mer qui baigne fes côtes. En rapprochant les éléments de toutes les chofes, nous repréfentons celui qui les a faites & qui les conferve.

Les Anglais furent fcandalifés de ne pas voir, parmi les O-Taïtiens, le refpect, l'attention, cette frayeur dévotieufe & fombre que devroit naturellement infpirer une religion fi terrible. Pendant les oraifons des vénérables *Téaponées*, on babilloit par pelotons, & l'entretien n'avoit aucun rapport à la cérémonie. Les Prêtres eux-mêmes, quand ils n'étoient pas occupés, fe mêloient à ces converfations indécentes. Perfuadés que notre Dieu ne s'en offenfe pas, nous fommes plus excufables que d'autres peuples qui nous imitent, tout en croyant qu'ils infultent leur Dieu.

Le Hiérarque d'*O-Taïti*, interrogé par M. *Cook* touchant le but de la cérémonie à laquelle nous venions d'affifter, répondit que c'étoit une vieille coutume, très-agréable au grand *Ooro*, qui aime les victimes humaines & s'en nourrit. » Au » moyen d'un pareil facrifice, ajouta-t-il, » nous obtenons tout ce que nous avons » demandé. « Il mentoit; mais n'importe: écoutons la réplique du Capitaine. — » Votre Dieu ne peut pas manger les vic- » times; il n'a pas de corps: on ne le voit » pas. D'ailleurs les cadavres expofés fur » les *Whattas* demeurent long-temps en-

» tiers ; quant aux autres , en les enter-
» rant, vous empêchez *Oo o* de s'en nour-
» rir. « Le Hiérarque répondit : » Quand
» les ténebres, descendues du Ciel, cou-
» vrent la terre, notre Dieu arrive, & se
» nourrit de l'*ame*, c'est-à-dire, de la
» partie immatérielle, obligée de voltiger
» autour du *Morai*, jusqu'à ce que la pu-
» tréfaction ait entiérement détruit la par-
» tie matérielle ou le corps. « Cette réponse
étoit conforme à nos principes.

Après que les cadavres ont demeuré trois
mois en terre, on en ôte la tête, qu'on
place sur un monceau de pierres dans un
coin du *Whatta*. M. *Cook* compta qua-
rante-neuf crânes d'hommes qui n'avoient
presque point souffert d'altération. Qu'on
juge par là de combien de malheureux le
sang est versé par une religion fanatique,
dont la cruauté contraste trop sensible-
ment avec la douceur & la bonté de notre caractere. Tous les Habitants de la
vaste mer du Sud, à quelques exceptions
près, sont humains & sensibles : & tous,
on a lieu de le conjecturer, tous sont dé-

voués au culte horrible qui tue les hommes pour honorer les Dieux.

La cérémonie religieuse que j'ai décrite, se nomme *Poore-erée*, ou *Priere du Chef.* Auffi *Otoo* y joua-t-il le rôle principal : chaque action un peu remarquable se rapportoit à lui. On se souvient qu'on lui apporta des cheveux & l'œil gauche de la victime ; cette partie du cadavre se nomme *régal du Chef* : & le Roi, quand on la lui préfenta, ouvrit la bouche comme s'il eût voulu prendre & avaler quelque chofe. Cette démonftration extérieure s'appelle *manger l'homme*. C'eft un refte & comme le mémorial de l'ancien ufage où l'on étoit à *O-Taïti* de fe nourrir, au moins de fe régaler de chair humaine. Puiffe, comme lui, paffer & être un jour abhorrée la religion qui en conferve le fouvenir !

L'homme facrifié porte le nom de *Taata-Taboo*. On choifit ordinairement quelque mauvais fujet, un criminel, un vagabond, & toujours dans les dernieres claffes de la société. Le Chef le désigne, & quand il est temps de porter le coup, les *Téaponées* se jettent sur lui & l'assomment. Il n'apprend qu'il a été *dévoué* qu'en recevant la mort, par conséquent jamais assez tôt pour l'éviter.

La superstitieuse crédulité des O-Taïtiens se manifesta plusieurs fois pendant la durée du sacrifice. On les vit chercher, dans les entrailles du chien & du cochon, la connoissance anticipée des événements futurs : & chaque mouvement convulsif de ces bêtes encore palpitantes étoit interprété par les spectateurs, conformément à leurs désirs & à leurs opinions. Tel y appercevoit la ruine d'*Eimeo*, tandis qu'un autre y contemploit son triomphe. Lorsqu'on offrit à *Otoo* le *régal du Chef*, un oiseau voltigea dans les branches d'un arbre, au-dessus de la tête du Monarque; le Roi s'écria que c'étoit l'*Eatooa*, & parut enchanté du présage. L'*Eatooa* est invisible dans sa forme propre; mais elle se communique souvent à nous sous des formes empruntées.

S 3

De ce fameux facrifice, qu'occafionna la guerre d'*Eimeo*, les Anglais conclurent que les O-Taïtiens n'ont point d'autres Temples que leurs *Morais* ou cimetieres ; il valoit mieux conclure qu'ils n'ont point d'autres cimetieres que leurs Temples. Le nom de *Morai* eft donné chez nous à des chofes qui, nullement propres à la fépulture des hommes, fervent au culte de la Divinité. Devant le lieu où fe paffa le facrifice, il y eut toute la matinée quatre doubles pirogues fur la greve. Chacune de ces embarcations portoit une petite plate-forme, couverte de feuilles de palmier, liées enfemble par des nœuds myftérieux, Nous appellons ces plates-formes des *Morais de mer*. On y expofe des cocos, des bananes, du fruit-à-pain, du poiffon, &c. Les quatre pirogues devoient accompagner la flotte deftinée contre *Eimeo*.

Quand on crut que l'*Eatooa* étoit fuffifamment honorée, les Naturels & les Etrangers quitterent *Attahooroo*, & l'on reprit la route de *Matavai*. Chemin faifant, M. *Cook* alla voir *Towha*, qui de-

voit commander l'expédition contre *Maheine*. Le Général O-Taïtien pressa de nouveau le Capitaine de joindre ses forces à celles de la Nation. Cette tentative ne réussit pas mieux que les précédentes. Le projet d'une ligue offensive fut absolument rejetté. On n'étoit pas venu de si loin, disoit-on, pour répandre le sang des hommes. M. *Cook* ne fit pas sa cour avec cette obstination, mais il se proposoit, avant tout, d'être juste ; & les O-Taïtiens avoient assez d'intelligence & de principes pour lui en vouloir & l'estimer. Afin de changer la conversation, *Towha* demanda au Voyageur ce qu'il pensoit de l'auguste cérémonie à laquelle on lui avoit permis d'assister ; s'il en étoit content ; si elle avoit répondu à son attente ; quelle idée il se formoit de son efficacité ; &, enfin, s'il se passoit quelque chose de pareil dans son pays.....
M. *Cook* ne manqua pas cette occasion de plaider la cause de l'humanité. Il peignit, en traits de feu, toute l'horreur dont il avoit été pénétré à la vue de l'abominable sacrifice qui avoit coûté la vie à un homme ; il assura que ce culte sanguinaire étoit

S 4

plus propre à attirer les vengeances que la faveur de l'*Eatooa*, & qu'à coup sûr, *Maheine* réuffiroit contre des ennemis qui mettoient leur confiance dans le mérite d'une action également inique & cruelle. Je fervois d'interprete au Capitaine, & je n'eus pas la lâcheté d'affoiblir l'énergie des termes anglais ; je me montai, pour le courage, au ton de celui dont je rendois les penfées ; j'ofai même dire de mon chef au Général » que s'il avoit tué un homme » en Angleterre, comme il venoit d'en » tuer un à *O-Taïti*, la dignité de fon » rang & toute fa puiffance ne l'euffent » pas fauvé de la corde. « A ce mot, dont la rudeffe n'étoit peut-être pas trop excufable, la colere de *Towha* ne connut plus de bornes ; il me traita de *miférable*, & rompit la conférence. Si le Grand fut choqué de la hardieffe de mon difcours, le Peuple, au contraire, en parut très-fatisfait. Quiconque pouvoit devenir *Taboo*, me regarda dès-lors comme fon protecteur, & ne défefpéra pas de voir une révolution. Je parle d'une révolution qui ne détruiroit pas le pouvoir des Grands, mais qui le régleroit ; qui n'empêcheroit pas les Petits d'être fubordonnés , mais qui les déroberoit à l'affommoir du fanatifme & de l'autorité.

Otoo, fans fe foucier beaucoup de la colere de *Towha* & de l'explication qui en étoit caufe , reprit tranquillement le chemin d'*Oparre*, avec le Capitaine & le refte de la compagnie qui l'avoit fuivi à *Atta-hooroo*. On arriva tard. Le Roi engagea tous les Etrangers à paffer la nuit dans fa maifon , & , pour les amufer , il leur donna une de ces repréfentations folemnelles que nous appellons *Heeva - raa*. C'eft une comédie en grand ftyle. Les fœurs du Monarque y jouerent les rôles principaux. Elles euffent été applaudies fur les théâtres de Londres. Le lendemain *Cook* retourna à *Matavai*. Ce ne furent pendant huit jours que vifites, feftins, divertiffements de toute efpece. Je donnai un magnifique repas , & j'eus le Roi pour convive. *Œdidée* m'imita. Le foir du jour que je traitai ma noble compagnie , le Capitaine fit tirer un feu d'artifice , en pré-

fence d'une multitude infinie de Naturels.
Ce fpectacle raviffant caufa un effroi terrible à la plupart ; & l'affemblée entiere fe
difperfa, quand une table de fufées vo-
lantes partirent tout-à-la-fois. Les plus
braves prirent la fuite.

Les plaifirs ne faifoient pas oublier les
chofes utiles. On continuoit les échanges ;
les vaiffeaux fe rempliffoient de vivres, &
O-Taïti de précieufes bagatelles. Le pere
d'Otoo, vieillard refpectable, fe diftingua
par la richeffe du préfent qu'il offrit à M.
Cook. Deux jeunes filles, ayant au-def-
fous des aiffelles une forte de panier qui
les entouroit, furent chargées d'une grande
quantité de pieces d'étoffes très-variées &
très-élégantes, arrangées fur le panier de
maniere qu'elles retomboient à terre en
forme de jupon. Cette parure étoit acca-
blante, mais pittorefque & charmante à
voir. Les deux Atées (c'eft le nom des
femmes ainfi ajuftées) pafferent dans une
pirogue, &, avec elles, tout ce que l'embarcation put contenir de cochons & de fruits.
La nacelle s'avança au bruit de nos inftru-

ments. Quand elle fut affez près de *la Réfolution*, une des *Atées* harangua le Capitaine, le priant d'accepter le don du vieux
Prince. Il n'avoit garde de le refufer; mais
il rendit, finon l'équivalent, du moins ce
qui étoit beaucoup plus eftimé.

M. *Cook* fe fouvint d'un Chef, nommé
Tée, avec lequel il avoit eu des liaifons
dans fon précédent voyage. Cet *Earée* étoit
mort. Ayant fu que fon corps étoit confervé dans un *Toopapaoo*, le Capitaine
eut la curiofité de le voir. Il le reconnut
parfaitement bien. Le cadavre, entier
dans toutes fes parties, n'exhalant aucune odeur défagréable, avoit la foupleffe
d'un corps vivant, & laiffoit à peine appercevoir quelques traces d'altération dans
les yeux & dans les mufcles. Il y avoit
pourtant quatre mois que *Tée* étoit mort.
La chaleur du climat & la fimplicité de
nos procédés rendent ces fortes de con-
fervations vraiment admirables. On tire
par l'anus les inteftins & les autres vifce-
res; on remplit d'étoffes la capacité du
ventre & de l'eftomac; on lave le corps

avec de l'eau de mer, & on l'essuie jusqu'à ce qu'il ne reste plus d'humidité sur la peau ; alors on le frotte avec le suc d'une plante aromatique qui croît dans nos montagnes, & avec l'huile de nos cocos : nous ne faisons pas autre chose.

Otoo fut enlevé aux plaisirs qu'il goûtoit avec ses hôtes pour aller à *Attahooroo* figurer encore une fois dans un sacrifice humain. Les Chefs de *Tiarraboo* avoient ordonné ce meurtre religieux, & la présence du Roi étoit nécessaire pour consommer cet acte suprême & terrible du culte o-taïtien. M. *Cook* & ses Anglais plaignirent le bon *Otoo* de la douloureuse obligation que son rang lui imposoit : il est croyable qu'elle ne lui déplaisoit pas ; car outre que la superstition adoucissoit, en quelque sorte, ce qu'elle avoit de révoltant pour l'humanité, jamais *Otoo* ne paroissoit autant Roi que dans cette triste cérémonie ; motif puissant sur l'esprit d'un Souverain, jaloux de son autorité & de tout ce qui peut la manifester ou l'affermir.

A·son retour du *Morai*, le Roi donna audience à *Etary*, ce prétendu Dieu de *Bolabola*. Il venoit désapprouver la guerre d'*Eimeo*, & menacer les Guerriers d'*O-Taïti* de la colere du grand *Opoony*, si l'on ne suspendoit pas le projet formé contre *Maheine*, son parent & son ami. Plusieurs Chefs appuyerent ouvertement de leurs suffrages cette insolente déclaration ; *Otoo*, naturellement pacifique, balançoit, lorsqu'une nouvelle inattendue força ·de suivre le plan précédemment arrêté. *Towha*, craignant peut-être les irrésolutions du Monarque, la prépondérance des conseils d'*Etary*, plus que tout cela, l'inconstance & la légéreté de sa Nation, s'étoit hâté de commencer la guerre & de si bien engager l'affaire, qu'il n'y eût plus moyen de reculer. En conséquence il avoit rassemblé des troupes & des pirogues, & sans rien dire à personne, pas même à *Otoo*, il s'étoit transporté à *Eimeo*. Il annonçoit une descente, des escarmouches, un commencement de succès, & finissoit par demander que toutes les forces du Royaume vinssent incessamment à son secours, afin d'exterminer le Tyran & fes complices. On affembla donc la grande flotte dans la baie de *Mutavai*. M. *Cook*, défirant s'inftruire de la maniere de combattre des Ifles *de la Société*, pria *Otoo* de lui donner le fpectacle d'une action fimulée. Deux pirogues fortirent de la baie ; le Roi & MM. *Cook* & *King* monterent fur la premiere, & j'eus l'honneur de commander l'autre. Au fignal convenu, les deux embarcations fe mettent en mouvement. On s'approche, on s'évite, on fe pourfuit, enfin on s'aborde de l'avant ; l'action s'engage, les Guerriers ont l'air de ne fe point épargner ; bientôt ceux de la pirogue d'*Otoo* paroiffent fe laiffer tuer les uns après les autres ; le Roi défefpéré fe précipite dans les flots & fe fauve à la nage ; les pagayeurs l'imitent....... Maître de la pirogue ennemie, je me promene le long du rivage, expofé fur ma plate-forme, à la vue de tout le peuple, & falué par fes acclamations.

Quoique les combats fimulés ne repréfentent qu'imparfaitement les combats véritables, cet échantillon de notre tactique navale fit grand plaifir au Capitaine. C'eft toujours fur mer que fe livrent nos batailles décifives ; mais pour peu qu'on y réfléchiffe, on verra que ce font, pour ainfi dire, des combats de terre livrés fur mer. En effet, on n'en veut point aux embarcations, on ne cherche point à les couler à fond, à les prendre, à en tuer les rameurs ; les Guerriers feuls s'entr'attaquent, comme ils feroient en rafe campagne. Les pirogues font pour eux des chevaux ou des chars. Quelquefois on commence par amarrer enfemble les deux pirogues, & l'on combat jufqu'à ce que tous les Guerriers de l'une des embarcations foient tués. On a peine à fe perfuader que les délicats & voluptueux O-Taïtiens foient capables d'une action fi meurtriere & fi réfléchie. Pourtant le fait eft vrai. Après tout, quel eft l'homme qui n'aime pas mieux mourir les armes à la main que de fe rendre, quand il fait que le vainqueur l'égorgera de fang froid, ou qu'il le facrifiera à la Divinité, des mains de laquelle il s'imagine avoir reçu la vietoire. Or, tel eft prefque toujours le fort de nos prifonniers de guerre. Sans l'éternelle providence de l'*Eatooa*, je l'aurôis fubi. En général rien de plus cruel qu'un Infulaire de nos mers quand il a vaincu. Il court au pays ennemi, y defcend, le ravage, tue tout ce qui lui tombe fous la main, fans diftinction d'âge ou de fexe. Quand cette premiere fureur eft calmée, on parle de paix. Le parti victorieux en dicte les conditions. Quelque dures qu'elles foient, le parti qui a fuccombé les accepte toujours, réfolu de ne les tenir qu'autant de temps qu'il ne pourra les enfreindre fans un nouveau danger. C'eft affez le fort de tous les traités entre Nations.

La grande flotte d'O-Taïti étoit au moment de partir, quand un envoyé de *Towha* rompit les mefures prifes, & rendit l'armement inutile. Il annonça que le Général avoit conclu une treve avec l'Ufurpateur *d'Eimeo*. Cette nouvelle excita de vives conteftations entre les partifans du Roi & ceux de *Towha*. L'arrivée de ce Chef augmenta la méfintelligence. Il prétendit

tendit que fi l'on n'avoit pas retardé le
fecours qu'il avoit demandé & qu'on lui
devoit, il n'auroit pas été forcé à la démarche humiliante qu'il venoit de faire.
Otoo lui répondit avec vérité qu'il étoit
feul en faute, qu'il s'étoit trop preffé de
fe mettre en campagne, qu'en différant de
quelques jours, toutes les forces *d'O-Taïti* raffemblées l'auroient fuivi fur les terres
du Tyran...., qu'en tout points, fa conduite étoit répréhenfible. *Towha* jouant
l'indignation, parce qu'il étoit coupable,
menaça de fe venger de l'affront qu'on lui
avoit procuré; il ofa dire qu'il s'allieroit
avec les Chefs de *Tiarraboo*, ennemis fecrets *d'Otoo*, & qu'il le détrôneroit. Témoin de ce difcours féditieux, M. *Cook*
éleva la voix pour fon ami : il menaça, à fon
tour, de toute fa puiffance & de toute fa
colere, quiconque manqueroit de refpect
au légitime Souverain. À ces mots tout
rentra dans l'ordre ; *Towha* reffentit plus
de crainte qu'il n'en avoit infpiré. *Otoo*
pardonna. Bientôt les Députés *d'Eimeo*
parurent. On alla au *morai* d'*Attahooroo*,
&, dans ce lieu faint, les Dieux furent ré-

merciés & le traité confirmé. *Otoo* s'y montra dans toute la pompe de son rang. Il tenoit à sa main un bonnet ou chapeau de plumes rouges ; le *Maro* royal couvroit ses reins ; tous les Chefs, sans en excepter le superbe *Towha*, s'inclinerent devant lui, & déposerent à ses pieds une tige de bananier. Cet acte de religion ne fit point couler de sang. On n'offrit à l'*Eatooa* que les expressions d'un cœur reconnoissant & soumis.

M. *Cook* ne put assister à la cérémonie ; une sciatique dont il étoit cruellement tourmenté le retint à bord de *la Résolution*. Au fort de ses souffrances, il vit arriver la mere d'*Otoo*, ses trois sœurs & huit autres femmes : elles lui déclarerent qu'elles apportoient le remede à son mal, & en effet elles le guérirent radicalement. L'histoire de cette cure merveilleuse, intéressant les hommes de toutes les contrées de l'univers, je la raconterai dans les termes mêmes du Capitaine, qu'on croira plus volontiers qu'*Omaï*. ,, Les douze femmes ,, se rangerent autour de moi, dit-il dans

» ſes *Memoires*, & elles ſe mirent à me
» preſſer avec les deux mains, de la tête
» aux pieds, & ſur-tout dans les parties
» où je ſouffrois. Elles me pêtrirent juſ-
» qu'à faire craquer mes os, & à me fati-
» guer comme ſi l'on m'avoit roué de
» coups. Lorſque j'eus ſubi un quart-
» d'heure cette eſpece de diſcipline, je fus
» bien aiſé de m'y ſouſtraire. L'opération
» néanmoins me ſoulagea ſur le champ,
» & je me décidai à permettre qu'on la re-
» commençât avant de me coucher : elle
» eut tant de ſuccès la ſeconde fois, que
» je paſſai une très-bonne nuit. Mes douze
» femmes me traiterent de nouveau le
» lendemain matin, avant de retourner à
» terre. Elles revinrent le ſoir, & je con-
» ſentis volontiers à me laiſſet pêtrir : je
» n'éprouvois plus aucune douleur ; & ma
» guériſon étant bien achevée, elles me
» quitterent. « Nous donnons à ce traitement le nom de *Romée*, & nous l'em-
ployons avec ſuccès dans preſque toutes
nos maladies. Les Européens devroient en
eſſayer ; il n'eſt ni dangereux, ni coû-
teux.

Les vaiſſeaux anglais avoient été réparés avec le plus grand ſoin, les futailles
remplies d'une eau excellente, la maſſe
des vivres augmentée de toutes ſortes de
proviſions ; les voyageurs n'étoient plus
retenus à *O-Taïti*, que par la douce habitude d'y être. M. *Cook* prévint *Otoo* qu'au
premier vent favorable, on partiroit. Le
Roi avoit fait conſtruire, pour ce moment,
une double pirogue, élégamment ſculptée :
il la donna au Capitaine, le priant de
l'offrir, de ſa part, au Souverain de la
Grande-Bretagne. » Voulant envoyer quel-
» que choſe à un ſi grand Monarque, dit-
» il, je n'ai rien imaginé de mieux. « Il
n'eut que le mérité de la bonne volonté;
car la pirogue, trop longue pour être embarquée, lui demeura.

Quatre jours après, le vent paſſa à l'Eſt:
c'étoit celui qu'on attendoit. On hiſſe les
voiles, on leve l'ancre, & l'on part. L'Iſle
fut ſaluée de ſept coups de canon à boulet;
Otoo l'avoit déſiré. Ce bon Roi fit au
Capitaine *Cook* les adieux les plus tendres:
il exprima ſa douleur d'une manière noble,

naturelle & vraie. Les fentiments qu'il
prodiguoit à l'amitié , ne l'empêcherent
pas de fonger à fes intérêts ; fes dernieres
paroles furent pour recommander que l'on
priât avec inftance l'*Earée-rahie no Britanne* (le Roi d'Angleterre) d'envoyer
par les premiers vaiffeaux , des plumes
rouges & les oifeaux qui les fourniffent ,
des haches , une demi-douzaine de fufils,
de la poudre & du plomb ; & de ne pas
oublier des chevaux. Il avoit été enchanté
d'une courfe des deux Capitaines , montés
fur ces animaux.

Nous mîmes le Cap fur l'extrêmité fep-
tentrionale d'*Eimeo* , où M. Cook avoit
réfolu de toucher. Je le précédai dans ma
pirogue (un Chef m'en avoit fait préfent
à *O-Taïti*) & j'indiquai la rade. On mouilla dans le havre de *Taloo.* Ce havre eft
du diftrict de *Poonohoo*, fitué au Nord de
l'Ifle. Il fe prolonge , entre les collines ,
l'efpace d'environ deux milles. Le Capitaine m'a dit que dans la vafte étendue de
la mer Pacifique il n'a pas rencontré de
rade plus fûre ni de meilleure tenue.

T 3

L'entrée & la sortie en sont également faciles par les vents alifés qui regnent dans ces parages. Ce havre reçoit différents ruisseaux dont un est si considérable, que les canots y remontent deux ou trois cents pas; ses bords sont couverts d'une espece de bois, excellent pour le chauffage, & dont les Naturels ne font aucun cas. Non loin de *Taloo*, & sur la même côte, on trouve le havre de *Parowroah*, beaucoup plus étendu, mais sujet à divers inconvénients. La partie méridionale de l'Isle a aussi plusieurs bons mouillages.

Les Insulaires d'*Eimeo* accoururent en foule sur les vaisseaux, conduits d'abord par la curiosité, & bientôt après par des vues d'échange & de commerce. *Maheine*, cet heureux usurpateur qui venoit de faire sa paix avec *O-Taïti*, ne crut pas pouvoir se dispenser de prévenir le Capitaine *Cook*. Il se présenta, mais avec précaution, la prudence voulant qu'il ne se livrât pas témérairement entre les mains d'un ami d'*Otoo* & de toute la Tribu O-Taïtienne. Ses craintes s'évanouirent par degrés, &

il ne mit plus de bornes à sa confiance.
Maheine étoit un homme de quarante à
cinquante ans. Son ambition lui avoit infpiré le deffein de s'emparer du gouvernement d'*Eimeo* ; les crimes ne lui coûterent
rien pour réuffir : il se maintint à force de
courage & de bonheur. Quand il parut à
bord de *la Réfolution* , une efpece de tur-
ban couvroit sa tête ; soit qu'il eût imaginé cette diftinction pour rehauffer l'éclat
de son rang , soit que , devenu chauve de
très-bonne heure , il voulût cacher cette
défectuofité , ou tout fimplement fuppléer
à ses cheveux par cette coëffure. Peut-
être la honte lui avoit-elle confeillé cet
ajuftement ; il savoit que les étrangers rafoient les voleurs furpris en flagrant délit :
ce genre de punition lui auroit perfuadé
qu'ils méprifoient les têtes fans chevelure.

Quelques jours s'écoulerent dans l'amitié , la concorde & la paix. Un accident,
minutieux en lui-même , mais important à
raifon des circonftances , changea tout-à-
coup de si aimables difpofitions. *Maheine*
avoit demandé au Capitaine *Cook* deux

chevres vivantes. La demande n'ayant pas
été exaucée, il fit dérober une chevre
qu'on emmena à son habitation ; mais effrayé par les menaces du Capitaine, il
rendit l'animal & livra le voleur, ou plutôt
l'homme dont il s'étoit servi pour voler; montrant par cette conduite que là où il y a des
Grands & des Petits, ceux-ci sont facilement abandonnés & trahis par ceux-là,
qui seuls recueillent le fruit du crime
commun.

Cependant on déroboit encore une autre chevre, proie d'autant plus précieuse
qu'elle étoit pleine. M. *Cook* la redemanda
avec la même hauteur qu'il avoit fait l'autre. D'abord on répondit qu'elle s'étoit
égarée, & que son absence n'étoit la faute
de personne, sinon des Anglais qui devoient la surveiller. On avoua ensuite
qu'elle avoit été prise; mais on ajouta que
les filoux l'avoient, sur le champ, transportée
à l'autre extrêmité de l'Isle. On nommoit
la maison : c'étoit chez *Hamoa*, Chef de la
partie méridionale. Quelques Naturels
s'offrirent de guider les Etrangers qu'on

enverroit pour la reprendre. La propofition fut acceptée. On arma un canot. Les
envoyés arriverent à la maifon d'*Hamoa* ;
on les amufa jufqu'à la nuit, en leur promettant à tout moment la chevre qui ne
parut point. Ces tromperies multipliées
donnerent beaucoup d'humeur au Capitaine, qui, réfolu de n'en avoir pas le dé-
menti & de fe faire refpecter, defcendit
en perfonne à *Eimeo* à la tête d'une armée
de cent hommes. Cette invafion répand
auffi-tôt l'allarme dans le pays. Les foibles s'enfuient, s'enfoncent dans les bois,
emportent tout, jufqu'à leurs morts. Les
Guerriers s'affemblent : on voit, çà & là,
porter des maffues, des dards, & tous les
inftruments du carnage. Une confufion
épouvantable remplit ces lieux auparavant
fi tranquilles. M. *Cook* commence par déclarer qu'il ne tuera perfonne, mais qu'il
veut fa chevre, ou qu'il fe vengera. L'affurance de ne point toucher *aux vies* eft
reçue avec une facilité incroyable : les
Habitants rentrent dans leurs maifons ;
chacun reprend fes occupations, avec autant de féçurité que fi les ennemis étoient

éloignés de cent lieues, & ils font au cœur
de l'Isle. La chevre ne revenant pas, *Cook*
s'avance, brûle des maisons, coupe des arbres, met le feu aux pirogues ou les brise
à coups de hâche. Ces hostilités durerent
deux jours. Enfin les Infulaires accourent
en foule, des bananiers à la main, &
criant pour la paix. La chevre est rendue
& la paix faite.

Ainsi se termina une guerre qui, de l'a-
veu du Capitaine, nuifit plus aux Infulaires que l'expédition de *Towha* ; & quoique mon illustre ami s'excuse en disant
qu'il étoit trop avancé pour reculer, qu'il
falloit ne pas s'avilir, mais inspirer à propos une crainte salutaire, je m'étonnerai
toujours qu'un homme qui n'avoit pas voulu aider *Otoo* dans la plus sainte, la plus
juste de toutes les entreprises, ait tiré l'é-
pée & causé des dommages inappréciables
à tout un peuple, pour une chevre que
quelques particuliers avoient dérobée, &
qu'ils retenoient.

Nous quittâmes le havre de *Taloo*, &

nous cinglâmes vers *Huaheine*, Iſle (on s'en ſouvient) d'où j'étois parti avec le Capitaine *Furneaux*. Déjà les vaiſſeaux mouillent à l'entrée de la baie d'*Owharre* ; bientôt on les remorque , & nous amarrons

SIXIEME NARRATION,

C O O K.

Je vais raconter mon établiſſement par ſes ſoins, & notre ſéparation : voilà pourquoi ſon nom honorera cette partie de mon récit.

Qui pourroit peindre la ſurpriſe des hommes d'*Huaheine*, en me revoyant! Leurs yeux, leurs geſtes, leurs diſcours, tout exprimoit l'admiration. C'étoit à qui me parleroit, m'interrogeroit le premier; on m'adreſſoit cent queſtions à la fois. Je répondis honnêtement à toutes, & je recueillis le fruit de cette complaiſance dans les égards qu'on me témoigna.

Avant de deſcendre à terre, le Capitaine *Cook* me prit par la main, & s'enfermant avec moi dans ſa chambre : » Voilà, me » dit-il, vos courſes finies, mon cher » *Omaï....* (*Il m'embraſſa*) La Providence a » veillé ſur vos jours ; elle vous ramene

» fain & fauf fur cette Ifle que vous quit-
» tâtes il y a plus de quatre ans, pour fui-
» vre des Etrangers qui ne cefferont de
» s'honorer de la noble confiance avec
» laquelle vous vous livrâtes à leurs pro-
» meffes & à leur foi.

» L'*Eatooa* m'eft témoin qu'il me feroit
» doux de ne pas divifer mon exiftence de
» la vôtre. Vous m'aimez, & je le mérite.
» Que je vous propofaffe de facrifier vos
» biens actuels & vos efpérances au plaifir
» d'être encore le compagnon de mes voya-
» ges & de mes dangers, j'en fuis fûr, vous
» ne balanceriez pas un feul inftant; votre
» cœur m'eft connu: d'ailleurs j'en juge par
» le mien.... (*J'ouvrois la bouche pour lui*
» *protefter qu'il me jugeoit bien. Il me la fer-*
» *ma en continuant*)... mais vous êtes jeune,
» & je ne le fuis plus. Mille accidents peu-
» vent fe joindre à la nature, pour abréger
» ma carriere, & il vous reftera bien des
» années à parcourir. Non, je ne penfe pas
» qu'*Omaï*, fi cher au Peuple Anglais,
» demeurât fans protecteurs ; mais des pro-

» tecteurs ne remplacent qu'imparfaitement
» un ami.

   » Enfin, j'ai reçu l'ordre de vous dépo-
» ser sur quelqu'une des Isles *de la Société* ;
» & je les abandonne, sous peu de jours,
» pour n'y jamais revenir. Cher *Omaï*, nous
» touchons au moment de notre éternelle
» séparation : il s'agit de savoir où vous
» voulez que nous fixions votre demeure.
» Est-ce à *Ulietea* qui vous vit naître ? Est-
» ce à *Huaheine* qui vous adopta, mal-
» heureux & persécuté ? Il me semble que
» vous devez choisir entre ces deux en-
» droits. Mon premier plan avoit été de
» vous établir à *O-Taïti*, sous la protec-
» tion d'*Otoo*, qui vous auroit aimé à cause
» de moi : mais quelques petites impru-
» dences qui indisposerent contre vous une
» partie des Chefs, sans diminuer mon
» affection, parce qu'elles ne démentoient
» pas l'excellente bonté de votre cœur,
» m'ont fait absolument renoncer à ce des-
» sein. Dites-moi donc, *Omaï*, où voulez-
» vous que je vous donne une maison & des
» terres ?.... Est-ce à *Ulietea* ?.... Dans trois

» jours nous mettrons à la voile pour nous
» y tranfporter ? «

Je ne répondis d'abord que par mes larmes. Quelques-unes, les feules que j'aimaffe
à répandre, furent données à la reconnoiffance ; les autres me furent arrachées par
des fouvenirs amers, qui ne fe repréfentoient
jamais à mon efprit fans le troubler & le
confondre. — Eft-ce à *Ulietea*, reprit avec
douceur M. *Cook*, après m'avoir laiffé pleurer quelque temps ? — C'eft, lui dis-je enfin, l'endroit que je préférerois. — Eh bien,
continua-t-il , je m'engage à obtenir du
Roi de *Bolabola* qu'il vous reftitue les terres de votre famille. — *A obtenir*, m'écriai-
je vivement ! Vous n'emploierez donc pas
les forces que vous avez en main ? Vous
interpoferez feulement vos bons offices?....
Sublime *Eatooa* ! l'invincible *Cook* s'abaif-
fer jufqu'à faire des fupplications , & à
des tyrans !.... Et pour *Omaï*.... qui ,
abandonné de toute la terre, rougiroit de
s'humilier à ce point devant l'ufurpateur
Opoony !.... Allons à *Ulietea*, mais les fou-
dres à la main , & détruifons une race im-

pie qui répandit le fang d'une partie des miens, profcrivit mon malheureux pere, & me deftina moi-même à tomber fous la maffue de fes Prêtres..... Dieux d'*Omaï* & de fa famille !..... je jure de ne rentrer à *Ulietea* que pour immoler nos ennemis.... ou mourir à la peine. — Cela étant, continua froidement l'honorable *Cook*, c'eft à *Huaheine* que j'établirai mon ami. Son projet de vengeance n'a jamais eu mon approbation ; & quand je l'approuverois, en me mettant, pour ainfi dire, à fa place, je ne crois pas que, reftant à la mienne, je puffe l'aider dans l'exécution. *Bolabola* n'a point offenfé l'Angleterre, qui ne m'envoie fi loin d'elle que pour faire du bien aux hommes... Dans une heure nous irons à terre ; préparez-vous.

Il fe leva fans attendre de réponfe, & fortit. Ce que j'avois à lui dire ne l'auroit pas choqué : j'acceptois avec reconnoiffance les foins pacifiques que fa bonté m'offroit ; *Ulietea* étoit le feul pays de l'Univers où je ne vouluffe rentrer que les armes à la main. Quant aux *imprudences* qui
empêcherent

empêcherent mon établissement à *O-Taïti*,
je suis bien aise d'avertir ici qu'elles furent
réfléchies. Je ne me soucios nullement d'ê-
tre fixé dans cette Isle , trop éloignée de
Bolabola & d'*Ulietea* , & dont les Chefs
étoient trop riches & trop ambitieux, pour
que je pusse me flatter de m'élever un jour
à côté d'eux , & de les conduire. Delà
vint que je ne les ménageai guere. Le Capitaine trouva mauvais que je flattasse des
gens d'une moindre extraction , & que je
dépensasse avec eux une partie de mes richesses; mais ces gens avoient du mérite,
ils pouvoient un jour quitter *O-Taïti*, s'attacher à ma fortune : c'étoient des vengeurs que j'achetois.

Orée, que M. *Cook* avoit beaucoup
connu dans ses premiers voyages , & qui
lui avoit donné des marques du plus sincere attachement, n'étoit plus le Chef principal d'*Huaheine*, Régent de l'Isle pendant
la minorité de *Tairée-Tareea*, Souverain
actuel , il avoit été contraint de se dépouiller de son autorité & de se retirer à *Ulietea*. Sa démission n'avoit pas été libre. Il

Tome I.   V

difputa long-temps le terrein, & ne céda
qu'à la force. *Tairée-Tareea* étoit un enfant de dix à onze ans, incapable de gou-
verner, & qui, Roi de nom, ne pouvoit
être que l'efclave des Chefs. Il l'auroit été,
en effet, fans les grands talents de *Nowa*,
fa mere, entre les mains de qui la jalou-
fie mutuelle des *Earées* aima mieux dépofer le pouvoir fuprême, que de le conférer
à un de leurs égaux.

Le moment approchoit où je devois fuivre le Capitaine à l'audience du Roi & des
Chefs. Je m'habillai très-proprement, &
je n'oubliai pas que, dans nos contrées, il
eft utile d'appuyer fes requêtes par de riches préfents. J'en préparai un magnifique
pour mon jeune Souverain. Sachant combien il importoit de fe concilier l'affection
de nos *Téaponées*, Miniftres trop puiffants
du plus terrible de tous les cultes, je deftinai
à l'*Eatooa* diverfes offrandes d'un grand
prix, quoique dès-lors j'euffe réfolu d'anéan-
tir, au moins de réformer, fi je le pouvois,
une religion qui déshonoroit les adora-
teurs & l'Etre adoré. Nous partîmes. Un

Peuple immenfe couvroit le rivage. Les
Chefs étoient affemblés pour nous recevoir.
On avoit perfuadé au Roi qu'il étoit de fa
dignité de fe faire attendre quelques inftants. Il arriva. Sa mere l'accompagnoit.
Je me tins à une certaine diftance du royal
enfant & des Grands qui l'entouroient, &
m'adreffant au Hiérarque (1), je le priai
d'accepter, au nom du Dieu d'*Huaheine*,
les dons qu'ofoit lui faire fon humble fer-
viteur. Ils confiftoient en plumes rouges,
en étoffes, & en plufieurs autres curiofi-
tés. Je m'apperçus que le *Téaponée* les re-
gardoit d'un œil propice, & je ne doutai
plus que la Divinité ne fût pour moi. Je préfentai enfuite ce que j'avois apporté pour
le Roi, fa mere & les Chefs. On en parut
très-fatisfait, & on avoit bien fujet de
l'être, puifque je donnai plus de plumes
rouges qu'il n'en eût fallu pour payer tous
les cochons de l'Ifle. Pendant ma double
oblation, un de mes amis prononça le dif-

(1) Chef du College des *Téaponées* ou premier Prêtre.
Ce mot *Hiérarque* me paroît être de la façon du Traducteur ; je ne l'ai vu nulle part ailleurs.

V 2

cours d'ufage en pareil cas. Il parla beaucoup de mes aventures, nomma fouvent
l'*Earée* Roi de la Grande-Bretagne & le
Lord *Sandwich*, plus fouvent encore
Toote & *Tatée* (Cook & Clerke) *ici préfents*, difoit-il, en les montrant de la main.
Je lui foufflai prefque mot à mot toute fa
harangue. Quand elle fut finie, le Hiérarque prit un à un les divers articles que
j'avois dépofés devant lui, fit une courte
oraifon, & envoya mes préfents au *morai*.
Ces préliminaires remplis, j'allai m'affeoir
auprès du Capitaine *Cook*, qui lui-même
étoit affis à côté du Roi.

Le jeune Monarque & les Etrangers
fe firent des préfents réciproques. C'étoit
l'exorde de la négociation. L'on régla de
quelle maniere on traiteroit les échanges.
Les Infulaires furent avertis de ce qu'ils
avoient à craindre, pour peu qu'ils cédaf-
fent à la paffion du vol dont ils étoient dé-
vorés. L'exemple récent de la dévaftation
d'*Eimeo*, pour une chevre dérobée, fut
mis fous leurs yeux avec des couleurs
effrayantes. Enfin l'on s'occupa de moi.

Je dis à l'assemblée, avec une assurance modeste, que les Anglais m'avoient conduit dans leur patrie : que leur grand Roi & ses *Earées* m'avoient bien accueilli : qu'il étoit impossible d'avoir pour personne plus d'égards qu'on en avoit eu pour moi : qu'après un long séjour à *Britanne*, où j'avois vécu dans l'abondance de toutes les choses nécessaires à la vie, le Capitaine *Cook*, l'ami de toutes les Isles & le mien, me ramenoit au lieu où l'on m'avoit pris : que j'arrivois possesseur d'une immense quantité de trésors qui feroient un jour la richesse de tous mes compatriotes : que l'invincible *Cook*, représentant la Nation Anglaise, demandoit instamment qu'on m'accordât un terrein, avec la permission d'y bâtir une maison & de la cultiver pour ma subsistance & celle de mes domestiques....

» S'il ne l'obtient pas, ajoutai-je en grossissant ma voix, il est décidé à me conduire » à *Ulietea*..... Nobles Chefs, répondez. «

Ce discours étoit moins de ma façon que de celle du Capitaine : il m'avoit indiqué les différents points sur lesquels je devois

infifter ; j'en excepte pourtant l'article de
mon tranfport à *Ulietea*, qui étoit tout entier de mon invention. Il produifit un effet
affez bifarre ; car les Chefs s'imaginerent
que le Capitaine étoit déterminé à employer
la force pour me rétablir dans les biens de
ma famille , & chaffer les Naturels de
Bolabola, craints & haïs. Auffi adopterent-
ils avec beaucoup d'empreffement l'idée
de me fixer à *Ulietea*. Mais *Cook* ayant
déclaré pofitivement qu'il ne feroit pas la
guerre, qu'il ne fouffriroit pas même, tant
qu'il feroit dans nos parages, qu'on la fît à
la peuplade gouvernée par *Opoony*, & qu'il
ne me rétabliroit dans ma terre natale
que par la voie de la négociation , ce
langage changea tout-à-coup les difpofitions du Confeil , & l'on aima mieux
m'avoir à *Huaheine*, que d'enrichir de ma
perfonne & de mes tréfors , *Ulietea*, foumife à un Ufurpateur. Un des principaux
Chefs , le plus vieux, *Mataneo* , dit au
Capitaine qu'il pouvoit difpofer de l'Ifle
toute entiere ; & en donner à fon ami telle
portion qu'il voudroit. M. *Cook jugeant* fai-
nement qu'offrir tout c'étoit ne rien donner,

exigea, non-feulement que le local fût déterminé, mais encore que la portion du terrein
cédé fût exactement mefurée & circonfcrite.
On acquiefça à fa demande, & l'on me tranf-
mit la propriété d'un morceau de terre
fitué le long de la côte, près du havre
d'*Owharre*, & qui s'étendoit depuis le rivage jufqu'à une colline élevée, dont la
partie fertile étoit de mon domaine. J'a-
voue que je m'attendois à quelque chofe de
mieux ; mais, au fond, il ne m'en falloit
pas davantage pour le moment actuel, &
je compris qu'il m'importoit fouverainement d'être modéré, fur-tout dans les commencements.

La pofition de mon domicile, au bord de
la mer & à portée du meilleur havre
d'*Huaheine*, me plut finguliérement ; car
j'avois formé le projet de devenir *Puiffance
maritime*. Je ne faurois non plus exprimer
à quel point je fus fatisfait de l'avidité avec
laquelle les Chefs de l'Ifle faifirent l'idée
de me tranfporter à *Ulietea*, tant qu'ils
crurent que M. *Cook* m'y conduiroit les
armes à la main ; ce mouvement indélibéré

m'apprit que leur concorde avec ceux de *Bolabola* n'avoit d'autre fondement que la crainte, & qu'à la premiere occasion favorable ils recommenceroient la guerre, ne désirant rien plus ardemment que d'exterminer un Peuple, dont l'existence menaçoit ses voisins de l'asservissement ou de la mort. Cette considération me parut assurer ma vengeance, & m'en fit goûter les prémices.

Dès que je fus possesseur incommutable de mon terrein, le Capitaine envoya à terre les Charpentiers des deux vaisseaux, pour me construire une maison commode & sûre. Je marquai son emplacement au pied de la colline. On lui donna vingt-quatre pieds de long, sur dix-huit de large, & dix de hauteur. On arrêta qu'après le départ de M. *Cook*, j'en bâtirois une beaucoup plus grande sur le modele des habitations du pays. Quelques Chefs promirent de m'aider dans cette opération : on verra que je fus me passer de leur secours. M. *Cook* recommanda à ses Ouvriers de n'employer à ma maison que le moins qu'ils

pourroient de clous & de ferrements, de
peur que les Naturels d'*Huaheine* ne fe por-
taffent à renverfer l'édifice, ou du moins
à en altérer la folidité, pour fe procurer les
morceaux de ce métal utile, la chofe la plus
eftimée d'eux, après les plumes rouges. Le
frontifpice de mon hôtel fut orné d'une inf-
cription en langue latine, dont voici la
traduction : *Georges III. Roi. 2 Novembre 1777. Vaiffeaux, la Réfolution & la
Découverte. Capitaines, Cook & Clerke.* Je
perfuadai à mes crédules concitoyens que
cette écriture étoit une conjuration pour
faire mourir, entre deux foleils, quiconque
auroit l'audace infenfée de vouloir me
nuire.

La maifon n'étoit pas encore achevée
qu'on me créa, pour ainfi dire, un jardin,
fource de mille petites douceurs européennes. M. *Cook* y fema lui-même plufieurs
graines qu'il avoit apportées d'Angleterre ;
avant de quitter *Huaheine*, il eut le plaifir
de voir chaque partie de cette plantation
donner des marques de vie, & des efpérances de fécondité. Je ne dois pas omettre

que ce jardin n'étoit pas d'une grande étendue ; des raisons que je ne tarderai pas à développer, m'avoient fait désirer qu'il n'occupât qu'une médiocre portion de mon terrein.

Aussi-tôt que ma maison fut en état de me recevoir, j'y transportai toutes mes richesses, & les nouveaux présents que me fit le Capitaine *Cook :* ils consistoient en un beau cheval de race angloise & une jument, non moins belle, que le cheval avoit couverte pendant le séjour à *O-Taïti*, & qui, selon les apparences, devoit me donner incessamment un poulain : en une chevre pleine : en une truie & deux cochons de race angloise, dont la société ne pouvoit qu'améliorer la race indigene de nos contrées : en quantité de paquets de graines de toutes les especes. Il joignit à ces dons celui d'un mousquet, armé de sa baïonnette, d'un fusil de chasse, de deux paires de pistolets, de trois grands sabres, d'un baril de poudre, de vingt ou trente livres de petit plomb, & d'un sac où il pouvoit y avoir une cinquantaine de balles. » Je

» crains, me dit-il, en me remettant cette
» partie de fon préfent, qui me flattoit plus
» que tout le refte, je crains, cher *Omaï*,
» que ces armes ne fervent ici à augmenter
» vos dangers, au lieu d'y établir votre
» fupériorité. Elles peuvent vous rendre
» imprudent & vain ; & alors vous êtes un
» homme perdu. Si je fuivois mon incli-
» nation, je ne vous les laifferois pas ;
» mais vous me les avez demandées avec
» tant d'inftance, que je craindrois que
» vous ne m'accufaffiez de mauvaife vo-
» lonté, fi je vous les refufois. « Je lui
proteftai que le fouvenir de fa fageffe &
de fes confeils régleroit mes démarches,
préfideroit à toutes mes actions, & que
s'il entendoit un jour parler de moi, il n'auroit point à rougir de m'avoir aimé, ni à
fe repentir de m'avoir comblé de fes bien-
faits.

Il faut que je dife, avant d'aller plus
loin, que mon arfenal étoit compofé de
beaucoup plus de pieces que M. *Cook* ne
le croyoit. Le projet d'arracher *Ulietea*,
ma patrie, à la dure & honteufe fervitude

où elle étoit réduite, ne m'ayant pas quitté
un seul instant, depuis que les Anglais me
prirent à *Huaheine* pour m'emmener avec
eux, j'avois fait, à la dérobée, nombre
d'acquisitions qui pouvoient faciliter l'exécution de mes desseins ; & , sans que personne s'en apperçût, je les avois serrées
au fond de mes coffres. En voici la liste :
Quatre mousquets & leurs baïonettes , &
plusieurs autres baïonettes de rechange.....
six pistolets d'arçon...... douze pistolets si
petits, que la main qui les tenoit n'en paroissoit pas armée, à moins qu'on n'y regardât de bien près.......... deux couteaux de
chasse de la meilleure trempe........... une
armure complette , casque , cuirasse ,
lance, &c........ quelques fers de piques
ou hallebardes......... une quantité assez
considérable de poudre & de balles.

Toutes ces richesses meurtrieres m'a-
voient été données en partie par différentes
personnes à qui je témoignois beaucoup
d'envie de les avoir ; j'en avois aussi
échangé contre d'autres choses précieuses
en Europe, dont on m'avoit fait présent,

mais inutiles chez nous, du moins inutiles à ma vengeance; j'en avois même
acheté quelques pieces, car Milord *Sand-*
wich porta l'attention, pendant mon féjour en Angleterre, jufqu'à pourvoir abondamment à mes befoins, je dirois prefqu'à mes fantaifies pécuniaires. Fixé à
Huaheine, je traitai, avec les gens de
l'équipage, de mes pots, chaudrons, plats,
affiettes, verres, bouteilles & autres meubles dont un ménage en Europe ne fauroit fe paffer, mais dont le mien n'avoit
pas un befoin extrême, puifqu'on boit à
merveille dans un coco, & qu'un mets pour
être fervi dans une belle feuille de bananier, n'en eft pas moins délicat. Ces fu-
perfluités pouvoient être une reffource
dans les nouveaux pays que M. *Cook*
alloit découvrir, & j'obtins en échange
des inftruments de fer, comme limes,
marteaux, fcies, clous, &c, mais fur-
tout un bon cornet de poudre. Je poffé-
dois des feux d'artifice : on m'offrit de les
reprendre en me payant leur valeur en
marchandifes à mon ufage ; je le refufai.
Outre que je prévoyois les grands fer-

vices qu'ils pourroient me rendre, j'étois bien aife de les conferver pour le jour de mon triomphe, fuppofé que l'*Eatooa* me donnât la victoire fur mes ennemis.

On ne fera pas fâché de trouver ici le détail des principales pieces qui compofoient mon tréfor. J'avois un étui de mathématiques & quelques inftruments relatifs à cette fcience ; un beau télefcope & deux bonnes lunettes d'approche ; un gros paquet de lunettes ordinaires...... Un tour avec une ample collection des outils qui lui font propres ; j'étois auffi approvifionné de ceux du Menuifier...... Un affortiment complet de clincaillerie : ferrures, clefs, verrous, gonds, fiches, crochets, &c...... Deux focs de charrue, douze fers de bêche, deux rateaux de fer, &c...... Un moulin à poivre & deux moulins à café....... Plufieurs têtes à filer de la laine & du lin, garnies de leurs broches..... Une boëte pleine d'épingles, d'aiguilles à coudre, de pelotons de fil & de foie de toutes couleurs....... Plufieurs coupons de toile de différentes qualités, des habillements

complets, tels que les hommes & les femmes en portent en Angleterre, & des
étoffes pour en faire d'autres...... Une machine électrique, une lanterne magique,
un trictrac, des damiers, un jeu d'échecs,
des cartes à jouer, un dominot, un folitaire, &c...... Un orgue portatif, un cor,
un ferpent, une flûte, un violon, une
vielle, &c., & des cordes à proportion......
Une collection d'eftampes & quelques ta-
bleaux, des cartes de géographie, des
deffins, des plans......... Une petite bi-
bliotheque choifie ; quantité de recettes
manufcrites, de defcriptions, d'analyfes,
de fecrets....... Des modeles en petit d'un
vaiffeau, d'un moulin à vent, d'une pompe, d'un rouet, d'un dévidoir, d'une charrue, d'une herfe, & de plufieurs autres machines ; d'une maifon toute entiere ; d'un
morai ou temple chrétien & de toutes fes
parties...... Une vafte & forte armoire,
plufieurs coffres : tout cela démonté........
Enfin une grande caiffe remplie de plumes
rouges, de miroirs, peignes, tabatieres,
rubans, poupées, pantins, & autres joujoux que j'eus foin de montrer à mes com-

patriotes, & qu'ils regarderent avec l'attention du défir : ces charmantes bagatelles me promettoient des amis à bon compte.

Ma maifon arrangée , & mes richeffes placées dans un ordre convenable , fouftraites, autant qu'il étoit poffible , aux yeux & à la main , tant des voleurs qui voudroient me furprendre ou m'attaquer à force ouverte, que des honnêtes frippons qu'une fauffe & très-ruineufe bienveillance attireroit chez moi , j'invitai M. *Cook* & les principaux Officiers des deux vaiffeaux, à venir dîner avec leur fidele & reconnoiffant *Omaï*. Ils me firent tous cet honneur , & ma réception les flatta au point qu'ils renouvellerent trois fois leur vifite , & accepterent autant de fois le repas fimple & frugal que l'amitié leur prépara. Un jour que je reconduifois M. *Cook* à fon canot , refté feul avec moi , il me tint ce difcours , que j'écoutai comme le teftament de ce grand homme.

» Mon ami, je n'attends plus qu'un vent favorable

favorable pour lever l'ancre, & vous quitter......... (*Il parla très-lentement, s'arrêtant
presqu'à chaque phrase.*) Nous vous avons
fait tout le bien que nous étions capables
de vous procurer, & que vous étiez capable de recevoir. Vous voilà le plus riche
Insulaire de cette peuplade. Le Roi, la
Régente & les Chefs sont pauvres en
comparaison de vous............ J'appréhende
cependant que vous ne soyez bientôt dans
une position moins heureuse (*cela n'étoit
pas possible*) que celle où vous étiez avant
de nous avoir connus. Peut-être qu'accoutumé aux douceurs de la vie civilisée,
il vous sera pénible, douloureux, de ne
les plus goûter.......... Les avantages que
vous avez tirés de votre commerce avec
nous, & de la tendre amitié que vous
avez su nous inspirer, mettent votre sûreté personnelle dans un péril très-immi-
nent : il est impossible que vous y échap-
piez, à moins que la prudence & la cir-
conspection ne reglent toutes vos démarches.......... Caressé en Angleterre par tout
ce qu'il y avoit de grand, vous avez presqu'oublié votre premiere condition. Il im-

Tome I.   X

portoit peu à ceux qui vous accueilloient
dans ma patrie que vous fussiez né sur le
trône d'une de vos Isles, ou au dernier
rang de la Nation o-taïtienne : on ne voyoit
en vous que la qualité d'étranger, d'homme
aimable, & sur-tout d'homme nouveau.....
Revenu ici, dans cet endroit où vous vé-
cûtes d'abord misérable & dépendant,
vous ne devez pas prétendre à un état
distingué ; on se souvient de ce que vous
fûtes autrefois : & si la mémoire s'en étoit
perdue, comptez que l'affreuse jalousie,
née déjà de vos richesses dans la plupart
de vos compatriotes, ne manqueroit pas
de le rappeller.......... Réfléchissez attentivement sur le caractere des hommes auxquels vous vous êtes volontairement ag-
grégé, & vous sentirez comme moi que
le mérite personnel ne parviendroit que
très-difficilement, qu'il ne parviendroit
peut-être jamais à vous faire sortir de votre classe, pour vous transporter dans une
classe supérieure. Ce déplacement est sans
exemple parmi vos Insulaires. Le préjugé
des distinctions héréditaires les tyrannise
de la maniere la plus aveugle & la plus

opiniâtre........... Tâchez d'atteindre à la confidération qui fuit l'aifance, les talents, les moyens d'obliger, en tout genre, & toutes fortes de perfonnes ; mais gardez-vous d'afpirer à celle qui vient du pouvoir ou qui le donne : l'ambition feroit de vous une de fes plus illuftres victimes. «

« Je vous confeille, *Omaï*, de vous attacher particuliérement à quelques-uns des Chefs d'*Huaheine*, & de vous affurer leur protection par des préfents diftribués à propos : il vous reftera toujours affez de bien, fi la tranquillité vous refte........ Il feroit poffible que cette tentative ne réuffît pas ; qu'on prît vos préfents fans vous protéger : nulle part la reconnoiffance n'eft la vertu favorite des Grands ; n'importe, il faut tenter ; le fuccès ne dépend pas de nous. «

« Je vous confeille plus que je n'ai jamais fait, de renoncer à vos projets contre les Infulaires de *Bolabola*, ou, tout au moins, de les renfermer dans le fond de

X 2

votre ame, jufqu'à ce qu'il foit temps de
les exécuter. On hait *Opoony*, mais on le
craint encore davantage ; s'il menaçoit,
& qu'on efpérât l'appaifer en vous livrant,
vous feriez facrifié. Ménagez cet Ufurpateur. Ne dites rien, ne faites rien qui foit
de nature à l'offenfer. Je vous en avertis:
on épiera toutes vos démarches, & pour
peu qu'elles foient fufpectes, on les em-
poifonnera.......... Les révolutions font
affez fréquentes dans votre pays ; atten-
dez-en une favorable à vos deffeins. Si
elle n'arrive point, vous ne vous ferez pas
vengé ; mais vous aurez vécu dans le calme qui vaut mieux que la vengeance. «

» Je vous confeille enfin de vous appliquer
à l'agriculture & aux foins domeftiques,
à tous les arts dont vous avez reçu les
notions pendant votre voyage. Que vos
Compatriotes jouiffent des connoiffances
que vous avez acquifes. Régnez fur eux
par des bienfaits fans nombre, & ne
foyez jamais que leur égal......... Méritez
l'eftime de vos contemporains, les regrets
de ceux qui vous furvivront, & l'admira-

tion de la poftéri**. Que le nom d'*Omaï*
ne foit prononcé après fa mort, &, s'il
eft poffible, de fon vivant, qu'avec ce
doux attendriffement qu'on éprouve en
penfant à un être chéri & refpecté..........
Vous aurez beaucoup à travailler pour ar-
river-là ; mais eft-il des peines que n'a-
douciffe l'efpoir d'une pareille récom-
penfe ? «

„Si vous m'en croyez, vous vous ma-
rierez inceffamment. L'ami, le compagnon
du Capitaine *Cook* doit avoir des mœurs.
Une bonne & charmante époufe vous fera
aimer la vie plus que la vengeance ; & en
vous rendant pere, elle doublera l'obligation de vous conferver.

„Chaque fois qu'un vaiffeau européen
relâchera à *Huaheine*, ou dans une Ifle voifine, vous me devrez un compte exact de
tout ce qui vous fera arrivé depuis mon départ ou depuis vos dernieres nouvelles ; en
revanche, vous aurez des miennes, autant
que je le pourrai..... J'ofe vous promettre
qu'*Omaï* deviendra affez célebre en Euro-

X 3

pe par la *relation de mon voyage* , pour
qu'aucun Capitaine , féjournant dans vos
contrées , ne vous refufe fon affiftance, fi
vous la lui demandez en mon nom...........
Quant à moi, cher *Omaï* , il eft probable
que je ne vous reverrai pas ; mais ne le
dites à perfonne : ce fecret doit, pour votre avantage, demeurer entre nous deux. «

Ainfi parla le Capitaine *Cook* : nous ar-
rivions au canot quand il finiffoit. Ma réponfe fut une promeffe de docilité. Si ,
dans la fuite, je l'ai oubliée , j'étois fin-
cere alors : le Capitaine eut même la fatisfaction d'entendre , avant fon départ,
deux Chefs des plus puiffants fe vanter de
préfents magnifiques dont je les avois *hono-*
rés. J'avouerai néanmoins que cette diftribution n'étoit pas de mon goût. Je penfois
que choifir un petit nombre d'*Earées* pour
répandre fur eux quelques écoulements de
ma fortune, c'étoit indifpofer les autres
qui fe verroient négligés ; & que ceux-ci
pourroient plus pour me nuire que ceux-
là pour me défendre , tant parce que les
mécontents feroient en plus grand nombre,

que parce que les moyens de faire du mal
font plus multipliés que les moyens de faire
le bien. Mais , un feul article excepté ,
j'aurois fuivi fans examen tous les confeils
de mon incomparable ami , & ma raifon
n'étoit écoutée que lorfqu'elle s'accordoit
avec la fienne. Je voulus l'accompagner à
fon bord pour y paffer la nuit ; il me renvoya , en me difant gracieufement *qu'un
maître de maifon devoit coucher chez foi* , &
que d'ailleurs il falloit s'exercer à notre
féparation. Je craignis que , pour m'en
épargner la douleur , il ne partît fans autre adieu : il me raffura. *Dès demain* , me
dit-il , en démarant , *je reviens à terre* , *&
ce fera encore pour vos intérêts.*

La nuit qui fuivit cette converfation me
fut fatale , mais autrement que je l'avois
imaginé. Il faut reprendre les chofes d'un
peu plus haut.

Le commerce d'échange entre les Anglais & les Infulaires , s'étoit fait, pendant
quelques jours , avec la meilleure foi du
monde & toute la tranquillité poffible. Le

X 4

récit des punitions infligées à *Eimeo* avoit contenu les voleurs ; du moins on ne s'étoit pas apperçu qu'ils euffent rien dérobé. Le 29 Octobre, au foir, un Naturel de *Bola-bola*, nommé *Hapi*, fe gliffa dans l'obfervatoire établi à terre, & emporta furtivement un *fextant*. M. *Cook* accourut fur le champ pour en demander la reftitution aux Chefs, affemblés à l'occafion d'un *Haïva*. J'articulai la réclamation de mon commettant avec toute l'énergie dont notre langue eft capable. On ne m'écouta pas, & le divertiffement continua. Indigné de cette efpece de mépris, le Capitaine fe leva, donnant les marques d'une colere prête à éclater. Il commanda aux acteurs d'interrompre des jeux, qui n'étoient plus de faifon quand il fe plaignoit ; & s'adreffant aux Chefs, il les fomma de lui déclarer s'ils entendoient ou non lui remettre le voleur & la chofe volée. Il étoit affis au milieu d'eux ; je le défignai, il nia ; j'infiftai, & fur mon témoignage, *Cook*, piqué au vif, le fit enlever par un détachement des Soldats de la marine, & conduire à bord de *la Réfolution*. Ce coup hardi excita une rumeur générale. La plupart des Infulaires avoient été trompés par l'affurance avec laquelle il fe difoit innocent. Il m'importoit extrêmement que *Hapi* fût trouvé coupable, fans cela j'aurois été regardé de très-mauvais œil à *Huaheine*. Heureufement que fe voyant pris, il avoua tout, & indiqua l'endroit où il avoit caché le *fextant*. On admira mon difcernement. Il femble que le Capitaine défirant que les Naturels de *Bolabola* ne troublaffent point ma tranquillité, il eût été naturel de pardonner à un coupable de cette peuplade, arrêté fur ma dénonciation. Il n'y penfa point, ou il ne fut pas affez maître de fon reffentiment; *Hapi* retourna à terre, fans cheveux, fans barbe & fans oreilles. Cette exceffive rigueur le mit au défefpoir; il jura de brûler ma maifon, de m'affommer. La nuit dont je parle, montra que fa rage ne s'exhaloit point en menaces vaines. Il s'introduifit dans mon jardin, en arracha les plantations, ne ménagea rien, & endommagèa prefque tout. Les feps de vigne que j'avois apportés d'*O-Taïti* ne furent pas plus épargnés que le refte: j'en retrouvaï quelques-uns , & avec eux l'espérance flatteuse de donner le vin aux *Isles de la Société*.

Les emportements de *Hapi* engagerent le Capitaine à s'en saisir une seconde fois. Son dessein étoit de le transporter dans une terre si éloignée , que l'impuissance de me nuire lui en ôtât l'envie , ou la rendît inutile. L'ingénieux coquin eut l'adresse de se sauver , traînant à sa jambe le morceau de fer qui l'attachoit sur le vaisseau. Le bruit courut qu'il s'étoit retiré à *Ulietea* , & M. *Cook* , qui avoit résolu de descendre sur cette Isle, se promettoit bien d'y reprendre son homme. On verra que l'exécution ne répondit point à la volonté.

Enfin le moment du départ des vaisseaux étoit arrivé. M. *Cook* vint prendre congé du Roi & des *Earées*, réunis pour cette derniere & solemnelle entrevue. Après mille protestations d'estime & d'affection réciproque, mon protecteur , mon second pere s'occupa de mes intérêts. » Je confie à votre garde , » dit-il au jeune Roi & aux Chefs , la per-

» fonne d'*Omaï*, fes domeftiques & fes
» biens : vous m'en répondrez tous folidai-
» rement...... En le voyant, fouvenez-vous
» qu'il eft le protégé d'un puiffant Monar-
» que., & l'ami du Capitaine *Cook*..... Je
» reviendrai bientôt à ce même endroit où
» je vous parle ; mon premier foin fera de
» m'informer d'*Omaï* : fi j'apprenois qu'on
» eût manqué aux égards qu'on lui doit ,
» aux promeffes que vous m'avez faites de
» le défendre........ rien, non rien ne vous
» fauveroit des fureurs de ma vengeance.
» Ecoutez mon ferment : fi je l'apprenois....
» je jure par l'*Eatooa* d'embrafer vos mai-
» fons, vos pirogues , de couper vos ar-
» bres, de ravager vos campagnes , de vous
» exterminer fans diftinction d'âge , de
» fexe , de pouvoir , ou de vous réduire à
» un efclavage pire que la mort....... je le
» jure. Quand le Dieu des ames aura re-
» pris la mienne , un autre Anglais me
» fuccédera ; il aura mes fentiments pour
» *Omaï* , devenu notre compatriote, notre
» frere. En vous quittant, Roi & Chefs
» d'*Huaheine*, je vais à *Bolabola*, & je ré-
» péterai à *Opoony* ce que vous venez d'en-

» tendre. S'il ofoit vous inquiéter à caufe
» d'*Omaï*, foyez fûrs que nous revolerions
» ici pour vous fecourir ou vous venger....
» Adieu. Méritez l'amitié de la Nation
» anglaife ; je vous demande la vôtre. «
A ces mots le Capitaine fe leve , embraffe
le jeune Roi, falue les Chefs & le Peuple,
& reprend le chemin du rivage , accompagné de toute l'affemblée. Je le fuis au vaiffeau ; on appareille ; l'Ifle eft faluée de cinq
coups de canon : le vent gonfle les voiles,
& nous pouffe en plein mer. On étoit au
3 Novembre 1777.

Il n'étoit plus poffible de différer d'un
feul moment notre féparation. J'embraffai
tendrement chacun des Officiers , prefque
tout l'Equipage : mon courage fe foutint
jufqu'à M. *Cook* ; mais en ouvrant les bras
pour le recevoir , en me précipitant dans
les fiens , un torrent de larmes coula de
mes yeux , & inonda fon vifage. Ma reconnoiffance & ma douleur n'employerent
point d'autres expreffions. J'ignore s'il me
parla, ce qu'il me dit ; je n'étois plus à
moi. Il fallut m'arracher à cette pénible &

délicieufe fituation. M. *King* me tranfporta dans un canot, & me conduifit lui-même à terre. Mes gens m'attendoient fur la greve; on me remit entre leurs mains. J'y reftai dans le filence de l'anéantiffement, les yeux fixés fur le vaiffeau qui s'éloignoit. Il n'étoit plus vifible que je croyois encore le voir. Une multitude de fentiments tumultueux rempliffoient mon ame, la déchiroient : cette guerre inteftine fe manifeftoit au dehors par des foupirs brûlants, des gémiffements entrecoupés, des geftes où fe peignoit le délire de l'affliction. Cependant le jour tomboit : deux de mes domeftiques me prirent par-deffous les bras, & me traînerent à la maifon. Je m'étendis fur une natte. La nature accablée pria le fommeil de fufpendre mes peines ; il le fit : & l'aurore du lendemain me trouva calme & tranquille, mais toujours affligé. Je le fuis encore, & je ne crois pas que je ceffe entiérement de l'être.

Ma famille étoit alors compofée de neuf perfonnes, fans me compter. J'avois pris à *O-Taïti* quatre *Towtous* ou domeftiques,

que j'avois eu foin de choifir intelligents,
robuftes & courageux. Je trouvai à *Huaheine* un de mes freres qui m'aimoit beaucoup : il fe nommoit *Balaami* ; une fœur
d'un caractere excellent : fon nom étoit
Zée ; l'époux de cette fœur (*Faloonou*),
homme précieux par fon honnêteté & fon
bon fens. Ils confentirent tous trois à
s'attacher à ma fortune & à confondre leurs
ménages avec le mien. Ils étoient abfolument fans crédit à *Huaheine* ; mais les
fervices que j'en attendois, n'avoient befoin que de leurs qualités perfonnelles.
Enfin le Capitaine m'avoit donné les deux
Zélandais qui s'étoient embarqués avec
nous. C'étoit, en hommes, la plus riche
partie de mon tréfor. *Taweiharooa*, le
plus âgé, avoit un jugement exquis, &
une facilité finguliere à apprendre tout ce
qu'il vouloit. *Kokoa*, le plus jeune, annonçoit beaucoup d'énergie dans le caractere, & cette efpece de vivacité, cette
aimable étourderie, qui eft plutôt le germe des vertus que des vices. Tous deux
étoient fufceptibles de l'attachement le
mieux fenti & le plus inviolable ; tous

deux promettoient une force de corps, à quoi nulle autre, dans toutes nos Ifles, n'étoit comparable : je ne devois pas, eu égard à ma pofition, me montrer indifférent fur cet article.

Réfolu d'employer au moins un an à confolider mon établiffement à *Huaheine*, & à acquérir, avec des amis, la confidération à laquelle je pouvois prétendre, fuivant les idées de M. *Cook*, je penfai qu'une femme pour les détails du ménage, & huit hommes, dont quatre pour les gros travaux, & quatre pour vivre plus familiérement avec moi, fuffiroient à ce que je me propofois d'exécuter dans un fi court efpace de temps, & qu'il ne convenoit pas que je me furchargeaffe de bouches inutiles.

Chef ou Supérieur de la Communauté, je commençai l'exercice de mes fonctions par régler la fubordination que je voulois être obfervée dans ma famille. Je déclarai donc que les *Towtous* obéiroient à mon frere & à mon beau-frere comme à moi-

même ; je leur enjoignis d'avoir la même
déférence pour les ordres de ma sœur,
relativement aux chofes de fon diftrict :
fauf, dans tous les cas, l'appel à mon Tri-
bunal ; mais intérieurement je me promettois bien de toujours favorifer l'autorité,
à moins que l'erreur ne fût dangereufe
ou palpable ; car la raifon, dans le premier cas, & la faine politique, dans le
fecond, m'impofoient le devoir d'être jufte. Quant aux deux Zélandais, je voulus
que, pendant quelque temps, ils fuffent
foumis à tout le monde, non comme les
Towtous, ni par le même motif, mais
pour apprendre à commander.

En général, je m'efforçai de réduire au
plus fimple néceffaire les nuances d'inégalité qui diftinguent les membres d'une
même famille. C'eft pourquoi j'arrêtai que
nous mangerions tous enfemble. Ce ré-
glement fouffroit quelque difficulté pour
ma fœur, parce que dans les mœurs
o-taïtiennes, les femmes ne peuvent pas
même prendre leurs repas en préfence des
hommes. Ce *taboo* ridicule, injurieux à la
plus

plus belle moitié du genre humain, étant
un de nos usages que je projettois d'abo-
lir; si jamais on accueilloit mes réclama-
tions contre nos absurdes préjugés, je mis
en délibération la séance de *Zée* à notre
table. Tous les capitulants furent de l'avis
qui me plaisoit, à l'exception pourtant d'un
Towtou qui craignit de compromettre sa
dignité virile. *Kokoa* lui dit brusquement
que s'il avoit du goût pour la solitude, il
mangeroit à part & nous tourneroit le
dos. Il aima mieux imposer silence à sa vanité sexuelle, & faire comme nous. Je
tenois le haut bout; *Balaami* étoit à ma
droite, *Faloonou* à ma gauche; venoient
ensuite *Zée*, les Zélandais & les *Towtous.*
J'affectai de mettre ma sœur à côté de son
mari, quoique je n'ignorasse pas qu'en
Europe, on fait précisément le contraire.
Pendant mon séjour en Angleterre, j'ai
eu plus d'une occasion de me convaincre
qu'à table, la meilleure place d'une femme
sera toujours celle que j'assignai à *Zée.*
Comme je conseillerai toujours aux mères
de n'y point laisser d'espace entre leurs
filles & elles. J'ai mes raisons; elles se-

Tome I.   Y

ront senties à *O-Taïti* & dans les autres
Isles de la Société, si la mode de réunir
les deux sexes à la même table, efface
l'odieuse distinction qui éleve le plus fort
& avilit le plus aimable.

Ces petits arrangements étant faits, je
crus qu'avant de distribuer réguliérement
les occupations, il convenoit que tout
mon monde travaillât sans délai à garan-
tir des insultes ennemies, notre commune
habitation, & à cultiver soigneusement le
terrein qui m'avoit été cédé, afin que,
profitant de la saison des semailles, nous
pussions espérer une abondante & prompte
récolte. Le lendemain du départ de M.
Cook, nous emmanchâmes quatre de nos
bêches & quelques autres instruments
propres à remuer la terre. La sûreté de
ma maison m'intéressant plus que tout le
reste, je ne différai pas d'un instant à
pourvoir à cet article de premiere néces-
sité. Nous traçâmes, *Taweiharooa* & moi,
l'enceinte d'une cour, assez peu vaste pour
que nous la gardassions facilement, mais
néanmoins assez grande pour contenir nos

beftiaux pendant la nuit, & recevoir dans
la fuite quelques bâtiments que je me propofois d'y conftruire, tels qu'un magafin,
une écurie, des étables , &c. La forme de
cette cour étoit irréguliere ; parce que les
bâtiments n'exiftoient encore qu'en projet : leur conftruction devoit remédier à
ce défaut , qu'elle auroit produit , s'il n'a-
voit pas été prévu. Le plan conçu & les
jalons plantés , j'ordonnai l'excavation
d'un double foffé, dont les dimenfions furent inégales. Le foffé intérieur n'avoit que
trois pieds de large , & à-peu-près autant
de profondeur ; le foffé extérieur en avoit
dix dans les deux fens. On jetta la terre
fur l'efpace qui féparoit les deux foffés ,
& elle fervit à faire une terraffe d'une
élévation confidérable, ouvrage que je regardai , avec raifon , comme la meilleure
partie de mes fortifications. Non loin de
ma demeure , fur le penchant de la colline à laquelle on l'avoit prefqu'adoffée ,
couloit un foible ruiffeau que je pouvois
conduire dans mes deux foffés. Confi-
dérant que nos Infulaires nagent comme
des poiffons, je me contentai d'introduire

l'eau dans la capacité du foſſé intérieur, où elle devint infiniment utile aux beſoins du ménage, & je laiſſai à ſec le grand foſſé. Des deux côtés de la terraſſe, & ſur le bord extérieur du grand foſſé, on ficha en terre des branches d'un arbuſte qui vient de bouture, & dont les pouſſées, ſi on les façonne en charmille, ne tardent pas à procurer une haie impénétrable. Ma cour n'avoit qu'une entrée; j'aurois bien voulu la fermer avec un pont-levis; mais je fus obligé de me contenter d'une forte barriere. Il falloit que, du côté de la maiſon, l'accès de la terraſſe fût aiſé : de place en place on ménagea des coupures dans la haie, & l'on mit ſur le foſſé intérieur des claies couvertes de gazon; ponts fragiles, mais peu diſpendieux, qui correſpondoient aux coupures.

Ces travaux dont l'hiſtoire ne coûte ici que quelques lignes, nous fatiguerent extrêmement. J'aurois voulu les achever, tandis que la terreur du nom anglais ſubſiſtoit encore à *Huaheine*, & que le ſéjour du Capitaine *Cook* à *Ulietea* & à *Bolabola*

pouvoit fervir à la renouveller, fi je m'ap-
percevois qu'elle s'affoiblît , & qu'on fe
prévalût de l'éloignement de mes protecteurs pour me tourmenter ou pour me
nuire. Mais ils confumerent beaucoup de
temps , quoique nous priffions à peine
huit à neuf heures de repos , & que l'envie d'en faire plus que les autres , efpece
d'émulation que je fus faire naître & entretenir , doublât , en quelque forte , les
efforts & l'activité de mes collaborateurs.

Rendons juftice aux pacifiques & loua-
bles difpofitions du peuple qui m'avoit
adopté. Depuis le matin jufqu'au foir nous
étions environnés d'Infulaires , qui non-
feulement ne nous gênoient en aucune façon , mais fembloient encore prendre plaifir à voir l'ardeur avec laquelle nous fouif-
fions la terre & pouffions nos tranchées.
Me doutant qu'ils ne manqueroient pas de
nous interroger fur le but que nous nous
propofions , je recommandai qu'on leur
répondît que c'étoit pour nous loger à la
maniere ufitée en Angleterre. Beaucoup
nous aiderent ; mais le defir de manier &

Y 3

d'essayer nos outils, eut plus de part à cette bonne œuvre, que celui de nous obliger. N'importe le motif de l'action , nous en recueillîmes le fruit.

Ma cour étant fermée , je tournai mon attention & toutes les forces de mon attelier du côté de notre jardin. On l'environna d'un petit fossé. L'eau qui sortoit du fossé intérieur de ma maison remplissoit celui du jardin , & delà s'acheminoit à la mer en serpentant dans tout le reste de mes possessions. Cet arrosement artificiel fut la premiere leçon économique que je donnai à mes compatriotes.

Je me servis d'une estampe de ma collection pour diviser , symmétriquement & avec goût , la portion de mon terrein, consacrée au jardinage. Aux graines déjà semées par le Capitaine *Cook*, j'en ajoutai d'autres en assez grande quantité. Je m'appliquai sur-tout à varier & à multiplier les especes , de sorte qu'un même carreau offroit quelquefois à l'œil deux ou trois productions différentes. Cette confusion

ne dura guere qu'une année. Je laiffai prefque tous mes végétaux parcourir le cercle
entier de leur croiffance & de leur maturité, afin d'avoir, au renouvellement de
la faifon, de quoi enfemencer plus de terrein, & faire des échanges ou des préfents : car dès que mes légumes parurent
hors de terre, ils exciterent l'envie de tous
ceux qui fe trouvoient à portée d'en fuivre
les progrès. Communicatif par caractere,
& heureux du bonheur que j'avois procuré,
j'accordai des graines, aux pauvres en pur
don, aux riches pour autre chofe, mais je
démandois fi peu qu'on ne s'avifa jamais
de me rien contefter. Bientôt les fubftances
végétales, apportées du grand monde civilifé, furent auffi communes dans tout *Huaheine* que chez moi, & de notre Ifle elles
pafferent infenfiblement aux Ifles voifines.
Les Navigateurs qu'un efprit de paix amenera fur nos côtes, y verront des pois,
des feves, des lentilles, des oignons, des
betteraves, des artichaux, des melons
exquis, des citrouilles monftrueufes, &
plufieurs efpeces analogues, &c. Ils les
entendront défigner par l'appellation gé-

Y 4

nérale de *manger de Cook* ou de *manger*
d'Omaï : les noms particuliers font les
mêmes qu'en Angleterre , mais tellement
défigurés par la prononciation o-taïtienne,
qu'ils paroîtront appartenir exclufivement
à la langue de notre pays.

Il me reftoit à mettre en valeur la plus
grande partie du terrein que les *Earées*
m'avoient cédé. Je la divifai en deux portions égales ; l'une devint une belle prairie , au bout de laquelle je ménageai l'emplacement d'une pépiniere , garantie des
incurfions animales par un bon foffé & par
une haie ; l'autre fut deftinée au labourage : je la couvris de froment , d'orge ,
d'avoine , de graine de lin & de chanvre.
Il m'avoit été impoffible de conferver des
pommes de terre ; mais un peu de graine
de ce précieux végétal le revivifia infenfiblement parmi nous ; & les pommes que
nous obtînmes , lentement à la vérité ,
étoient fi fupérieures à celles que j'avois
mangées en Europe , que je me félicitai
d'avoir été contraint de fubftituer la fe-
mence aux œilletons. Je n'oubliai pas de

planter fur mon terrein , & dans les endroits les plus propres à ce genre de culture , des bananiers , des palmiers , des
cannes à fucre , &c. J'y joignis dans la
fuite quelques arbres étrangers , dont j'a-
vois encaiffé les pepins & les noyaux , en
partant de *Londres*. Cette précaution nous
vaudra , avec le temps , des pommes &
des poires , des pêches & des abricots ,
des cerifes , des grofeilles , &c. Je me flatte
que la bonté du fol les perfectionnera.
Peut-être même acquerrons-nous des variétés intéreffantes , en mariant enfemble ,
par la greffe ou l'écuffon , les efpeces indigenes & exotiques qui ont entr'elles
quelqu'analogie. J'ai déjà dit un mot de
mes ceps de vigne , & j'en reparlerai encore ailleurs : je remarquerai feulement
ici que les ayant retrouvés , après cette
nuit défaftreufe , que la vengeance du méchant de *Bolabola* rendit fi funefte à mon
jardin , je les replantai ; qu'ils languirent
long-temps , mais qu'ils vécurent. Leur
réfurrection me coûta des foins infinis :
eh ! pouvois-je l'acheter trop cher ! Actuellement , fix ans après l'attentat de mon

voleur, je ne confidere point ces grappes vermeilles qui enrichiffent nos collines, fans frémir du danger que toutes avoient couru, renfermées dans les boutures élémentaires que *Hapi* voulut fe facrifier.

Les détails que je viens d'écrire fans interruption, correfpondent à plufieurs années ; reprenons la fuite naturelle des événements.

Dès que le Capitaine *Cook* eut quitté le havre d'*Owharre*, je crus devoir une vifite à mon jeune Monarque, à fa mere, & à tous les Chefs de l'Ifle. Chacun de ces grands perfonnages me fit l'accueil le plus obligeant : j'entrevis néanmoins que, chez la plupart, il y avoit autant de politique & d'affectation, que de bienveillance & de cordialité, davantage peut-être. Comme je n'ambitionnois alors que le repos, la faveur apparente ou réelle des principaux *Earées* me fuffifoit : j'attendois le refte du temps & des circonftances.

Les Chefs me rendirent ma vifite. Je

ne comptois pas fur celle du Roi ; mais on me regarda, à fa Cour, comme un homme aflez important pour que *Sa Majefté* m'honorât de cette marque de faveur & de protection. D'ailleurs mes amis avoient adroitement répandu qu'*Otoo*, Roi fuprême d'*O-Taïti*, n'avoit pas dédaigné de s'affeoir à ma table : l'exemple étoit déterminant. Un jour donc je vis arriver dans mon habitation *Tairée-Tareea*, conduit par fa mere, qui lui fervoit de tuteur & de Miniftre. Il étoit accompagné de *Méemé* fa fœur, enfant de huit ans au plus, mais très-avancée pour fon âge, & promettant une rare beauté. Elle a tenu parole. La mere étoit aimable au poffible. Fille unique d'un Chef qui joignoit de grands biens à beaucoup d'autorité, elle avoit été mariée de très-bonne heure au pere du Prince régnant. Ils ne vécurent enfemble que peu d'années. L'époux fut tué à la guerre : chofe affez rare parmi nos Souverains, qui, ne ménageant pas trop la vie de leurs Sujets, fe gardent bien d'expofer la leur. Cependant c'eft ordinairement pour eux qu'on fe bat, & le moins feroit qu'ils fe

miſſent férieuſement de la partie. *Nowa*,
demeurée veuve à dix-neuf ans, ayant tout
pour elle, taille, figure, rang, fortune, &
une réputation de ſageſſe que la médiſance
n'attaqua jamais ; *Nowa* eut autant de ſoupi-
rants qu'il y avoit à *Huaheine* d'hommes de
condition égale à la ſienne. Des Rois la rechercherent ; *Etary* offrit de lui communiquer ſa divinité. Elle ſe refuſa honnêtement à toutes les propoſitions de ce
genre, réſolue, diſoit-elle, de ne vivre
que pour ſes enfants, tant que la foi-
bleſſe de leur âge & le ſoin de leur édu-
cation lui impoſeroient le devoir de ne les
point abandonner. Elle ne paſſoit pas vingt-
quatre ans à l'époque où nous ſommes ;
& ſi dès-lors j'avois oſé lever les yeux ſur
une femme d'un état ſi diſtingué, ſi ſupérieur au mien, les vœux de M. *Cook*
euſſent été exaucés ; *Nowa* métamorpho-
ſoit en époux ſtable le plus incertain de
tous les hommes. Je tirai de ma caiſſe aux
joujoux un *pantin* pour le jeune Prince, &
une *poupée* pour ſa ſœur : ils ne s'attendoient pas à un auſſi magifique préſent ;
leur joie ſe manifeſta de la maniere la plus

vive & la plus ingénue. J'offris à la Reine-
mere un collier de brillants qui, même à
Londres, eût été beau. Elle refuſa d'abord
de l'accepter, moins par orgueil que par
modération ; mais s'appercevant qu'elle
me faiſoit de la peine, elle le prit & s'en
para au même moment. Je reconduiſis la
royale famille à ſa demeure. En y entrant
la charmante Reine me pria de recevoir
un coco dans lequel elle avoit bu : les deux
enfants m'embraſſerent.

Il n'eſt point de bonheur ſans mêlange :
c'eſt un point ſur lequel j'ai vu qu'on s'accordoit dans tous les pays de l'Univers. Le
ſoir du jour où l'aimable *Nowa* me donna
ſa taſſe & porta mon collier, ma chevre
chévreta, & mourut ; ſon fruit mourut
avec elle. Cette perte me fut extrêmement
ſenſible. Heureuſement M. *Cook* étoit encore à *Ulietea*, où il m'avoit dit qu'il paſ-
feroit au moins quinze jours, & où il m'a-
voit recommandé de lui faire parvenir de
mes nouvelles. Je lui dépêchai deux
Towtous avec une lettre dans laquelle,
après avoir expoſé les douceurs de ma

fituation par rapport aux Infulaires, je le priois, s'il étoit poffible, de réparer le malheur qui m'étoit arrivé. Je brûlois d'être moi-même mon commiffionnaire ; mes yeux euffent vu encore une fois l'ami de mon cœur ; je l'euffe embraffé encore une fois : mais quand je penfai qu'il faudroit auffi m'en féparer *encore une fois*, cette douloureufe perfpective, fans éteindre le defir qui m'agitoit, me retint à *Huaheine.*

Une autre raifon y rendoit ma préfence néceffaire. *Zée*, un foir qu'elle prodiguoit à ma pauvre chevre des foins qui ne l'empêcherent pas de mourir, mais qui adoucirent fes douleurs cruelles, car elle fouffrit exceffivement, crut entrevoir un homme fans cheveux & fans oreilles, rodant autour de ma maifon. Si elle ne s'étoit pas trompée, ce ne pouvoit être que *Hapi*, qui, réfugié chez quelque malheureux de fa trempe, n'avoit pas quitté *Huaheine*, ou qui y revenoit dans le deffein d'accomplir le projet de vengeance dont il m'avoit menacé. Cette apparition

me caufa beaucoup d'inquiétude. Il étoit
poffible que mon coquin ne fût pas feul ;
& d'ailleurs la puiffance de nuire eft fi
étendue, qu'un méchant, n'eût-il point
d'affociés, eft toujours à craindre. Je marquai au Capitaine mes légitimes appréhenfions & lui demandai des confeils.
Mais comme probablement nous aurions
befoin d'agir avant qu'ils fuffent arrivés,
je délibérai avec *Balaami* & *Faloonou* fur
le parti qu'il y avoit à prendre. Après
quelques petites altercations d'ufage, toutes les fois qu'on délibere, nous arrêtâmes
premiérement, que les *Towtous* & *Kokoa*
ne feroient inftruits de rien : celui-ci, parce
qu'il étoit trop jeune ; ceux-là, parce qu'ils
n'étoient que des domeftiques dont la fidélité n'avoit pas été éprouvée......... Secondement, que nous veillerions tour-à-tour
pour n'être pas furpris par notre ennemi,
penfant bien qu'il choifiroit les ténebres
pour en faire les complices du crime que
fa haine méditoit......... Troifiémement,
que nous ne nous renfermerions ni plutôt
ni plus qu'à l'ordinaire, afin que *Hapi* ne
foupçonnât pas qu'il étoit attendu.

Trois jours s'écoulerent. Rien ne parut. Nous commençions à croire que *Zéé* avoit pris & donné l'allarme mal-à-propos ; mais le quatrieme jour, vers l'heure que les Européens appellent *minuit*, mon frere, qui étoit de garde, vint nous dire qu'il voyoit au loin *une maniere de corps lumineux*, qui se montroit & se cachoit à chaque moment. Nous nous levâmes avec précipitation, & ce que *Balaami* avoit observé fut distinctement apperçu de nous tous. Cette lumiere n'étoit qu'un point qui n'auroit pas été visible sans l'obscurité de la nuit. Elle changeoit de place continuellement ; on eût dit qu'elle fautilloit. Son éloignement, sa position, ses mouvemens, tout annonçoit que ce feu étoit dans une pirogue qui manœuvroit sur la mer.

Quoique ces apparences n'indiquassent pas nécessairement des hostilités prochaines, nous nous préparâmes au combat. Je m'armai d'un sabre ; je donnai un couteau de chasse à mon Zélandais ; *Balaami* & *Faloonou* se contenterent chacun d'une massue ;

maſſue , arme nationale qu'ils manioient avec une adreſſe ſinguliere. Je mis deux piſtolets à ma ceinture ; j'en confiai un à *Taweiharooa* , lui recommandant de ne s'en ſervir qu'à la derniere extrêmité , & de ne tirer qu'à bout portant.

Ces diſpoſitions étoient à peine achevées, que la pirogue entra dans la baie d'*Owharre*. Le *corps lumineux* ſe déplaça , prit à gauche de ma maiſon , & gagna la colline au pied de laquelle mon bâtiment étoit aſſis. Nous comprîmes que l'ennemi vouloit tomber ſur nous par les derrieres , tant à cauſe de l'état de mes fortifications , encore très - imparfaites en cet endroitlà , qu'à cauſe de la facilité qu'il auroit à fuir & à ſe cacher , ſi ſa tentative ne réuſſiſſoit pas.

Nous allâmes nous poſter deux à deux aux bouts de la maiſon , ventre à terre , dans un ſilence profond , oſant à peine reſpirer. Le ſignal pour courir ſus à nos incendiaires fut le nom de *Cook* , que je devois prononcer d'une voix terrible , &

Tome I. Z

tôt que j'aurois jugé l'infurrection convenable.

Le *corps lumineux* fe fit appercevoir,
defcendant de la colline, lentement & comme à pas comptés. Au bout de quelques
minutes les méchants & leur complot fe
dévoilerent à nos yeux. La nuit étoit
claire, nous vîmes diftinctement deux
hommes, dont l'un portoit une efpece de
tifon qui, une fois embrafé, ne s'éteint
point, & l'autre un gros paquet de menu
bois. L'homme au paquet met fa charge
par terre; ils s'agenouillent nez-à-nez, &
couvrant de petites branches leur tifon,
ils foufflent à qui mieux mieux pour enfan-
ter la flamme.

Nous n'étions qu'à douze ou quinze pas
de ces malheureux. Leur attitude nous invitoit à nous jetter fur eux. Nous nous
levons le Zélandais & moi........ Donner
le fignal convenu, courir à nos drôles,
les renverfer, les faifir à la gorge, les
menacer de la mort à l'inftant même, s'ils
fe défendent, s'ils remuent, jettent un

cri : toutes ces opérations se font en moins
de temps qu'il n'en faut pour les écrire.
Balaami & *Faloonou* étoient accourus à
ma voix. Si je les avois voulu croire, ils
auroient sur le champ expédié les coupables à coups de maffue ; mais l'envie de
tirer de mes scélérats quelques éclaircif-
fements, un refte de compaffion peut-être,
& cette humanité qui, dans un bon cœur,
plaida toujours pour des ennemis défar-
més, m'engagerent à fufpendre au moins
l'exécution de l'arrêt que leur détestable
action avoit comme prononcé. Immobiles
de furprife & d'effroi, ils ne nous avoient
oppofé aucune réfistance. Ne voulant pas
qu'ils puffent concerter leurs réponfes à
l'interrogatoire que je me propofois de
leur faire fubir, je les avois fait traîner
auffi-tôt, & féparément, dans deux petites grottes ou cavernes, creufées au
pied de ma colline. On les y garotta.

Toute cette fcene s'étoit paffée fans
bruit, & n'avoit été éclairée que par la
foible lueur de quelques étoiles. *Tawei-*

Z 2

harooa ayant apporté un flambeau, je pro-
cédai à la visite de mes prisonniers.

Le premier qui se présenta à mes regards
fut ce fripon de *Hapi*, à qui, sans le vouloir, j'avois occasionné la perte de ses
deux oreilles. La pâleur de la mort étoit
sur son visage ; il trembloit de tous ses
membres, se soutenoit à peine. Je lui demandai pourquoi il avoit formé l'horrible
projet de me brûler avec toute ma famille,
moi à qui il ne pouvoit reprocher que
d'avoir découvert un vol dont il étoit vraiment coupable. Il me répondit, en bé-
gayant, qu'on l'y avoit excité. Et quand,
lui dis-je ? Etoit-ce avant que le Capitaine
Cook te mutilât ? Il fut un peu de temps
sans parler, puis de l'air le plus suppliant :
Promettez-moi, dit-il, de ne me pas tuer,
je déclarérai tout. — Je ne te promets
rien ; mais si tu veux éviter les plus cruels
supplices, dépêche, & sur-tout sois vrai.
— Puisque vous ne voulez pas même me
promettre la vie, répliqua-t-il froidement
& en rappellant son courage, vous ne sau-
rez rien. — Nous allons voir, m'écriai-

je, si cette constance se soutiendra dans les tourments........... *Taweiharooa*, allez chercher le bois que ce malheureux avoit apporté pour nous réduire en cendres, & que l'instrument de son crime en commence la punition......... On couvrit de ce même bois les jambes de *Hapi*, qui considéra ces préparatifs sans mot dire ; mais quand il vit que je saisissois le flambeau, & que, furieux, je m'approchois pour mettre le feu au bûcher, il me dit qu'il avoueroit tout, & que pour la vie, que je ne lui promettois pas, il l'espéroit de ma clémence. Cette déclaration me fit d'autant plus de plaisir, que s'il avoit persisté dans son obstination, je me serois trouvé fort mal à mon aise, ne pouvant pas trop décemment reculer, & pouvant encore moins me résoudre à tourmenter un de mes semblables par l'horrible question du feu. Je ne prétendois pas me venger, mais seulement mettre mes ennemis hors d'état de me nuire, leur épargnant les horreurs de la mort, si les circonstances me poussoient impérieusement à leur arracher la vie. Je t'écoute, dis-je à *Hapi* ; si tu es sincere, ma bonté fera peut-être pour toi plus que tu n'ofes efpérer. Il continua en ces termes :

>> Je ne vous vis pas arriver à *Huaheine*, >> & fur-tout vous y fixer, fans en con- >> cevoir beaucoup de chagrin. Vos dif- >> cours contre ceux de *Bolabola*, mes com- >> patriotes, exciterent mon indignation. >> Les richeffes que vous étaliez avec com- >> plaifance me firent connoître l'envie, >> fentiment affreux que j'avois ignoré juf- >> qu'alors. Il me devint comme impoffible >> de ne pas haïr les Anglais dont vous >> étiez aimé, & particuliérement *Toote*, >> qui vous avoit comblé de tant de biens. >> Je volai un inftrument dans l'obferva- >> toire : il m'étoit inutile, mais je me dou- >> tai que fa perte feroit fenfible à vos amis; >> ce motif me détermina. Vous me déce- >> lâtes....... Si l'on m'eût pardonné, cette >> indulgence me réconcilioit peut-être avec >> vous ; l'indigne traitement que la force >> européenne me fit éprouver, alluma dans >> mon ame un defir de vengeance que >> j'annonçai fans ménagement, & qu'en

» effet j'avois juré à l'*Eatooa* de porter aux
» plus terribles extrêmités. Cependant je
» remarquai la tristesse que vous occa-
» sionna la barbare sévérité dont *Toote*
» avoit usé à mon égard ; & je me con-
» tentai de bouleverser votre jardin , qui
» étoit son ouvrage. Le formidable Etran-
» ger, instruit des propos que je me per-
» mettois avec trop peu de discrétion ,
» m'arrêta une seconde fois, & ne me dis-
» simula pas qu'il me transporteroit si loin,
» que, paisible à *Huaheine* , vous n'auriez
» rien à craindre de mon impuissante fu-
» reur. L'homme qui me gardoit ne vous
» aimoit pas ; il affecta de ne point voir ce
» que je faisois , & je me sauvai.

　　» Un Chef (c'est lui qui m'a perdu) me
» donna un asyle dans sa maison , & le
» bruit courut que je m'étois enfui à
» *Ulietea*. Mon protecteur eut soin de
» l'entretenir , tant que *Toote* demeura
» parmi nous.

　　» La solitude & la réflexion avoient di-
» minué mon ressentiment. Je cessai de

» parler de vous , ne songeant plus qu'à
» quitter un pays où j'étois déshonoré.
» Mon hôte s'apperçut de ce changement.
» Il me le reprocha dans les termes les
» plus mortifiants : ce n'étoit pas moins
» qu'une *lâcheté.* Il essaya de me prouver
» qu'une vengeance éclatante effaceroit la
» honte dont j'étois couvert, & qu'au sur-
» plus , si je voulois quitter *Huaheine* , il
» me seroit doux d'y laisser mon ennemi
» plus à plaindre que moi. Il ajouta qu'il
» me serviroit de second , qu'il ne préten-
» doit pas m'exposer seul au danger d'une
» aussi glorieuse entreprise ; qu'en cas d'ac-
» cident , son autorité & sa complicité
» m'assuroient le pardon , & qu'il étoit
» assez riche pour me faire un sort agréa-
» ble par-tout où je voudrois m'établir.
» *Enfin* , me dit-il, *vous êtes Sujet du grand*
» Opoony : *quoi que vous fassiez , nos Chefs*
» *respecteront votre vie & votre liberté.*

» Ces dangereuses paroles réveillerent
» un feu mal éteint ; & nous concertâmes
» aussi-tôt le plan de vengeance , dont je
» suis content que vous ayez empêché

» l'exécution, quoique la confervation de
» votre vie mette la mienne en danger.
» Vous ne me croirez pas vraifemblable-
» ment, fi je le dis : il eft pourtant vrai qu'en
» fortant de la pirogue, le remords eft
» entré dans mon ame ; qu'en m'appro-
» chant de votre habitation, j'ai témoigné
» du repentir à l'homme dont l'afcendant
» me fubjuguoit : & qu'au moment où vous
» êtes tombés fur nous, la joie d'être arra-
» ché à un grand crime, s'eft fait fentir à
» mon cœur, au milieu de cette foule d'au-
» tres fentiments qui l'ont accablé. « En
finiffant ces paroles, il fe tut.

Tu n'as fait, repris-je, qu'une partie de
ta confeffion ; acheve.......... Quel eft cet
homme qui, fi je t'ôte la vie, fera ton
bourreau plus que moi ? — Celui-là même,
répondit-il fur le champ, qui vous a
échappé. (*Je compris que fe voyant feul,*
& n'ayant pas été à lui dans les premiers
moments de fa captivité, il imaginoit que
fon complice avoit pris la fuite. Je lui laiffai
cette erreur.)........ Mais, continua-t-il,
avec fermeté, ne me demandez pas fon

nom. J'ai juré par l'*Eatooa*, & même par *Etée* (1), de ne jamais le révéler, dussent tous les supplices unis ensemble me conduire au sombre pays du crépuscule éternel. Et, d'ailleurs, me conviendroit-il de perdre celui que les Dieux ont sauvé?

Feignant de me rendre à ces raisons, je n'insistai pas davantage sur la révélation d'un mystere dont j'allois bientôt me procurer la plus ample connoissance, en me transportant à la grotte où l'on gardoit mon autre prisonnier. Quelle fut ma surprise en reconnoissant *Arepoo*, celui des Chefs à qui j'avois donné le plus de choses pour qu'il me protégeât! Le traître!......... Il me prodiguoit les marques du plus vif attachement........ j'étois son cher *Omaï*........ il m'avoit embrassé la veille........ sa bouche perfide me nommoit son *tayos*....... tout ce qu'il possédoit étoit à moi......., au besoin il auroit sacrifié sa vie pour la mienne........ Non, la foudre

_____

(1) Le mauvais principe.

tombant à mes pieds , ou l'esprit de la
mort me saisissant par les cheveux , ne
m'auroit pas causé une émotion plus pénible que celle qui m'agita à la vue de
cet abominable homme. Ah! malheureux ,
lui dis-je , quel démon t'a inspiré..........
» Arrête , *Omaï* , reprit-il en m'interrom-
» pant : venge-toi ; mais..... ni reproches
» ni questions. Tu sauras seulement que
» l'œil perçant d'*Arepoo* a remarqué que
» *Nowa* te distinguoit : tu sauras qu'elle
» est sa parente , & qu'il lui a offert sa
» main........ qu'elle l'a refusé........ Ces
» quatre mots renferment tout ce que je
» pourrois t'apprendre........ Ne me fais
» pas languir. « Et il tourna la tête.

J'étois fort embarrassé sur le parti que
je devois prendre. Le plus court eût été
d'immoler en secret les coupables : les
loix du pays me le permettoient, & celles
de la nature ne s'y opposoient pas. C'étoit
peut-être l'unique moyen d'ensévelir toute
cette affaire dans l'oubli qui convenoit à
ma sûreté , & de me débarrasser de deux
ennemis, qui ne me pardonneroient pas de

leur avoir pardonné. Le Zélandais pen-
choit de ce côté ; *Balaami* & *Faloönou*
m'y pouſſoient ouvertement : l'humanité
ſeule combattoit dans mon cœur pour
Arepoo & *Hapi*. J'aurois pu, au lever de
l'aurore, aſſembler les Chefs, demander
juſtice contre les ſcélérats ; mais, premiérement, il étoit douteux qu'on me l'accordât : chez nous, un *Earée*, quoi qu'il
faſſe, eſt rarement criminel aux yeux de
ſes égaux, ſur-tout quand il eſt accuſé
par un homme d'une claſſe inférieure. Secondement, en ſuppoſant que la crainte
du Capitaine *Cook*, qui, en deux jours,
pouvoit revenir à *Huaheine* & me venger,
portât à prononcer indiſtinctement la mort
du noble aſſaſſin & de ſon vil complice,
ne reſtoit-il pas des parents, des amis, qui,
tôt ou tard, ſe ſouviendroient que, ſans
moi, *Arepoo* vivroit encore, & m'enver-
roient lui tenir compagnie dans le *Tourouva* (1) ? Il falloit donc renoncer abſolu-

---

(1) Suivant la Théologie o-taïtienne les ames des morts
s'aſſemblent dans une maiſon ſpacieuſe pour ſe divertir enſemble & avec les Dieux. Cette maiſon ſe nomme *Tourouva*.

ment à l'idée d'une punition judiciaire.
Après une mûre délibération , nous nous
arrêtâmes à l'idée d'expédier une pirogue
à *Ulietea* pour y tranfporter les deux incendiaires, & les remettre entre les mains
du Capitaine *Cook*, qui difpoferoit d'eux
fouverainement. Ce projet n'étoit pas fans
inconvénients ; car bien que nous fuffions
réfolus de ne négliger aucune précaution
pour cacher à tous les yeux *Arepoo* &
Hapi, pendant le voyage & à l'arrivée aux
vaiffeaux , il n'étoit pas probable que
nous euffions le bonheur de dérober entiérement la connoiffance de notre opération, tant à *Huaheine* qu'à *Ulietea* : & nous
demeurions expofés à un reffentiment d'autant plus terrible dans fes fuites , que les
motifs indifpenfables de notre conduite feroient ignorés. Un vent de terre affez vio-
lent , qui s'éleva tout-à-coup , me fuggéra
une autre penfée ; & c'eft elle , enfin, que
j'exécutai de la maniere que je vais dire.

Faloonou, par mon ordre, alla réveiller
Zée, & lui dire que je la priois de compofer , fans aucun retardement , deux po-

tions d'*ava* extrêmement fortes. On fait
que cette liqueur, pour laquelle nous fommes paffionnés, engourdit fubitement toutes les facultés du corps & de l'efprit, &
que fon plus infaillible effet eft un affou-
piffement ftupide qui dure plus ou moins
de temps, felon qu'on a *mâché* plus ou
moins de racine. Mon beau-frere inftruifit
fa femme de ce qui s'étoit paffé ; mais ils ne
favoient, ni lui ni elle, à quel deffein je de-
mandois le double foporifique : perfonne
ne le favoit. L'étonnement fut grand lorfque j'ordonnai à *Balaami* & à *Taweiharooa*
de porter à la pirogue de nos ennemis, une
certaine quantité de nourritures groffieres
& de l'eau douce, de forte que deux hommes puffent en vivre au moins huit jours.

Ces préparatifs achevés (& ils n'ufe-
rent que très-peu de temps) je dis à *Are-*
poo que, par confidération pour fa famille, nous lui accordions la vie & la liberté. *Hapi*, que j'avois fait amener à la
grotte où le Chef étoit détenu, reçut la
même affurance, *à caufe de la franchife de*
fa confeffion.......... » Vous avez beaucoup

» fouffert , ajoutai - je ; je veux un peu
» vous reftaurer , avant que vous partiez.
» *Zée*, ma fœur, va vous apporter une
» bonne potion d'*ava*, que vous boirez *à*
» *ma fanté* : c'eft la mode en Europe d'en
» ufer ainfi, quand on oublie les injures ,
» & que des ennemis fe réconcilient. « Ils
crurent que je me moquois d'eux , que
j'infultois à leur malheur , ils me le dirent : mais *Zée*, en paroiffant le vafe à la
main , rappella l'efpérance bannie de leur
cœur. Ils s'épuiferent en remerciemens ,
en proteftations de fidélité inviolable , de
reconnoiffance éternelle.» Ils devoient être,
» dans la fuite, mes meilleurs amis..... tous
» les fervices qui feroient en leur pou-
» voir , ils me les rendroient ; me dreffe-
» roit-on de nouvelles embuches ?........ ils
» m'en avertiroient ; s'il falloit me défen-
» dre, ils me défendroient......... même au
» péril de leur vie. N'étoit-elle pas à moi,
» leur vie ? A quel ufage pouvoient-ils la
» mieux employer , qu'à la confervation
» d'un homme qui , maître de la leur retirer,
» le devant peut-être , avoit été affez gé-
» néreux pour facrifier le plus jufte des

„ reffentiments, pour oublier...... Dieux!
„ quelle injure !...... « Ils étoient finceres;
j'aime à le croire. Quel monftre, dans les
circonftances où ils étoient placés, pourroit fentir & s'exprimer autrement? Mais
il n'eût pas été raifonnable de compter fur
la durée de ces heureufes difpofitions, &
je fuivis mon plan.

On délia les prifonniers, avant de leur
préfenter la coupe remplie d'*ava*. Ces prémices de délivrance leur cauferent une
joie qu'ils ne purent contenir, & ils al-
loient recommencer un nouveau difcours
que l'enthoufiafme produit par leur efpece
de réfurrection, auroit dicté, fi je ne les
avois pas interrompus, en obfervant que
la nuit s'avançoit, & qu'il étoit temps de
goûter les douceurs du repos. — „ Buvez
„ promptement. Nous vous reconduirons
„ à votre pirogue; vous y dormirez en
„ attendant le jour. « Ils vuiderent le vafe,
fans fe le faire dire davantage. Nous nous
acheminâmes tous fix vers la mer. Je dis
tout bas à *Zée* de ne point avoir d'inquiétude, fi nous ne revenions que le lendemain,

main, & fur-tout de garder un profond filence fur les événements de cette nuit mémorable.

A peine eûmes-nous fait vingt pas, que le grand air & l'émotion accélérant l'ivreffe, nos deux vauriens commencerent à déraifonner. Leurs jambes fléchiffoient; nous fûmes obligés de les prendre par-deffous les bras, & de les traîner jufqu'au rivage. Ils avoient entiérement perdu connoiffance, quand ils entrerent dans leur pirogue. S'étendre tout de leur long & s'endormir, fut l'affaire d'un clin d'œil. Alors je déclarai à mes compagnons le deffein que j'avois formé.

»Voilà, leur dis-je, nos ennemis en »proie à un fommeil qui durera vingt-»quatre heures, &, fuivant mon calcul, »ils ne fe réveilleront que la nuit pro-»chaine. Nous allons attacher leur embar-»cation à la queue de la nôtre, & mettre »à la voile. Le vent fouffle violemment; »fa direction porte à la *grande mer*; vous »favez que de ce côté, à une demi-jour-

Tome I.   A a

» née de la baie d'*Owharre*, il exiſte un
» *Aow* (1) terrible dans lequel on ne s'en-
» gage point impunément, puiſqu'une pi-
» rogue qui a le malheur d'y toucher, eſt
» entraînée ſans eſpoir de retour, bien
» que *Toerou*, ou même *Farooa* (2), ſe
» joignent aux efforts des rameurs pour la
» ſauver. C'eſt vers ce courant que nous
» allons diriger notre marche. Par le temps
» qu'il fait, nous ne tarderons pas à l'at-
» teindre ; nous y pouſſerons la pirogue
» de nos deux ennemis, qui deviendront
» ce qu'il plaira à *Tanne* (3) ; mais du
» moins nous n'aurons pas trempé nos
» mains dans leur ſang. On n'entendra plus
» parler d'eux ; & muets au milieu des con-
» jectures qu'on formera ſur leur diſpari-
» tion, cachant un ſecret auquel eſt atta-
» chée la tranquillité & peut-être la con-

(1) Ce mot déſigne un *courant*, une *marée*, &c.

(2) Vents impétueux. Les Inſulaires de la mer du Sud per-
ſonifient les vents, & les font mâles ou femelles, ſelon
qu'ils ſont forts ou doux.

(3) Dieu d'*Huaheine*.

» fervation de nôtre vie , nous fupplierons
» l’*Eatooa* de nous pardonner d’avoir expofé
» à un péril imminent, l’exiſtence de deux de
» ſes créatures. J’efpere qu’*Arepoo* & *Hapi*
» ne périront pas. Ils ont des vivres pour
» huit jours. Avant l’expiration de ce ter-
» me , le courant les aura conduits à quel-
» que terre éloignée , où ils trouvéront des
» aliments & probablement des hommes.
» Pour leur faciliter l’abordage , nous
» leur laiſſerons leurs pagaies & leur
» voile. «

Jamais difcours ne fut reçu de ſes audi-
teurs avec plus d’applaudiſſements que
celui qu’on vient de lire ; ſeulement mes
compagnons auroient voulu que je reti-
raſſe aux deux bannis la voile & les pagaies , tant ils craignoient que les méchants ne s’en ferviſſent pour revenir à
Huaheine. Je me refufai à une idée qui rendoit vaines les précautions prifes pour
nous débarraſſer de nos ennemis ſans les
perdre : immobiles au milieu des mers , ils
auroient pu mourir de faim à la vue d’une
terre chargée de fruits. J’étois d’ailleurs

moralement sûr qu'une fois tombés dans
les eaux de l'*Aow* , ils vogueroient avec
une force si irrésistible & une rapidité si
prodigieuse , qu'ils seroient infiniment
trop loin pour songer au retour ou le pouvoir exécuter , lorsque l'affoiblissement du
courant leur permettroit d'en sortir. De
plusieurs pirogues d'*Huaheine* & d'*Ulietea*
qui, à différentes époques , avoient impru-
demment donné dans l'inexorable *Tarta-*
Bouelo (1) , aucune n'avoit reparu , aucune
n'avoit fait parvenir de ses nouvelles : il
en sera de même , assurai-je , de celle que
nous allons librement lui confier..........
J'étois maître : tout le monde revint à
mon avis.

Nous démarâmes. Notre voile tendue à
moitié suffisoit à une marche très-préci-
pitée. Les pagaies n'étoient employées qu'à
diriger l'embarcation.

Le jour parut. *Arepoo* & *Hapi* dormoient
dans leur pirogue. Le sommeil de celui-ci

(1) Nom particulier du courant.

paroiſſoit fort tranquille ; mais le noble coquin donnoit de temps en temps des marques de la plus grande agitation. Nous le vîmes une fois lever le bras & l'abaiſſer auſſi-tôt avec l'action d'un homme qui frappe. Ce geſte fut accompagné de paroles très-animées ; nous ne diſtinguâmes que ces trois mots : *Meurs*.......... *Nowa te*........ Ce rêve d'*Arepoo* ne prouvoit pas évidemment qu'il nourrît dans ſon cœur le deſir de ſe venger ; mais pourtant il allégea la peine que je me faiſois d'abandonner à la merci des flots , deux hommes , certainement coupables , mais peut-être repentants.

Sur les trois heures après midi, un bruit ſourd nous avertit que le courant n'étoit pas loin , & un arbre entraîné avec une vîteſſe exceſſive nous l'indiqua. Le vent étoit beaucoup diminué. Nous calâmes notre voile , dans la crainte d'être jetés malgré nous dans l'épouvantable torrent. Deux pagaies qu'on agitoit lentement , & toujours en regardant autour de ſoi , nous en approcherent à une petite diſtance.

A a 3

Là j'examinai de nouveau dans quelle fituation j'allois laiffer mes ennemis. Nous
paffâmes, *Balaami* & moi, fur leur embarcation. Outre les vivres que j'y avois
fait mettre, il s'y en trouvoit une certaine quantité qu'ils avoient eux-mêmes
préparée. Nous remarquâmes de plus quelques vêtements & des inftruments pour la
pêche. J'y ajoutai deux maffues & deux
haches, & une bonne provifion de cette
matiere avec quoi nous évoquons le feu.
L'humanité me dicta ces foins. Je voulois
qu'*Arepoo* & *Hapi*, en débarquant fur une
rive étrangere, puffent fe loger, fe nourrir & fe défendre, & que, dans leur défefpoir, ils oubliaffent de me maudire, en
voyant ce que j'avois fait pour leur confervation.

Tout étant ainfi difpofé, nous dé-
ployons tant foit peu la voile de la pirogue ennemie; & lui faifant prendre le
vent, de maniere qu'il pouffât en droi-
ture au *Tarta-Bouelo*, nous coupons la
corde qui attachoit cette embarcation à la
nôtre. Auffi-tôt elle nous quitte, & nous

demeurons ſtationaires, conſidérant l'événement. Elle s'avance vers le terme fatal;
déjà elle touche les bords du gouffre : on
diroit qu'elle héſite d'y entrer, ou que les
flots ſe heurtant, ſe preſſant, s'amon-
celant, refuſent de lui ouvrir paſſa-
ge. Cependant une vague courroucée
frappe le bout de la pirogue, la fait
tourner bruſquement, & la livre à l'*Aow*.
Elle fuit ; nos yeux la cherchent : elle a
diſparu.

Dès que le ſort de nos ennemis eut été
décidé par leur réception dans les eaux
du *Tarta-Bovelo*, nous reprîmes le chemin d'*Owharre*. J'avois l'ame triſte, quoique ma conſcience ne me reprochât pas
d'avoir fait une mauvaiſe action. Nous
ſuppliâmes humblement le *Dieu-Mer* de
veiller ſur les deux infortunés, qu'une juſte
défenſe nous avoit obligés de remettre entre les mains de ſon pouvoir ſuprême. Il
parut que cette redoutable *Eatooa* nous
exauçoit, ou du moins que notre priere
étoit à ſon gré. Le vent qui avoit ſoufflé
juſqu'alors, & qui s'oppoſoit à notre re-

tour à *Huaheine*, tomba tout à coup. L'aimable & douce *Era-Potaia* (1) prit sa
place, agitant mollement les flots. Si elle
ne nous dispensa pas entiérement de nous
servir des pagaies, elle essuya nos visages
avec son haleine parfumée, & gonfla notre voile sans faire courir de risque à notre embarcation.

Nous rentrâmes, au point du jour,
dans la baie d'où nous étions sortis il y
avoit un peu plus de vingt-quatre heures.
Zée avoit passé la nuit à nous attendre,
tourmentée par tous les fantômes de l'inquiétude. Elle fut au comble de la joie
quand elle nous revit, & le succès de notre expédition acheva de la tranquilliser.
J'appris d'elle que mes *Towtous* & *Kokoa*
avoient été fort intrigués de notre absence,
& que ce n'étoit pas sans peine qu'elle
avoit éludé leurs questions. Elle avoit
aussi observé qu'*Arepoo*, qui manquoit,
& qui n'avoit annoncé aucun voyage,

_____

(1) Vent femelle, épouse de *Toerou*.

étoit le sujet de toutes les conversations.
Plusieurs Insulaires vinrent demander s'il
ne s'étoit pas montré chez moi. On le chercha dans toutes les Isles voisines. Ses parents l'attendirent plus de six mois ; mais
enfin, n'en recevant point de nouvelles,
& sa jolie pirogue *de promenade* ayant dis-
paru avec lui, ils conclurent qu'il avoit
fait naufrage, en allant à quelque partie
nocturne : car il étoit garçon & libertin.
Des collatéreaux s'emparerent de ses biens,
après que *Tairée-Tareea*, en sa qualité de
Souverain, eût retenu *le fief* pour en dis-
poser à sa volonté.

Le jour même que je revins de mon
voyage au *Tarta-Bouelo*, M. *Cook* me
renvoya les *Towtous* que j'avois chargés
d'aller à *Ulietea* lui apprendre la mort de
ma pauvre chevre, & lui porter la lettre
dans laquelle je le consultois sur la maniere dont je devois agir à l'égard de *Hapi*,
qui renouvelloit toutes mes craintes. Le
Capitaine me répondit sur cet article important, qu'il me conseilloit de me dé-
faire à petit bruit, si je le pouvois, du

dangereux fcélérat qui avoit juré ma ruine.
Cet avis venoit trop tard, puifque l'affaire
étoit finie ; mais je me félicitai de l'avoir
fuivi fans le connoître , & d'une façon que
l'excellent cœur de mon honorable ami
auroit approuvée.

Mes envoyés ne reparurent pas à
Huaheine les mains vuides. M. *Cook*
leur avoit remis pour moi deux jeunes
chevreaux, l'un mâle & l'autre femelle :
à ce moyen ma perte fut plus que ré-
parée.

La lettre que m'écrivit le Capitaine ,
outre le confeil dont j'ai fait mention ,
contenoit quelques détails touchant le féjour des Anglais à *Ulietea*. Un Soldat de
marine , nommé *Jean Harrifon* , brave
homme, que je connoiffois beaucoup, avoit
déferté avec armes & bagages , féduit par
quelques femmes du pays : on le rattrapa
prefque auffi-tôt. Deux autres Anglais de
l'équipage de *la Découverte* avoient imité
Harrifon ; mais il en coûta bien plus de
peine pour les reprendre, parce qu'ils paf-

ferent à *Bolabola*, & fucceffivement en
d'autres Ifles. M. *Cook*, pour les ravoir,
employa fa méthode ordinaire ; il fe faifit
du fils, de la fille & du gendre d'*Oreo*,
Vice-Roi pour *Opoony* à *Ulietea*, protef-
tant qu'il les emmeneroit, fi les fugitifs
ne lui étoient pas reftitués. Cette violence, qui produifit l'effet accoutumé, c'eft-
à-dire, l'exécution des volontés abfolues
de mon ami, manqua d'en occafionner un
autre à quoi les étrangers ne s'attendoient
pas ; car les Naturels, par repréfailles de
la détention ignominieufe des leurs, avoient
comploté de fe faifir de quelques Anglais
des plus apparents, & leurs mefures
étoient fi bien prifes, que, fans le babil
d'une femme, MM. *Clerke* & *Gore*, def-
cendus à terre, payoient de leur liberté
l'attentat commis fur la famille du Chef-
Lieutenant. Cette femme étoit d'*Huaheine*.
Elle avoit fuivi un Officier anglais qu'elle
aimoit ; & fa tendreffe la rendant attentive
à tout ce qui pouvoit intéreffer l'homme
de fon choix, elle éventa le projet
des Infulaires, & les trahit. Ils auroient
puni cette action par une mort cruelle, fi

M. *Cook* n'eût pas fouftrait la coupable
aux recherches de fes ennemis. Il me l'envoya, en me la recommandant pour le bon
fervice qu'elle lui avoit rendu. J'en pris
foin. Elle étoit jeune, aimable : un de mes
Towtous la trouva à fon gré ; mais il fallut qu'il l'épousât, & je le prévins que fon
mariage, conformément à l'ufage que je
me propofois d'introduire, auroit une perpétuelle ftabilité. Il fe foumit à tout, &
n'a jamais eu lieu de s'en repentir. *Laloë*
eft devenue le modele des époufes ; & non-
feulement elle a acquis, dans ma maifon,
de la confidération pour elle-même par fes
excellentes qualités, mais encore elle en
a procuré à fon mari, qui, dirigé par
elle, obtint infenfiblement notre confiance, & fut le plus aimé, comme le plus
utile & le plus fûr de nos *Towtous*. Ma
fœur, enchantée de n'être plus la feule
femme de notre ménage, traita *Laloë* moins
en efclave qu'en amie ; & celle-ci affecta
de toujours fe fouvenir que *Zée* étoit fa
maîtreffe. On parcoureroit peut-être bien
des Ifles de la Mer du Sud (pour ne pas
aller jufqu'en Europe), avant de rencon-

trer deux femmes qui , rapprochées de la
même maniére , méritaffent le même éloge.
Quant à moi , j'étois faché que *Laloë* eût
fait reprendre les déferteurs anglais. Ils
n'auroient pas manqué , après le départ
de leurs compatriotes , de me venir joindre à *Huaheine* , & un pareil renfort
doubloit nos moyens d'attaque & de
défenfe.

Le Capitaine me marquoit qu'il appa-
reilleroit inceffamment , & que , cinglant
vers le Nord , il toucheroit à *Bolabola* ,
pour s'aboucher avec *Opoony*. Son deffein
étoit d'acheter une ancre que le Français
Bougainville avoit laiffée à *O-Taïti* , &
que la crainte , infpirée par l'Ufurpateur
d'*Ulietea* & d'*Otaha* , lui avoit fait envoyer , comme s'il eût été feul digne de
poffeder ce tréfor. La négociation réuffit ,
& ce fut un nouveau chagrin pour moi ;
car n'ayant jamais défefpéré de conquérir
l'Ifle du fuperbe *Opoony* , ou tout au
moins de le forcer à une paix dont je dic-
terois les conditions , j'avois convoité

d'avance le riche morceau de fer dont il étoit dépofitaire.

Les Anglais quitterent *Bolabola* & nos parages, dans les premiers jours de Décembre.

SEPTIEME NARRATION,

O O R O O.

Ooroo eſt le Roi que la nature & les Dieux m'avoient donné ; *Ooroo* eſt le meilleur & le plus infortuné des hommes ; il aimoit mon pere ; je le retrouve dans cette *Narration* : pouvois-je la dédier à un autre ?

ON a vu qu'une bonne partie de mon terrein avoit été deſtinée au labourage, & que je la chargeai en effet de pluſieurs fortes de grains. Ce point important demande quelques détails, & c'eſt ici leur place, puiſque je ne devins agricole à la maniere des Européens, qu'un peu de temps après que les vaiſſeaux étrangers eurent quitté nos mers.

J'avois, en petit, un modele de charrue ; je parvins, avec le ſecours de l'ainé de mes Zélandais, qui étoit fort inventif, à en monter une dont les défauts étoient ſans doute conſidérables, mais qui pouvoit paſſer pour un chef-d'œuvre, eu égard à nos moyens & à notre inexpérien-ce. La conftruction de cette machine piqua vivement la curiofité des Habitants d'*Hua-heine*, & n'en devinant pas l'ufage, ou plutôt ne voyant pas comment elle pour-roit fervir à celui que j'avois annoncé, ils attendirent avec impatience le jour que j'en devois faire les premiers effais.

Ce jour arriva. Dès le matin on fe ren-dit, de tous les cantons de l'Ifle, aux en-virons de mon habitation. La nouveauté du fpectacle, dont j'avois eu foin de fixer le moment précis, une lune auparavant, attira beaucoup d'Infulaires d'*O-Taïti*, d'*Ulietea*, d'*Eimeo*, & de plufieurs au-tres Ifles. *Etary*, qui croyoit fa préfence néceffaire par-tout, étoit arrivé la veille dans la pirogue même d'*Opoony*. Ce fou refpecté fut très-mécontent de moi ; car au lieu de lui rendre quelques-uns des honneurs que la crainte & l'adulation lui prodiguoient ailleurs, je ne le regardai feulement pas ; & prenant foin de placer, pour la cérémonie, les perfonnages diftin-gués qui y étoient venus, je le laiffai fe

mettre

mettre où il voulut. De retour à *Bolabola*, il ne manqua pas de jetter les hauts cris, & de fe plaindre de l'efpece d'infulte que j'avois faite à fa perfonne fur-humaine. C'étoit ce que je defiróis. Réfolu de périr ou de me venger, je ne négligeois aucune occafion d'exciter le courroux des ufurpateurs d'*Ulietea*, de maniere pourtant qu'on ne pût pas me reprocher d'avoir rompu la treve, & appellé la guerre dans le pays qui m'adoptoit.

Orée, ancien Régent d'*Huaheine*, qui demeuroit à *Ulietea*, vivant en riche particulier, fut du nombre des curieux. Nos Chefs ne le craignoient plus : ils lui témoignerent une exceffive confidération, qui, fans doute, l'auroit flatté, s'il n'eût pas régné affez long-temps pour favoir apprécier les hommes. J'eus lieu de me louer des marques d'amitié qu'il me donna ; &, quoiqu'il m'avouât ingénuement que je les devois aux fentiments que nous avions l'un & l'autre pour le Capitaine *Cook*, & à ceux que le Capitaine avoit pour nous, je ne me crus pas obligé à moins de ré-

Tome I.   B b

connoiſſance ; mais je me promis à moi-
même de mériter, dans la ſuite, qu'il m'eſ-
timât & m'aimât perſonnellement.

Œdidée, & les deux O-Taïtiens, *Ta
nadoure* & *Opahiah*, qui avoient ſurvécu
au voyage de *Lima* (1), ſaiſirent, pour
me venir voir, l'occaſion de la fête an-
noncée. Ils habitoient *O-Taïti-Noë*. Le
premier étoit très-riche ; le ſecond avoit
plus que la médiocrité ; le troiſieme ne
poſſédoit que l'amitié & les bienfaits des
deux autres.

Il étoit environ dix heures du matin.
Tout le monde étoit aſſemblé. *Tairée-
Tareea*, la Régente ſa mere, & la jeune
Méemé, occupoient une jolie tente, dreſ-
ſée au haut de mon champ. *Orée*, & ce
qu'il y avoit de mieux parmi les Etrangers, étoit à côté d'eux. Les Chefs d'*Huaheine* gardoient l'entrée du pavillon
royal, aſſis ſur des ſieges commodes. La

_____

(1) Les deux qui moururent, ſe nommoient *Debedebea* &
Paoodou.

multitude se tenoit debout, distribuée dans
tous les endroits d'où l'on pouvoit appercevoir l'opération, sans gêner les travailleurs. On voyoit ma charrue à une
petite distance de la tente ; non loin de
là une herse, un sac dans lequel il y avoit
du bled, & un charriot de médiocre
grandeur. On examinoit, mais sans y
toucher, ces différents objets ; on en rai-
sonnoit, on s'efforçoit d'en deviner l'u-
sage : un bruit sourd & confus régnoit
par-tout........ Je parois. Il semble que je
sois précédé du silence. On n'entend plus
que le murmure des feuilles qu'agitoit un
vent léger. Vêtu à la maniere des La-
boureurs Anglais, je marche, un fouet
à la main, derriere mes deux chevaux,
convenablement enharnachés, & conduits par *Kokoa.* Déjà j'ai atteint le lieu
où est la charrue. J'attele.... mais avant
de commencer le sillon, je crois devoir adresser aux spectateurs le discours
suivant :

» Roi d'*Huaheine*, Chefs qui êtes son
» conseil & sa force, & vous, Peuple,

» dont il fera le pere, quand l'âge & l'expé-
» rience en auront fait un homme........

» J'ai promis, en m'établiffant fur cette
» Ifle, ma feconde patrie, de vous com-
» muniquer les connoiffances que j'ai ac-
» quifes pendant mon voyage.

» Vous allez recevoir, en ce jour mémo-
» rable, la plus importante de celles que
» je m'honore de poffèder. On crut autre-
» fois, dans le *grand monde*, qu'un Dieu
» l'avoit apportée du Ciel. C'eft l'art de
» cultiver la terre.

» Il ne vous eft pas totalement inconnu,
» cet art. On peut même dire, fans trop
» vous flatter, qu'il eft étonnant qu'avec
» auffi peu de moyens que vous en avez,
» vous y ayez fait des progrès......... que
» *Toote* & fes compagnons ont plus d'une
» fois admirés. Mais il vous refte infini-
» ment à apprendre.

» Quoique je ne fois pas un maître ha-
» bile, la leçon que je vais vous donner
» produira des chef-d'œuvres. D'abord

» vous m'imiterez , & bientôt vous me
» furpafferez....... & je me réjouirai d'être
» furpaffé.

   » Roi d'*Huaheine* , il exifte un vafte Em-
» pire , dont le Monarque fe montre un
» jour de l'année, à la tête des Cultivateurs,
» habillé comme eux ; il fait , aux acclama-
» tions d'un Peuple immenfe, ce que vous
» allez me voir faire......... Je ne vous pro-
» pofe point en ce moment d'être l'émule
» de ce grand Prince ; vos mains font trop
» foibles : mais laiffez-nous efpérer que ,
» l'âge les ayant fortifiées, vous établirez
» cette fète folemnelle , en l'honneur de
» l'humanité & des bons Rois. «

   Nowa s'empreffe de répondre qu'elle
prend cet engagement au nom de fon fils ,
& me prie de ne pas différer davantage le
travail pour lequel on eft affemblé. J'obéis.
Le fer de ma charrue eft tourné vers la
terre. Mes chevaux, que j'avois eu foin
de fatiguer , s'ébranlent , avancent à pas
lents ; ma voix les anime , une de mes
mains les guide de temps en temps ,

B b 3

tandis que le corps penché, je trace en ligne droite fur le fol une coupure profonde. La raie eft achevée. L'air retentit des applaudiffements de mes Compatriotes. Cependant une autre raie fe forme & s'acheve de même. Enhardi par le fuccès, j'accélere le mouvement de la charrue : en peu d'inftants j'ai labouré plus de terrein que n'en prépareroit, en plufieurs jours, le *Towtou* le plus actif de toutes les Ifles de *la Société.* Alors, me promenant à grands pas dans cette terre groffiérement remuée, je feme le bled. Puis attachant un des chevaux à la herfe, j'ordonne à *Kokoa* de la paffer fur le fillon enfemencé, afin de l'unir & de recouvrir le grain. Cette feconde opération, qui réuffit à merveille, parce que la glebe étoit très-friable, excite de nouveaux tranfports. L'enthoufiafme eft univerfel ; *Etary* bat des mains : le nom d'*Omaï* eft porté jufqu'aux nues.

Je fuis tenté de croire qu'en ce moment je n'eus que des admirateurs, & pas un envieux. Quoi qu'il en foit, mon expérience eut tout le fuccès que je pouvois defirer. On jugea unanimement qu'une charrue étoit d'un prix infini , que des chevaux valoient mieux que des *Towtous*, qu'une herfe étoit impayable , que des roues étoient la plus utile & la plus ingénieufe des machines. Tous les *Earées* s'approcherent fucceffivement de la charrue , & voyant avec quelle facilité ils la remuoient , ils prononcerent qu'elle devoit avoir la préférence fur les inftruments dont on s'étoit fervi jufqu'alors. Il eft vrai qu'on n'avoit pas de fer pour armer les charrues , mais des pierres bien aiguifées pouvoient y fuppléer ; on n'avoit pas non plus de chevaux , mais des hommes en feront l'office, jufqu'à ce que ces admirables quadrupedes foient fuffifamment multipliés. Je diminuai de beaucoup l'embarras qui réfultoit du manque de chevaux , en difant aux Chefs que le Capitaine *Cook* avoit donné à *Otoo* d'autres animaux , propres au labourage ; qu'on les élevoit à *O-Taïti-Noë* , mais que je ne défefpérois pas de les transférer inceffamment à *Huaheine* , pourvu qu'on voulût m'aider dans l'exécution du plan que je

méditois. Cette·idée fut reçue avec une
forte d'avidité. On m'aſſura que je pouvois diſpoſer de toutes les forces de l'Iſle ;
& j'aſſurai, à mon tour, que mon deſſein
n'avoit rien que de pacifique. On n'exigea
pas que je m'expliquaſſe davantage.

Je dirai, pour terminer cet article, que
pendant tout le temps que durerent mes
labours, les Grands & le Peuple me vi-
ſiterent de la maniere la plus aſſidue. On
me queſtionnoit ſur la conſtruction de mes
différentes machines, on en prenoit les
dimenſions, on examinoit les changements qu'il y auroit à faire pour les rendre praticables ſans fer & ſans chevaux.
Les principaux d'*Huaheine* ne tarderent
pas à avoir des herſes & des charrues,
bien imparfaites à la vérité, mais dont
les défauts diſparurent inſenſiblement,
corrigés par l'expérience & l'application.

Les inſtruments du labourage une fois
connus, on chercha à améliorer la culture elle-même. On fit des obſervations ſur
la qualité du ſol, la ſaiſon propre aux là-

bours , aux femailles. Souvent on manqua fon coup ; mais des fautes commifes
furent un préfervatif contre d'autres fautes
femblables , & un procédé par lequel on
avoit obtenu un plein fucès , fervit de modele. Je donnai la théorie des engrais ,
point capital, auquel perfonne n'avoit fongé
dans nos Ifles , quoique la nature mît fur la
voie de cette découverte , en formant de
la détrition des végétaux le fol productif.
Au bout de quelques années nous fommes
devenus des Agriculteurs confommés.

Il étoit midi. Je propofai des rafraîchif-
fements aux plus confidérables de ceux qui
avoient affifté à mon expérience. *Nowa*
accepta la derniere , & j'ofai en conclure
qu'elle defiroit plus que perfonne d'accepter. *Etary* , que je ne priois pas de mon
feftin champêtre , s'en pria lui-même , &
mangea en Dieu affamé. Peu s'en fallut
que je ne lui demandaffe ce qu'il venoit
faire chez moi , & s'il penfoit qu'à *Hua-*
heine, un homme fage fût obligé de recevoir un fou , confidéré à *Bolabola*. Mais la
crainte d'une rupture prématurée me con-

tint. J'aimai mieux diffimuler & attendre
que j'euffe pris des mefures que la prudence du moins pût juftifier, fi la fortune
ne les favorifoit pas. Je me contentai de
ne pas faire la moindre attention à *Etary*;
on eût dit que, par enchantement, il m'é-
toit invifible.

Pendant le repas, je me tins prefque toujours à côté de *Nowa*, & elle m'adreffa
fouvent la parole, avec une bonté qui me
caufa autant d'embarras que de plaifir.
Mais non; le plaifir dominoit, puifque
j'aurois été extrêmement fâché que voyant
qu'elle m'embarraffoit, elle eût, par ménagement, ceffé de le faire.

Les Chefs, échauffés par l'*ava*, que je
diftribuai abondamment à tous ceux qui
en voulurent, chanterent mes louanges.
Ils fe féliciterent hautement de m'avoir
retenu au milieu d'eux. Quelques-uns pouf-
ferent la franchife au-delà des bornes accoutumées, car ils déclarerent que jufqu'à
ce jour ils m'avoient haï : je me fouvins
pourtant qu'avant *ce jour*, ils me fêtoient

& me careffoient de toutes les manieres
qu'ils pouvoient imaginer.

Le dîner fut gai , la converfation ani-
mée ; on parla beaucoup de l'Angleterre,
& , fans avoir recours au privilege des
Voyageurs , j'étonnai prodigieufement
ceux de mes convives, qui m'écouterent &
me comprirent. La mere du jeune Monarque me demanda, entr'autres chofes, fur
quel pied les femmes étoient en Europe ;
fi les hommes les méprifoient, comme dans
les Ifles *de la Sociëté ?* — » Tant s'en faut,
» répondis-je ; l'homme du premier rang
» n'oferoit y manquer de refpect à une fem-
» me des dernieres claffes. Tous les égards,
» toutes les prévenances , tous les homma-
» ges font pour les femmes. Un mari qui
» maltraite la fienne , eft regardé comme
» un brutal, que les honnêtes gens abhor-
» rent. Si une femme marche dans les rues ,
» un homme la foutient, en lui prêtant fon
» bras ; s'il eft nuit, un homme la précede,
» un flambeau à la main; fi elle eft d'un
» certain rang , un homme placé derriere
» elle , la fuit pas à pas, tenant le bas de

» fa robe ; fi elle eft lourde , ou qu'elle ne
» veuille pas fe fervir de fes jambes pour
» marcher , deux hommes la tranfportent ,
» de maifon en maifon dans une jolie boî-
» te , ou ils la traînent dans un autre boîte
» de conftruction différente , comme vous
» avez vu mes chevaux traîner la charrue ;
» fi elle eft riche , deux chevaux , quelque-
» fois quatre & fix , conduits par un h om-
» me , la promenent dans une petite mai-
» fon mobile , où elle eft affife avec deux
» ou trois de fes *amis* ou *amies* , tandis que
» d'autres hommes , grimpés derriere la
» petite maifon , attendent & exécutent
» les ordres de la *Tédua* (1) , pour monter ,
» arrêter , defcendre & remonter..... Par-
» tout les femmes ont le pas fur les hom-
» mes. A table , on les fert les premieres ,
» on leur offre les mets les plus délicats ;
» & elles font fi accoutumées à ces préfé-
» rences , que rarement elles fongent à les
» refufer..... Une femme entre-t-elle dans

---

(1) Ce mot de la langue o-taïtienne défigne une femme
noble ou *Earée* ; il n'appartient qu'à cette claffe : c'eft la
traduction de *Lady* & de *Dame*.

» un appartement, tous les hommes fe le-
» vent, s'inclinent profondément, lorfqu'elle
» paffe devant eux pour aller prendre la
» premiere place : elle en eft quitte pour
» plier un peu les genoux; fouvent elle ne
» donne qu'un petit coup de tête , une
» marque ou figne de protection , comme
» cela.... (*j'en fis le gefte*). S'il y a plufieurs
» femmes , elles combattent de politeffe
» pour le fiege le plus honorable , non à
» qui l'aura , mais à qui ne l'aura pas. Ce
» n'eft qu'une fimagrée, car il eft invariable-
» ment réglé par l'ufage à qui le fiege doit
» demeurer ; & telle femme qui l'offre à
» une autre , la preffe de s'y affeoir, fe
» courrouceroit étrangement , fi on la pre-
» noit au mot. L'étiquette exige que celle-ci
» offre , & que celle-là ne prenne pas. Quant
» aux hommes , ils font étrangers à cette
» lutte : quand il y a des femmes, les places
» d'honneur ne font pas pour eux.... «

Je me ferois étendu davantage fur les
prérogatives des femmes en Europe , car
j'étois en train, & l'on m'écoutoit avec attention, & je flattois *Nowa*, fi un Envoyé

de *Maheine*, ufurpateur d'*Eimeo*, fachant que le Roi & les Chefs étoient affemblés chez moi, n'eût jugé à propos de venir nous interrompre. Il entre ; mes *Towtous* lui préfentent une jatte d'*ava*, dans laquelle il crache infolemment (1). C'eft la marque du dédain le plus caractérifé. *Kokoa*, vif comme un poiffon, ne peut contenir fa petite fureur, à la vue de cet indigne procédé ; il faute brufquement de fa place, arrache le vafe des mains du domeftique, le jette au vifage de l'impertinent Député, & l'inonde de la tête aux pieds. Je grondai *Kokoa* pour la forme ; mais l'affemblée rit de fi bon cœur, de la faillie du jeune Zélandais, & de la trifte figure de l'Ambaffadeur, qu'il m'eût été difficile d'obtenir que mon étourdi fît des excufes, ce que j'avois cru d'abord néceffaire.

---

(1) J'aurois voulu, en le traduifant, adoucir cet endroit qui fera *bondir le cœur* de quelques-uns de ceux qui le liront ; mais il exprime un ufage national, qui ne peut être peint par aucun équivalent. Nous aurons encore un trait de cette efpèce dans la quatorzieme *Narration*, intitulée *Ollou & Méemé*.

Mataneo, le plus vieux de nos *Earées*, ordonna le filence, & dit à l'Envoyé : Tu as bu malgré toi ; parle maintenant : que veux-tu ? — Je viens, répondit-il avec plus d'affurance que je ne lui en aurois foupçonné, après l'incartade de *Kokoa*, je viens de la part du Roi *Maheine....* — Dis *Maheine* tout court, interrompit le vieillard ; *Maheine* n'eft pas Roi.... & fi tout le monde avoit penfé comme moi, il y a long-temps que l'ame du méchant auroit été mangée par l'*Eatooa*, & fon cadavre enfoui dans un *morai....* Tu viens donc de la part de *Maheine* pour nous dire..... quoi? — Pour vous fignifier, continua tranquillement l'Orateur, que le Roi *Maheine* ayant fu.... Cette répétition du *Roi Maheine* enflamma la colere de *Mataneo*; fi on ne l'eût pas retenu, il tomboit, la maffue à la main, fur l'imprudent mais généreux Envoyé, qui aimoit mieux s'expofer à toutes fortes de périls, que de fupprimer un mot qu'il croyoit néceffaire à l'honneur de fon maître. — Acheve vîte, lui cria le vieux Chef, que nous contenions à peine fur fon fiege, acheve, vil *Towtou* d'un infàme ufurpateur ; ache-

ve....—.... Ayant fu , reprit pofément
l'homme d'*Eimeo* , que le Capitaine *Cook*
avoit employé à la maifon d'*Omaï*, le bois
des pirogues que ce farouche Etranger
nous avoit dérobées , après avoir faccagé
notre pays & brûlé nos habitations , il
demandoit que les Chefs d'*Huaheine* ren-
verfaffent la maifon dudit *Omaï* , & ren-
diffent à lui Roi *Maheine* , le bois dont
le vol du Capitaine ne lui avoit pas enlevé la propriété.... Faute de quoi, il dé-
fioit à la pique & à la maffue *Tairée-Ta-
rea* , Roi ; déclarant que , fous quinze jours
au plus tard , toutes les forces d'*Eimeo*
viendroient s'emparer de ce qui lui appartenoit.

Le fait énoncé étoit vrai ; ma maifon
avoit été conftruite en partie du bois des
pirogues enlevées à *Eimeo* : on y appercevoit encore des veftiges de fa première
deftination. *Mataneo*, fans attendre qu'on
en délibérât , répondit que *Maheine* &
fes lâches fatellites pouvoient venir quand
il leur plairoit, qu'au débarquement, ils
trouveroient à qui parler : Que s'il en étoit
cru ,

cru, on épargneroit au Tyran d'*Eimeo* la peine du voyage, & qu'au lieu des débris des pirogues qu'il réclamoit, on iroit lui offrir toutes celles d'*Huaheine* & de *Tabooymanoo* (1), montées par tous les Guerriers des deux Isles. » Pars, s'écria- » t-il, en élevant la voix, & porte cette » réponse au *Roi Maheine*. « Il accompagna ces dernieres paroles d'un geste de mépris. L'Ambassadeur répliqua qu'il alloit partir en effet ; mais qu'il demandoit que, suivant l'usage, on le fît accompagner d'un Insulaire, qui certifiât au Souverain d'*Eimeo*, que son dévoué serviteur s'étoit fidélement acquitté de sa commission. — Tu partiras seul, dit brusquement *Mataneo*. Apprens, si tu ne le sais pas, que le cérémonial que tu invoques, n'a jamais eu lieu qu'à l'égard d'un Roi légitime.... Eh ! que nous importe qu'un *Maheine* sache ou ignore si le domestique qui a la bassesse de le servir, exécute ou non les commissions dont il le charge ?....

_____

(1) Isle soumise à *Huaheine*.

Tome I. C c

(*comme par réflexion*) Mais je me trompe ; il est juste que ce pauvre homme puisse prouver à son Roi.... (*s'échappant de nos mains*) à moi , mes amis.... coupons les oreilles de ce coquin , & que cette mutilation atteste qu'il a fait ici l'insolent autant que son maître pouvoit le desirer.

Il dit , & s'élance sur le Député ; trois ou quatre Chefs , à moitié ivres , se joignent à lui. En vain le malheureux invoque le droit des gens ; en vain le jeune Roi & sa mere interposent leur autorité , moi mes prieres : les furieux n'écoutent rien. Déjà l'homme de *Maheine* est renversé : encore un instant , & le crime se consomme.... Je vole au secours de mon ennemi ; *Balaami*, *Faloonou* & mes deux Zélandais secondent mes efforts : on s'agite, on se pousse, on se tiraille, on se culbute.... Enfin nous sauvons l'Envoyé ; & tandis que mes gens sont occupés à appaiser les Chefs , je le prens par la main , & le conduisant hors de chez moi : *Fuyez* , lui dis-je , *regagnez votre pirogue , je n'aurois peut-être pas le*

*bonheur de conferver vos oreilles une feconde
fois.* Il veut balbutier quelques remerciements ; mais je le preffe de partir , & il
me croit.

Le foleil plongeoit dans la mer l'extrêmité fupérieure de fes rayons , & la nuit
alloit à fon tour régner fur la terre. Chacun fongea à retourner chez foi. Je retins à
coucher *Tanadoure & Opahiah* ; j'en fis auffi la propofition à *Œdidée*, qui voulut abfolument partir pour *Eimeo.* En fortant de
ma maifon , *Nowa* & fes enfants trouve-
rent le charriot , attelé de mes deux chevaux. Je les priai de monter dedans avec
un Chef de leurs voifins. Des nattes fuf-
pendues nous fervirent de fieges. Comme
je me doutois qu'au départ *Nowa* auroit
peur & vacilleroit , je me tins à côté d'elle
pour la foutenir. *Kokoa* , habillé en *jokèi*
& porté fur un des chevaux , les gouver-
nant tous deux , n'attendoit que le fignal
pour partir. » Allez , dis-je , *Kokoa.* « Il
va d'abord au petit pas, afin d'accoutumer
Nowa & fes enfants ; puis un peu plus
vîte , enfuite affez vîte ; infenfiblement il

met ſes chevaux au grand trot. Les Inſulaires courent après nous de toutes leurs
forces , pouſſent des cris d'admiration ;
bientôt ils ceſſerent de nous appercevoir,
& nous de les entendre. *Tairée-Tareea*
étoit dans un raviſſement que je ne puis
exprimer. Il auroit donné tout ſon royaume & toutes ſes plumes rouges pour mon
charriot & mes chevaux. Son aimable
mere n'étoit pas moins contente ; mais ſa
joie étoit plus raiſonnable & plus décemment manifeſtée. J'entrevis qu'elle auroit
fait les plus grands ſacrifices pour acquérir mon attelage ; peu s'en fallut que la
tête ne me tournât au point de le lui offrir : heureuſement je ne ſuccombai pas à
cette dangereuſe tentation. Je promis ſeulement que ſi mes chevaux en produiſoient
d'autres, *Tairée-Tareea* ſeroit le premier,
dans toutes les Iſles *de la Société* , qui en
auroit un à lui. Pour vous , *Nowa* , dis-
je à ſa charmante mere , vous diſpoſerez
de ceux-ci comme s'ils vous appartenoient:
à condition pourtant qu'*Omaï* ſera toujours de la promenade. Elle rougit, mais
elle ne me refuſa point.

J'ai tenu parole au jeune Monarque. Il possede actuellement un excellent cheval, & à l'aide de mes leçons assidues, il est devenu un bon Ecuyer ; on lui trouveroit de la grace & de l'habileté, même à Londres. Le respect qu'on avoit pour lui s'est prodigieusement accru. L'addition d'un superbe & vigoureux animal que sa personne a, en quelque sorte, reçue, semble l'avoir fait plus Roi qu'il ne l'étoit auparavant.

Peu après l'époque où nous sommes, je travaillai avec tous mes gens à la construction d'un *carrosse* à quatre places, qui, sans être élégant & riche comme ceux d'un *Mylord* & d'une *Myladi*, eut cependant une forme agréable & des ornements assez précieux. Dès qu'il fut achevé, je le fis conduire chez *Nowa*, à qui je le donnai. Elle voulut l'essayer sur le champ. Un Chef important éprouva le même désir, & se présenta pour monter le premier. Non, lui dis-je en l'arrêtant, ce ne sera qu'après *Madame*. La voiture est européenne, elle seroit *taboo* si nous nous en

fervions autrement qu'on ne s'en fert en
Europe. Les femmes y montent en s'ap-
puyant fur le bras des hommes, & elles
prennent toujours la place la meilleure &
la plus diftinguée : c'eft le fond. Le noble
Earée fe foumet-il à ce cérémonial ? Il me
répondit gaiement qu'il falloit bien s'y
foumettre ; que j'étois un enchanteur qui
forcerois les hommes à confidérer & à
refpecter les femmes. Au furplus , ajouta-t-il, le miracle ne feroit pas grand, fi
elles reffembloient toutes à *Nowa*. En finiffant ce compliment, il offrit la main de
très-bonne grace à la Reine-Mere. Depuis
ce moment les femmes ont toujours primé dans ces fortes d'occafions. Le mot
de *Madame* que j'avois compofé, a fait
auffi une fortune rapide. Les gens du bon
ton fe plaifent à l'employer ; il fuffit que
ce foit la mode en Europe & dans le
grand royaume de *Britanne*. Revenons
aux fuites de la querelle occafionnée
par le procédé malhonnête du Député
d'*Eimeo*.

La Régente ne me diffimula point

qu'elle appréhendoit infiniment la vengeance de *Maheine*. C'étoit un ufurpateur,
& par conféquent un homme de mérite....
Celui qui avoit fait échouer toutes les
entreprifes formées contre fon pouvoir,
étoit capable d'en tenter une contre
Huaheine, & de réuffir..... Ces Chefs, fi
braves & fi guerriers, quand l'*ava* leur
échauffe la tête & qu'ils n'ont affaire
qu'à un feul homme, étoient tout autres
de fang-froid & en bataille rangée : ils
connoiffoient alors le prix de la vie.....
Quelques-uns d'entr'eux feroient gens à
trahir la caufe commune, à conclure leur
paix particuliere, à vous facrifier, mon
cher *Omaï* (ce *cher Omaï* me fut au
cœur)..... D'ailleurs les méchants s'en-
tre-foutiennent. *Opoony* ne manquera
pas d'armer à *Bolabola*, dès qu'il aura
appris que *Maheine* a rompu avec nous....
Comment appaifer le courroux de l'implacable Souverain d'*Eimeo*, trop inftruit
de notre foibleffe pour redouter quelque
chofe en nous attaquant ? Dites, *Omaï* ;
que penfez-vous ? Tirez-moi de l'embarras
dont vous êtes la caufe innocente. Un

bon conseil, voilà ce que j'attends de vous.

Attendez encore, repris-je vivement, que je verserai jusqu'à la derniere goutte de mon sang pour vous défendre. Malheur à qui osera lever le bras contre *Huaheine* ! J'ai des armes qui porteroient la mort dans le sein de ce coupable & téméraire ennemi..., Travaillons cependant à entretenir la paix avec le Tyran d'*Eimeo* ; non que je le craigne personnellement, mais vous devez ménager la vie de vos Sujets, & la guerre la plus heureuse est toujours une calamité publique.... Mon avis est que vous flattiez *Etary*, en paroissant, dans la circonstance présente, vous diriger par ses conseils. Il peut tout à *Bolabola*, quoiqu'il méritât de ne pouvoir rien nulle part. S'il se déclare pour vous, *Opoony* n'aura pas la hardiesse d'embrasser ouvertement le parti de *Maheine* ; &, cette fois du moins, le fanatisme le plus insensé aura produit quelque bien.... Envoyez un Député à *Eimeo*, pour expliquer de quelle maniere les choses se font

paffées , & fonder en même-temps les difpofitions de l'Ufurpateur. S'il n'y a point
d'invafion à craindre , vôtre Député re-
viendra aufli-tôt vous tirer d'inquiétude ;
mais fi *Maheine* fe difpofe à la vengeance,
au lieu de revenir ici , il fe rendra en droi-
ture à *O-Taïti* , où le fouvenir de M. *Cook*
& l'amitié d'*Otoo* pour moi obtiendront
facilement une diverfion qui mettra notre
ennemi hors d'état de nous nuire , qui
pourroit même entraîner fa perte totale ,
fuppofé que les armées d'*O-Taïti* &
d'*Huaheine* fe combinaffent pour le punir.

Ces confeils furent fuivis. Un coup
d'œil & le langage de la confiance en-
chaînerent *Etary* à la caufe de *Nowa* & de
fon fils ; il répondit du Roi de *Bolabola*.
L'Agent pour *Eimeo* n'étoit pas aifé à
trouver ; il le falloit habile , courageux
& difcret, qualités dont la réunion eft rare par toute la terre. Mais *Tanadoure* les
poffédoit toutes ; je le propofai. Mon
choix fut d'autant plus applaudi que *Ta-*
nadoure , né fujet d'*Otoo* & étranger à la
querelle , n'en étoit que plus propre à tout

accommoder. Du moins on étoit sûr que *Maheine* ne lui feroit éprouver aucun désagrément, pour ne pas fournir aux Chefs d'*O-Taïti* un motif de recommencer la guerre dont il étoit à peine débarrassé.

Tanadoure, à ma priere, accepta la commission. *Maheine* le reçut avec toutes sortes d'égards. L'homme dont j'avois sauvé les oreilles, s'étoit cru obligé de parler de moi de la maniere la plus avantageuse. Il avoit dit que le jeune Roi & la Régente étoient descendus jusqu'aux supplications, pour le soustraire à la rage du vieux Chef. Il sembla donc que *Tanadoure* n'avoit fait le voyage d'*Eimeo* que pour recueillir des compliments. L'Usurpateur le chargea de me proposer son amitié, & lui jura qu'il étoit jaloux d'obtenir la mienne. Il s'exprima en termes respectueux toutes les fois qu'il eût occasion de parler de *Tairée-Tareea* & de son *excellente mere*. Il n'en vouloit qu'au vieux *Mataneo* qui l'avoit appellé *un Maheine*, & qui avoit voulu couper les oreilles de son Ambassadeur : pour celui-là, si jamais

il tombe entre fes mains , il lui arrachera
la langue. Il chargea *Tanadoure* de me
porter une tige de bananier , en figne de
paix. L'homme à qui j'avois confervé *les
accompagnements du vifage* , me fit prier
d'accepter un cochon , foible témoignage
de fa reconnoiffance , mais le feul qui fût
en fon pouvoir.

Le fuccès fi peu attendu de la négociation de *Tanadoure* , diffipa les frayeurs de
Nowa. Je m'apperçus que je lui en étois
devenu plus cher : fans doute parce
qu'elle devoit fa tranquillité à mon ami ,
& qu'elle me devoit , à moi , de l'avoir
employé.

Depuis quelque-temps je roulois dans
ma tête le projet d'attirer *Tanadoure* à
Huaheine , & de le fixer auprès de moi.
Avant de faire aucune tentative de fon
côté , je crus que la bienféance exigeoit
que j'en parlaffe d'abord à la Reine-Mère,
qui, outre qu'elle faififfoit avec empreffement toutes les occafions de m'obliger, jugea que l'acquifition d'un fujet tel que

Tanadoure , étoit une de ces chofes qu'un Souverain doit ambitionner. Elle me déclara franchement que fi je réuffiffois , fa joie ne feroit guere moindre que la mienne.

Je m'ouvris donc à mon ami. Il m'avoua qu'il ne tenoit guere à fa patrie ; que les Grands d'*O-Taïti* fe plaifoient à le mortifier , quelquefois même à l'humilier : cependant il ne lui étoit pas aifé, difoit-il, de s'établir à *Huaheine*. Il n'y poffédoit pas un pouce de terre & ne voyoit aucun moyen de s'y en procurer. Il ne doutoit pas que je ne partageaffe ma fortune avec lui ; mais cette exiftence étoit trop précaire : en me perdant, il perdroit tout. Et puis il avoit à *O-Taïti* une habitation agréable & d'un bon revenu : ce feroit une folie que de l'abandonner pour rien , & il n'imaginoit pas comment il la pourroit abandonner pour quelque chofe. Il avoit une mere, une femme qu'il aimoit tendrement , & qu'il avoit réfolu d'époufer , un ami de l'enfance (c'étoit *Opahiah*) ; il fentoit que la fociété de toutes ces perfonnes étoit néceffaire à fon cœur , & je ne pouvois pas ajouter tant de monde à ma famille. Ces difficultés me parurent infurmontables, & je renonçai à l'exécution d'un deffein qui auroit fait deux heureux.

Le départ de *Tanadoure* fut renvoyé à la fin de la femaine. On diroit que les jours du bonheur fuient avec plus de viteffe que les autres : celui de notre féparation arriva bien promptement. Je conduifis mon ami jufqu'au rivage ; il mettoit le pied dans fa pirogue, lorfque nous fûmes abordés par un Infulaire. La rencontre de cet homme & la propofition qu'il nous fit, applanirent tous les obftacles qui s'oppofoient à la tranflation de *Tanadoure*. Ce fut, je n'en doute nullement, un coup de la providence de l'*Eatooa* qui préfide à l'amitié.

L'Infulaire fe nommoit *Tatlenoo*. Il étoit né à *O-Taïti* dans cette claffe de citoyens que nous appellons *Manohoones* , & qui tiennent le milieu entre les *Earées* & les *Towtous*. Pauvre, mais d'une phyfionomie charmante, ayant de l'efprit & du main-

tien , & cet air de fageffe qu'on eftime
d'autant plus aux Ifles *de la Société* qu'il
y eft plus rare , il quitta fa patrie à l'âge
de vingt ans , réfolu de chercher la fortune qui l'avoit oublié. Il n'alla pas loin.
Débarqué à *Huaheine* , il plut à la fille
unique d'un Chef opulent. Le mariage ne
tarda pas à être conclu. Peu de temps
après , le père de la jeune époufe partit
pour fa *demeure éternelle* , laiffant à fes enfants une des meilleures plantations de
l'Ifle , & une maifon qui , pour le fite , la
grandeur & la magnificence intérieure , le
difputoit à celle du Roi.

Tatlenoo fe montra digne de fon élévation. Il eut toujours pour fa femme un refpect qui approchoit de l'adoration , & une
tendreffe que le refpect n'égaloit pas. Un
point manquoit à leur félicité. Mariés depuis plufieurs années , ils ignoroient encore
le plaifir de la fécondité. Prefqu'à chaque
lune les *Whattas* d'*Huaheine* étoient couverts de leurs offrandes. L'efprit de vie
acceptoit les dons du couple religieux ,
mais il ne les exauçoit pas. C'étoit bonté ;

car il arriva enfin que , fatigué de vœux
& de facrifices , il defcendit dans le fein
de l'époufe , y forma un enfant qui mourut avant de voir le jour : la mere mourut
auffi , en s'efforçant de le lui donner.

Accablé de cette double perte , *Tatlenoo*
ouvrit fon ame au défefpoir ; il invoqua
la mort, il ofa vouloir en hâter les coups :
les Dieux , qu'il refpecta toujours, le fauverent de lui-même. Son immortelle douleur fe calma ; elle n'étoit plus qu'une affliction raifonnable , quand je le connus.
Il aimoit à être feul. S'il fortoit quelquefois de fon habitation , c'étoit , ou pour
promener fes peines au bord de la mer ,
ou pour aller au *Morai* verfer quelques
larmes fur la tombe des deux perfonnes
qu'il regrettoit. Voilà ce que je favois de
fon hiftoire quand il nous aborda.

Vous retournez à *O-Taïti* , dit-il à
Tanadoure ; voudriez-vous m'y rendre un
fervice important ? — La bonne volonté
ne me manquera pas , répondit gracieufement mon ami. — Ni , je penfe , le pou-

voir, continua *Tatlenoo*; au surplus, je
ne demande que vos bons offices. — Expli-
quez-vous. — L'amour de la patrie s'est
réveillé dans mon cœur. Je desire terminer
ma carriere où je l'ai commencée. Rien
ne m'attache à *Huaheine*; tout m'y déplaît,
tout m'y est à charge: je ne fuirai jamais
assez tôt une terre où la fortune, au prix
de quelques faveurs momentanées, a
cru acquérir le droit d'empoisonner le
reste de ma vie. La résolution en est prise;
je retourne à *O-Taïti*: il ne s'agit plus que
de trouver les moyens d'y pourvoir à ma
subsistance. C'est en quoi vous pouvez me
rendre service. Cherchez quelqu'O-Taïtien
qui consente à se transporter ici : je lui
abandonnerai ma propriété, & il me cé-
dera la sienne. *Otoo*, que j'ai fondé, m'a
promis de donner les mains à cet arrange-
ment, & de le munir de son autorité. Je
pense que *Tairée-Tareea* & son Conseil
ne se montreront pas plus difficiles : en
tout cas, *Omaï* les détermineroit........ Je
sens, poursuivit-il, que l'exécution de ce
projet doit me coûter quelque chose : je
m'attends à recevoir beaucoup moins que
je

je n'abandonnerai. Il ne peut y avoir, en
effet, que la confidération d'un grand intérêt qui engage un homme domicilié,
à changer de place pour me com-
plaire, & à renoncer à toutes fes habitudes : auffi demandé-je peu. Les fonds
que je poffede à *Huaheine* peuvent aifément nourrir & entretenir vingt perfonnes
dans l'abondance de toutes les chofes néceffaires à la vie : procurez-m'en à *O-Taïti* qui fuffifent à deux Maîtres & à trois
ou quatre *Towtous*, je n'exige rien au-delà. — Vous aurez davantage, reprit *Tanadoure* ; & je connois un homme à qui l'é-
change que vous propofez, ne fera pas
moins de plaifir qu'à vous. Son habitation
eft agréable ; il y vit lui douzieme, & il
lui en refte encore affez pour fecourir l'in-
digent...... — Et vous croyez, dit *Tatlenoo* avec inquiétude, qu'il voudra.........
j'ai peine à me le perfuader. — *Tatlenoo*,
n'en doutez plus ; je fuis cet homme. Travaillons, dès ce moment, à obtenir des Chefs
d'*Huaheine* que je fois mis en poffeffion de
ce qui vous appartient, fur la ceffion pure
& fimple que vous déclarerez m'en faire,

& nous partons pour *O-Taïti* , où vous recevrez l'inveſtiture de ma propriété , avec les mêmes cérémonies. Sur-tout ne me remerciez point : c'eſt vous qui m'obligez. J'aurois fait au plaiſir de me rapprocher d'*Omaï* , les ſacrifices que votre douleur vous arrache ; & ſi je regrette quelque choſe , c'eſt de n'être pas auſſi riche que vous , afin que le traité fût égal de part & d'autre. Mais nous trouverons peut-être le moyen d'acquitter nos dettes....... En effet , *Tanadoure* le trouva , ce moyen ; car , chaque année , juſqu'à la mort de *Tatlenoo* , il lui a envoyé à *O-Taïti* une pirogue chargée de préſents.

Nous prenons tous trois enſemble la route de la maiſon du jeune Roi & de ſa mere. Le ſujet de notre viſite briévement expoſé , *Nowa* convoque l'*Anoho* des Chefs , qui , bientôt aſſemblés en nombre compétent , écoutent & agréent la propo-ſition de *Tatlenoo*. On publie dans tous les *Whennuas* ou diſtricts d'*Huaheine*, que *Tanadoure* eſt devenu propriétaire de tout ce qui étoit à *Tatlenoo*. Celui-ci ne ſe réſerva que le droit d'emmener quelques *Towtous* qui lui étoient plus particuliérement attachés, & de choisir dans ses meubles, ceux qu'il pourroit & voudroit emporter.

Voilà donc mon ami installé dans sa nouvelle demeure, & reconnu pour maître par ceux des domestiques que *Tatlenoo* ne choisit pas pour l'accompagner. Ils pleurerent amérement la perte qu'ils faisoient *du bon & respectable Tatlenoo*. » Ne » cachez point vos larmes, leur disoit *Ta-* » *nadoure*, & estimez assez votre nouveau » maître, pour les répandre devant lui. «

Enfin parut le jour fixé pour le départ de nos deux contractants. *Tatlenoo* demanda que les pirogues ne se missent en mouvement qu'au milieu de la nuit ; que jusqu'à cet instant, on le laissât absolument libre ; qu'il lui fût permis d'être seul dans son embarcation avec les *Towtous* qui le suivoient à *O-Taïti* ; que personne ne lui dît adieu ; que sa pirogue démarât d'un endroit situé au-dessous de la baie où étoit celle de *Tanadoure* ; enfin que, pendant toute la marche, on se tînt à une aussi grande

diftance de lui qu'il paroîtroit le defirer.
On foufcrivit à tout, quoique ces précautions femblaffent extrêmement fingulieres.
Il fut convenu que le fignal du départ feroit le lever de *Marama* (1), fortant de la
couche du *Dieu-Mer*, & que les gens de
Tanadoure crieroient trois fois de toutes
leurs forces, pour avertir ceux de *Tatlenoo*
qu'il étoit temps de remuer les pagaies &
de chanter l'Hymne à *Toerou* (2).

Vers le minuit nous nous rendîmes,
Tanadoure & moi, à la baie d'*Owharre*.
La Lune parut; on partit.

Je fus curieux d'obferver au paffage la
pirogue de *Tatlenoo*, & de découvrir,
s'il étoit poffible, la caufe du myftere dans
lequel il s'enveloppoit en nous quittant;
je me mis à la nage, & me plaçai de forte
que l'affligé voyageur ne pouvoit échapper
à ma vue. Il paffa tout à côté de moi. Il
avoit la tête & prefque la moitié du corps

---

(1) La Lune.
(1) Vent mâle qui porte d'*Huaheine* à *O-Taïti*.

appuyée fur une efpece de grande boîte , couverte en partie d'une natte. Des foupirs , entrecoupés d'exclamations plaintives , foulevoient fa poitrine oppreffée. Les rameurs gardoient un profond filence, ou pleuroient tout bas avec lui. Je n'entendis diftinctement que ces paroles : *Eternelle féparation !.... éternelle !...... voilà ce qui me refte.....* Se foulevant un peu , il dit aux Pagaïeurs : *Mes amis , ne vous fatiguez pas trop ;* & il reprit fon attitude. La douleur de cet excellent homme m'accompagna jufques chez moi.

Auffi-tôt qu'il avoit été décidé que *Tanadoure* tranfporteroit fon domicile à *Huaheine* , & qu'il occuperoit la demeure de *Tatlenoo* , nous avions eu enfemble une converfation très-férieufe touchant notre union refpective , & les relations qu'elle établiroit entre nos deux familles. En voici le réfultat.

Nous convînmes d'abord que nous nous regarderions comme ne formant qu'une feule maifon , dont je ferois le Chef; que

Tanadoure auroit le premier rang après moi ; & nous nous réservâmes à assigner les autres places, quand les amis de mon ami l'auroient suivi à *Huaheine*.

Nous convînmes ensuite que, sans mettre tout-à-fait nos biens en commun, nous nous aiderions réciproquement de ce que nous aurions de superflu ; & qu'à l'égard des choses qui se prêtent, on les pourroit prendre sans même les demander. Je n'exceptai que mes chevaux, mes armes à feu & mes autres machines ou richesses européennes.

Nous convînmes encore que nous ne négligerions aucune occasion de nous agrandir, ou, pour parler plus juste, d'agrandir nos possessions ; mais de proche en proche, & de maniere que nos acquisitions & nos propriétés fussent contiguës.

J'observerai à ce sujet que l'habitation cédée à *Tanadoure* par *Tatlenoo*, n'étoit séparée de la mienne que par un vaste terrein en friche, qui avoit tout l'extérieur de la stérilité, mais dont une culture soi-

gnée pouvoit tirer un bon parti. Je convoi-
tois ce morceau de terre ; premiérement,
dans la crainte que quelqu'un ne vînt se
placer entre mon habitation & celle de mon
ami : accident qui auroit dérangé une partie de nos projets, en coupant notre com-
munication. Secondement, cette lande étoit
bornée par un charmant coteau qui en dépendoit, & dont le sol & l'expofition fembloient promettre un vignoble de la premiere qualité : ce coteau, je l'aurois acheté
dix poignées de plumes rouges. Troifiémement, il m'étoit néceffaire à l'exécution
d'un projet dont j'avois dit un mot à nos
Earées le jour de la fête *du labour.* C'eft
ce qu'il s'agit de développer ici.

J'avois toujours defiré qu'*Otoo* me donnât les quadrupedes & les autres animaux
laiffés à *O-Taïti* par le Capitaine *Cook.*
Mon utilité particuliere n'étoit point le
motif de ce defir ; je voulois rendre l'Ifle
qui m'avoit adopté, le centre des richeffes
animales de toutes nos Ifles, & veiller
par moi-même à la confervation & à la
propagation de ces germes précieux, dont

la pareffe & l'infouciance des O-Taïtiens pouvoient caufer la perte irréparable. Si ce deffein, dont j'avois chargé *Tanadoure* de négocier l'exécution, réuffiffoit, il me falloit un fupplément de pâturage que je trouvois dans le terrein en queftion.

On fe doute bien que *Tanadoure*, revêtu de la qualité d'Ambaffadeur du riche *Omaï*, ne fe rendoit pas au lieu de fa légation, les mains vuides. Je n'avois pas compté qu'il m'ameneroit les animaux d'*Otoo*, fans en payer cherement la valeur. Je lui avois donc confié tout ce qu'il me reftoit de plumes rouges, & un affez grand nombre de colifichets européens, que mon efprit, fe tournant vers les chofes intrinféquement utiles, commençoit à ne plus eftimer. Quoique je fuffe très-avare de mes inftruments de fer, je crus qu'en pareille circonftance, il falloit en facrifier quelques-uns. J'envoyai deux haches & une bêche montées, une demi-douzaine de couteaux, une rape à bois, un marteau, des clous. Outre cela, je permis à *Tanadoure* de contracter en mon nom toutes les obligations qu'il jugeroit raisonnables, & m'engageai de les remplir. Un article non moins important, à mes yeux du moins, étoit l'emplette de la vigne, plantée à *O-Taïti* par les Espagnols. Je voulois posséder exclusivement ce trésor, que j'étois seul en état de mettre en valeur, & je recommandai à mon ami d'employer toutes sortes de moyens pour nous l'assurer.

Oublions pour quelque-temps l'habile Négociateur, & occupons-nous d'une découverte intéressante que je fis à *Huaheine*, le lendemain de son départ. Elle aura sur la suite de ma vie l'influence la plus marquée.

Je me promenois à cheval dans un district de l'Isle, très-éloigné de mon habitation ; *Kokoa* marchoit à côté de moi, monté sur mon autre cheval. Il n'étoit pas encore nuit, mais le jour avoit cessé. Au détour d'un chemin profond & tortueux, nous rencontrons un vieillard, tenant le bras d'un jeune enfant de la plus heureuse physionomie. A la vue des deux *monstres*

ils jettent, l'un & l'autre, un cri de surprise & d'effroi. Le vieillard veut courir,
& l'enfant court en effet. Le premier,
n'ayant plus de support, chancele à chaque
pas, rencontre une pierre & tombe. Affligé
de cet accident, je saute à terre & vole au
secours du vieillard. *Kokoa* m'imite. Le
jeune enfant qui, en se retournant, avoit
vu la chute, accourt aussi, fondant en larmes & s'accusant du malheur arrivé à son
respectable papa. Nous le relevons. Il avoit
perdu connoissance. Je m'efforcerois en
vain de peindre la vive douleur de l'aimable petit Insulaire; mais sa joie, lorsque
le vieillard eut reprit ses sens & retrouvé
la parole, seroit encore plus difficile à
rendre. Elle alla jusqu'au délire. Qui êtes-
vous, me demanda le vieillard, & à quel
sentiment dois-je l'intérêt que vous me mar-
quez? — Je m'efforce, lui dis-je, de réparer autant que je le puis, un malheur dont je
serois inconsolable, si je n'espérois pas qu'il
n'aura point de suite. — Mais qui êtes-
vous, reprit-il?..... Vos traits ne me sont
pas absolument inconnus.... Je vous ai vu
quelque part. Votre nom? — Je suis *Omaï*.

—*Omaï !....* Vous vous appellez *Omaï ?*
—Je vous l'ai dit.— Et *Omaï*, continuat-il en foupirant, tient fon Roi entre fes
bras, & ne le reconnoît point !.... Je ne
l'aurois pas cru capable d'un pareil oubli.
— Mon Roi !.... Quoi! vous feriez *Ooroo*,
Roi d'*Ulieta* ! — Moi-même, dit-il tranquillement. Une tentative que j'ai faite
pour reprendre ma légitime autorité, &
qui ne m'a pas réuffi, m'a contraint à la
fuite. Je vous pardonne de ne m'avoir pas
remis. Plufieurs années & une longue fuite
d'infortunes m'ont extrêmement changé ;
d'ailleurs l'état dans lequel vous me trouvez, n'annonce pas un Roi. Infirme, abanbonné, réduit pour toute compagnie à
quelques perfonnes qui partagent ma
royale indigence, je mene une vie fi trifte...
que je fupplie chaque jour l'*Eatooa* de la
finir. Elle me refufe la mort, comme autrefois elle m'a refufé la profpérité. Que
fa volonté s'accompliffe !.... *Omaï*, voilà
mon unique confolation. (*Il me montroit
le jeune Infulaire.*) C'eft *Ollou*, mon petit-
fils........ le fils de celui qu'*Opoony* tua
d'un coup de maffue dans la bataille où

vous demeurâtes prisonniers, votre pere
& vous..... Je me souviens encore des pro-
diges de valeur que fit votre pere.... Bon,
excellent enfant...., (*il appuyoit sa joue sur
celle d'Ollou qui pleuroit*) sans toi.... ah!
il m'eût été impossible de supporter l'existence. Le plaisir d'être aimé de toi, m'a
fait oublier, de temps en temps, que je suis
malheureux,.... *Omaï*, mes peines seront
bientôt terminées : celles de cet enfant
commencent.... Je lui avois toujours caché
ce qu'il étoit. Un imprudent ami lui a ré-
vélé le secret de sa naissance ; & déjà son
ame connoît l'ambition.... Que deviendra-
t-il, quand il m'aura perdu ? Qui en pren-
dra soin ? Qui l'aimera assez pour guider
ses démarches, & le plier à son humble
condition?..... Le Tyran a les yeux ouverts
sur lui : s'il le craint jamais, c'en est fait
de la vie de ce jeune infortuné..... & quoi
de plus cruellement timide qu'un usurpateur ?......

Jusqu'à ces dernieres paroles, je n'avois
pas songé à interrompre *Ooroa.* Une multitude de sentimens divers, opposés,

m'agitoient à la fois, & ne me permettoient ni réflexion, ni réponfe. Le plaifir
de retrouver mon Roi, la douleur de le
voir dans un état fi peu digne de fa Majefté
fuprême, l'efpérance de le rétablir, le defir
de le venger, la compaffion, le refpeƈt,
l'amour, la fidélité, tout cela demandoit
tumultueufement à ma bouche d'être ex-
primé, & les expreffions me manquoient.
On eût dit, à mon filence, que je ne fen-
tois rien. Mes actions parlerent. Je tombe
aux pieds d'*Ooroo*, je ferre, j'embraffe fes
genoux; je prens dans mes bras le jeune
Prince, je le preffe contre ma poitrine, le baigne de larmes: je l'éleve vers le Ciel.... C'en
eft affez, me dit *Ooroo*; je devine tout
ce que votre bouche brûle de me dire.
Venez, cher *Omaï*, (*il prit mon bras pour*
marcher) je demeure à quatre pas d'ici.
Il faut que vous appreniez où eft ma maifon, afin d'y venir fans interroger perfonne.
Je l'accompagnai en prononçant quelques
paroles dont le fens étoit que le Roi d'*U-*
lietea avoit encore des Sujets fideles, puifque je vivois, & que de ce moment il cef-
foit d'être pauvre, puifque j'étois riche.

Voilà ma porte, dit-il, en me montrant
celle d'une habitation fort commune, &
qui n'étoit diſtinguée que par un *bananier
royal.* Je ne vous propoſe point d'entrer.
La petiteſſe de mon logement ne me permettroit pas de vous donner cette nuit l'hoſpita-
lité ; & que ferois-je de vos *monſtres* ? Retournez chez-vous ; mais ne me faites pas
attendre trop long-temps le plaiſir de vous
revoir.... Il m'embraſſa, & je le quittai.

Je fus penſif juſqu'à l'extravagance, pendant toute la route. Mille projets s'offroient
à mon imagination exaltée. Elle les réali-
ſoit tous ſucceſſivement. Tantôt je ſoulè-
vois toutes les Iſles contre le Roi de *Bolabola*, tantôt je le défiois à un combat
ſingulier & lui enfonçois mon ſabre dans
le cœur, en lui reprochant ſes injuſtices
& ſes crimes. L'inſtant d'après j'étois généreux ; je lui pardonnois, mais je le dé-
pouillois de ſes Etats, ſans en rien garder
pour moi, récompenſé par la gloire que
j'avois acquiſe. Comme en arrangeant ce
roman dans ma tête, je geſticulois vivement, parlois très-haut, & d'une ma-

niere impérieufe & dure, mon cheval s'a-
vife de croire que je le gourmande pour
fa lenteur, il accélere fon pas, s'échauffe,
fe met au galop, court à toute bride,
m'emporte . . . . . . Le danger que je courois refroidit mon imagination, & me fait
renoncer aux chimeres qui l'amufoient, pour
veiller à ma confervation. Je penfai me
culbuter vingt fois, & ce ne fut qu'avec
une peine extrême, que je remis au train de
la fageffe, le courfier qui me portoit. *Kokoa*
qui me fuivoit de loin, me confeffa, quand
il m'eût rejoint, qu'à mes difcours fans liai-
fon, & à mes autres façons, il m'avoit cru tombé dans quelque maladie grave & fubite.

Mon premier foin, en arrivant, fut d'apprendre à ma famille quelle rencontre j'a-
vois faite. Je reprochai à *Balaami* & à
Faloonou de ne m'avoir pas dit qu'*Ooroo*,
dépouillé de fon diftrict d'*Opoa*, qu'on
lui avoit laiffé après la premiere guerre,
demeuroit à *Huaheine* & y étoit malheureux. Ils s'excuferent le mieux qu'ils purent;
mais à mon avis affez mal, parce qu'aucune raifon ne me fembloit les difpenfer

de m'inftruire de cette nouvelle, dès qu'ils me virent décidé à m'établir à *Huaheine* avec eux. Je leur déclarai qu'*Ooroo* n'ayant pas ceffé par fes malheurs d'être mon Roi & le leur, j'étois réfolu de lui rendre tous les devoirs d'affiftance & d'obéiffance, que doit à fon Souverain un bon & loyal Sujet : que je préfumois d'eux qu'ils imiteroient mon exemple, & qu'ils m'aideroient à engager *Tanadoure* à nous imiter tous..... & que s'il falloit un jour verfer notre fang pour la caufe de nos Maîtres, ils s'eftimeroient heureux de mourir en les fervant. Vous n'avez pas les mêmes obligations que nous, dis-je aux deux Zélandais ; cependant je compte fur vous, comme fur moi. Le Souverain d'*Omaï* doit être le vôtre. On m'affura par acclamation que je n'avois qu'à commander, & que je ferois obéi. Le fecret, repris-je, eft, en ce moment, la feule chofe que j'exige. Ne donnons d'ombrage à perfonne, & n'attirons point fur cette Ifle les Guerriers de *Bolabola*, avant que nous foyons en état de les faire repentir de nous être venu chercher. Demain nous irons, *Balaami* & moi, chez *Ooroo* ; nous prendrons une connoiffance noiſſance exacte de ſa ſituation, afin de nous déterminer prudemment dans nos opérations ultérieures... Mais jurons tous par la ſublime *Eatooa*, de conſacrer nos perſonnes & nos biens au ſervice de notre auguſte Maître & de ſa famille ; nous en ſouperons de meilleur appétit, & le repos de la nuit en aura plus de douceur. Je prononçai à haute voix la formule de ce ſerment ; chacun la répéta de ce ton qui annonce le zele & peint la ſincérité.

Je dormis peu. Les étoiles brilloient encore, & déjà je me diſpoſois au départ. Je réveillai *Balaami* ; nous nous mîmes en chemin. Le Soleil ſe levoit lorſque nous arrivâmes.

Ooroo, touché de l'empreſſement avec lequel je revenois auprès de lui, me reçut preſque comme ſon égal. Il me fit aſſeoir ſur ſa propre natte. Une vieille femme m'apporta *l'ava*, que j'aurois refuſé par reſpect, ſi je n'avois craint de choquer ou de mortifier le bon Roi. Mon frere eut ſa part du traitement qu'on me faiſoit. Jamais

Tome I.   E e

hommes de notre claffe ne furent fi hono-
rés par leur Souverain, que nous dans cette
vifite.

La maifon d'*Ooroo* étoit petite, mais décemment ornée. On y découvroit quelques
reftes de l'ancienne fplendeur de la demeure des Rois d'*Ulietea* ; on y voyoit
en particulier le *maro* royal, le plus beau
de toutes nos Ifles, que le Monarque avoit
emporté dans fa fuite, & dont il fe paroit
encore aux jours folemnels. Il n'avoit avec
lui qu'*Ollou*, une femme qui avoit élevé
le jeune Prince, un Chef d'*Ulietea* qui
avoit mieux aimé vivre pauvre en la compagnie de fon Roi, que de racheter fes
biens par la fervitude, ou que de commander fous un Ufurpateur, & deux *Towtous*,
dont le grand âge exigeoit plus de fecours
qu'ils n'étoient capables d'en procurer. Si
les Européens qui me liront, s'étonnoient
qu'un Roi pût être réduit à ce point de
mifere & de folitude, qu'ils fe fouviennent
qu'on a vu parmi eux des Rois détrônés,
qui, toute proportion gardée, avoient
moins confervé de leur fafte & de l'éclat

qui les environnoit, qu'un Roi d'*Ulietea*, borné à quatre perſonnes & à une cabane.

Je pris la liberté de demander à *Ooroo* comment & de quoi il vivoit? — Je vis pauvrement, me répondit-il ; les fruits & les racines du petit verger qui tient à ma maiſon, ſont la nourriture d'*Ollou* & la mienne. Les compagnons de mon infortune vivent du poiſſon qu'ils prennent eux-mêmes, ou dont on nous fait préſent. Il y a peu de *Towtous*, dans les bonnes habitations de l'Iſle, dont les repas ne ſoient plus ſplendides que les nôtres. — Mais le Souverain qui vous donna une retraite à *Huaheine*, ne s'eſt-il pas engagé à fournir à vos beſoins ?.... Et quand il n'auroit pas pris cet engagement d'une autre maniere que par l'action de vous recevoir, cette action ne promettoit-elle pas qu'on vous traiteroit en Roi? — On ne m'a rien promis ; mais *Nowa*, depuis qu'elle gouverne, m'a tout offert. — Eh bien ? — Eh bien, j'étois accoutumé à la ſobriété ; elle avoit ceſſé de m'être pénible. D'ailleurs, une révolution ſemblable à celle que j'ai

éprouvée, pouvoit me rendre à la mifere ;
j'ai mieux aimé n'en pas fortir, & refufer
les fecours qui venoient enfin me chercher.
— Cependant vous acceptez du poiffon
dont on vous fait préfent ; vous me l'avez
dit. — Oui ; mais, outre que ce préfent
n'eft pas diréctement pour moi, je le tiens
de mes Sujets, dont je recevrai toujours plus
volontiers quelque chofe que de mes égaux.
— De vos Sujets ? Où donc en avez-vous confervé ? — Nulle part, cher *Omaï* ; j'appelle
de ce nom ceux des Habitants d'*Ulietea* qui,
fideles à leur Roi, ont été dépouillés de
leurs biens, & forcés à demander ici un
afyle où leur vie fût en fûreté. Leur extrême
indigence ne les empêche pas de m'apporter, de temps en temps, une petite partie
de leur pêche. Je les affligerois en rejetant
ce tribut volontaire, & au fond, je me
priverois d'un fupplément de nourriture
que l'âge & les infirmités de mes *Towtous*
vont exiger plus que jamais. — Sont-ils en
en grand nombre, ces Habitans d'*Ulietea*,
que les Tyrans chafferent de leur patrie,
& qui aiment encore leur Roi dans une terre
étrangere ? — J'en compterois à-peu-près

foixante; j'en compterois même davantage,
fi ce n'eft que plufieurs font ou trop âgés,
ou trop jeunes, pour qu'on puiffe en tirer
quelque fervice. — Soixante . . . . . Pardon
fi je vous fais encore une queftion : êtes-
vous bien sûr de leur attachement? — Je
ne crois pas qu'il y en ait un feul qui ne
donnât fa vie pour moi.

Nous gardâmes un filence de quelques
inftants. Toutes mes idées de guerre contre
Bolabola, fe réveillèrent avec une vivacité qu'il me fut impoffible de contenir.
Soixante de mes braves compatriotes,
prêts à mourir pour leur Roi, me paru-
rurent une armée invincible; j'efpérai du
moins qu'en peu de temps je les mettrois
en état de tout ofer & de ne rien craindre.

Reprenant la converfation que mes ré-
flexions avoient interrompue, je demandai à *Ooroo* s'il avoit entiérement perdu
l'efpoir d'être rétabli à *Ulietea*? Il me répondit qu'il y avoit abfolument renon-
cé. — Eft-ce, continuai-je, que vous ne
vous en foucieriez pas? N'eft-ce point

plutôt que vous manquez des moyens nécessaires à une entreprise qui tendroit à
votre rétablissement ? — C'est l'un & l'autre. *Omaï*, je touche à la mort & n'aspire
plus qu'à user, dans le repos, le peu de moments que j'ai encore à jouir de la lumiere
du jour & des beautés de la nuit....., Mais
quand mon ame, flétrie par le malheur,
énervée par une trop longue vie, s'ouvri-
roit aux desirs de l'ambition; quand,
presqu'éteinte, elle brûleroit de la soif de
régner, & qu'elle se porteroit à tout pour
rétablir sur le trône un Roi qui regrette
à peine d'en être descendu, je vous l'ai
dit, les moyens lui manqueroient, & ses
efforts seroient éternellement impuissants.
Opoony est redouté, dans les Isles, à l'égal
du tonnerre; on s'est persuadé que les
Guerriers qu'il commande, ont enchaîné
la victoire, & qu'une ruine totale sera
toujours la juste punition du peuple qui
osera les irriter par ses attaques ou par
sa résistance. On le croit même à *O-Taïti*.
Jugez, après cela, si je dois m'attendre
que les hommes viendront à mon secours;
si même je pourrois compter sur des suc-

cès, fuppofé que quelque Souverain, faifant fa caufe de la mienne, eût l'incroyable hardieffe d'armer en ma faveur. — Et
les Dieux? — Les Dieux! ils m'ont abandonné, ou ils ont été vaincus : que vou-
lez-vous que j'en efpere? — Tout, puifque vous avez été jufte, & que vous êtes
malheureux.... *Ollou* eft jeune ; le *maro*
d'*Ulietea* lui appartient par la plus légitime des fucceffions : fouffrirez-vous qu'il
coule fes jours dans l'obfcurité, l'indigence, qu'il obéiffe, qu'il dépende des
volontés, des caprices d'autrui? — Vous
ne fongez pas que fi je laiffois feulement
entrevoir des vues de reftauration pour ce
précieux enfant, *Opoony* demanderoit fa
tête, & l'obtiendroit : que fi l'ufurpateur
difoit un mot, mon fils & moi nous n'aurions plus d'afyle : que les Chefs d'*Huaheine* nous obligeroient de quitter leur pays,
& qu'une fois fortis des baies de cette
Ifle, nous n'en trouverions aucune qui
voulût nous recevoir. — Quoi ! vous
pouvez croire que *Nowa....* — Je connois fon cœur : elle gémiroit ; mais fa
tendreffe ne lui permettroit pas de rif-

E é 4

quer le fort de son fils pour protéger l'exiftence du mien...... Elle auroit le courage fublime de le vouloir, que je m'oppoferois à ce généreux effort, & que je fuirois, pour la fauver, n'emportant avec moi qu'*Ollou* & nos malheurs.

Ils cefferont, vos malheurs, dis-je à *Ooroo*, d'un ton dont la fermeté l'étonna ; ils cefferont..... & cet enfant fera Roi. Je pourrois appuyer cette prédiction fur la qualité que je me fuis toujours attribuée de prophétifer *par l'efprit de mon pere* : mais les voyages que j'ai faits, & différentes erreurs dans lefquelles je fuis tombé, m'imaginant entendre *la voix de l'efprit*, m'ont à-peu-près corrigé de cette vanité. J'ai de meilleurs garants. Le temps dévoilera ce que la prudence & l'amour de votre tranquillité me font vous cacher aujourd'hui. Vous ne paroîtrez en rien. Qu'*Ollou* grandiffe à l'abri des dangers.... pour nous venger, fi la fortune trompoit les hautes efpérances que j'ai conçues. Sous un an, deux tout au plus, *Ulietea* fera redevenue le domaine d'*Ooroo*, ou j'au-

rai péri en travaillant à la lui rendre. Dans
cette derniere fuppofition vous me pleu-
rerez en fecret ; on ne faura que je com-
battois pour vous, que fi je triomphe de
vos ennemis. . . . . Ne me faites point de
remontrances ; elles feroient inutiles : ma
penfée eft immuable comme les rochers de
Topaïo. Contentez-vous de l'affurance que
je vous donne de ne pas compromettre votre sûreté. . . . Et pour commencer l'exécution de mon projet, je vous déclare ,
Ooroo, que, quoiqu'il me fût doux de vous
voir fouvent, je ne vous ferai que de cour-
tes & rares vifites : que j'affecterai de ne
vous point entretenir fans témoins, & que
nos converfations ne rouleront jamais, ni
fur *Bolabola,* ni fur vos infortunes : que
je ne vous témoignerai, en toutes circonftances, qu'un intérêt affez froid. De votre côté, vous ne me verrez qu'avec une
forte d'indifférence, n'ayant pour moi que
ces égards de politeffe qui n'atteftent, ni
l'eftime, ni la confidération, ni l'amitié....
Je defirerois trouver un moyen de verfer
dans votre maifon une partie des fuper-
fluités dont régorge la mienne. J'y pen-

ferai, & fi j'ai le bonheur d'en découvrir un qui foit de nature à ne nous pas trahir, je me flatte que vous n'oublierez point qu'*Ooroo* reçoit volontiers les dons de fes fideles Sujets. . . . Je n'ai plus qu'un mot à vous dire, mais je fupplie mon Roi d'y faire la plus férieufe attention. Il arrivera peut-être que, pour parvenir à mes fins, je me permettrai des démarches qui, au premier coup d'œil, ne paroîtront pas s'accorder avec l'inviolable fidélité que je vous dois : quelque fortes que foient les apparences, ne me faites pas l'injure de me foupçonner. Attendez en paix que tout fe confomme.

Je fortis en terminant ce difcours, pour m'épargner la peine d'entendre les repréfentations que je voyois bien qu'*Ooroo* préparoit. En route je recommandai à *Balaami* un filence abfolu fur tout ce qui avoit été dit ; & en rentrant chez moi, je ne rapportai à *Falaonou* & aux Zélandais, que des chofes très-générales, de ma converfation avec *Ooroo*.

Mon premier foin, après cette impor-

tante entrevue, fut de rechercher fucceffivement tous les bannis d'*Ulietea*, afin
d'étudier par moi-même & leurs difpofitions, & leur utilité. Le vieux Monarque
ne m'avoit point exagéré leur indigence.
Ils manquoient de la plupart des chofes
néceffaires à la vie, ne poffédoient pas
un pouce de terre. Ils habitoient dans de
miférables cabanes, conftruites en différents endroits de l'Ifle qui ne produifoient
rien, qui ne paroiffoient même pas fufceptibles de culture. La pêche étoit leur feule
occupation & leur unique reffource. Ils
avoient pour *Ooroo* un fouverain refpect,
un attachement fans bornes; ils l'aimoient
comme des fils tendres & reconnoiffants
aiment le meilleur des peres. Leur pauvreté ne les affligeoit beaucoup, que parce qu'ils étoient dans l'impuiffance de
foulager celle du *bon Roi*. Je vis qu'ils jeû-
noient quelquefois pour qu'il vécût. On
faifoit toujours fa part avant de toucher à
la pêche; je crois même que l'*Eatooa* n'é-
toit fervie (1) qu'après lui, & je préfume

_____

(1) Allufion à un ufage religieux de ces Ifles dont il fera

que l'*Eatooa*, qui a tout en elle-même, ne s'en offenſoit pas.

Cette obſervation m'ouvroit une voie très-naturelle de faire naître l'abondance dans la maiſon d'*Ooroo*, ſans que je paruſſe en avoir le deſſein, & ſans que mes dons ſe rapportaſſent directement à lui. Un jour qu'un de mes compatriotes ſe plaignoit de n'avoir pas pris un ſeul poiſſon digne d'être préſenté à ſon Souverain, je lui donnai quelques morceaux d'un bon cochon, ſalé à la maniere anglaiſe. Je ne ſais s'il me devina, mais ce cadeau ne s'arrêta dans ſes mains que le temps qu'il fallut pour le tranſporter à la cuiſine du Roi. Je répétai cette épreuve pluſieurs fois & avec différents Inſulaires : elle me réuſſit conſtamment. On eût dit que chaque réfugié d'*Ulietea* comprenoit que j'avois des raiſons pour diſſimuler la compaſſion qu'excitoit en moi la miſere d'*Ooroo*, & pour dérober à tous les yeux la vue des ſecours que je lui ménageois. Je fus bien-

___

parlé dans la ſuite : c'eſt ce qu'autrefois nous appellions *la part à Dieu.*

tôt l'idole de ces braves gens. Mon aifance me fourniffoit les moyens de les beaucoup aider fans m'appauvrir. A quoi des richeffes peuvent-elles mieux être employées
qu'à gagner des cœurs ? Je vifitois leurs
malades & leur portois moi - même des
remedes & des nourritures : je leur prê-
tois des outils ; j'achetois chérement une
partie de leur poiffon ; ils eurent à ce
moyen des meubles , des vêteménts , une
fubfiftance honnête. Mes manieres ne furent pas moins puiffantes que mes bien-
faits : elles enchanterent nos pauvres exi-
lés. J'affectai de les traiter comme mes
égaux. S'ils s'humilioient en ma préfence,
point de refpect , leur difois-je , *je ne veux
être que votre ami.* Je prenois les petits
enfants dans mes bras , & les careffois af-
fectueufement ; je faluois les femmes , j'em-
braffois les hommes , je les admettois à
ma table, je les confultois : tel fut en peu
de temps l'afcendant que je pris fur eux ,
qu'au befoin ils euffent, je crois , balancé
entre *Ooroo* & *Omaï.* Je n'avois garde de
tenter leur fidélité ; cependant j'étois bien
aife qu'ils s'attachaffent à moi perfonnel-

lement , & que leur dévouement à mes volontés ne connût plus de bornes : je me sentois incapable d'en abuser.

Fin du Tome premier.

Fautes à corriger.

Page 72, *ligne* 10, continuellement, *lifez* annuelle-
ment.

Page 166, *ligne* 9, quatorze, *lifez* quatre.

Page 310, *ligne* 25, jugeant, *lifez* jugeant.

www.ingramcontent.com/pod-product-compliance
Lightning Source LLC
Chambersburg PA
CBHW070751030726
47504CB00003B/522